HAFFMANS KRIMINALROMANE
BEI HEYNE

DAN KAVANAGH

Vor die Hunde gehen

KRIMINALROMAN

AUS DEM ENGLISCHEN
VON
WILLI WINKLER

WILHELM HEYNE VERLAG
MÜNCHEN

HAFFMANS KRIMINALROMANE BEI HEYNE
Herausgegeben von Gerd Haffmans und Bernhard Matt
Nr. 05/55. Im Dezember 1993.

Die Originalausgabe
»Going to the Dogs«
erschien 1987 bei VIKING Penguin Books, Ltd., London.

Dank an Billard-Brunner, Zürich,
und Massimo »Mosch« Schawalder
für snookertechnische Beratung.

Einzig berechtigte Taschenbuchausgabe
Wilhelm Heyne Verlag GmbH & Co. KG, München
Printed in Germany 1993
Konzeption und Gestaltung: Urs Jakob
Umschlagillustration: Nikolaus Heidelbach
Umschlaggestaltung: Atelier Ingrid Schütz, München
Gesamtherstellung: Ebner Ulm

ISBN 3-453-07290-1

Für Ruth und Don

Ich danke Mickey »the Grass« Sissons dafür,
daß er mir den Text von »Die Hunde« geflüstert hat.
D. K.

GRENZGEBIET BUCKINGHAMSHIRE/BEDFORDSHIRE. Klassisch ländliche Gegend mit schnellem Anschluß an M1. Wunderschöne, denkmalgeschützte Residenz mit 40 Morgen Grund. Mitte 60er gründlich renoviert, doch Wesentliches original bewahrt. 3 Salons, 8 Schlafzimmer (2 mit angeschlossenem Bad), Studio, Wohnzimmer, Wohnküche, Billardzimmer. Garten mit eigenem Wald und See. Nebengebäude: Stallungen und ehem. Squash-Halle (derzeit Aufnahmestudio von bekanntem Popstar, der verkaufen muß), jederzeit wiedereinrichtbar.

Zu verkaufen. Einzige Anbieter:
Madley und Burton Wood.
Besichtigung und Angebote nach Vereinbarung

1. Bibliothek

In der Videothek lag eine Leiche. Sie war, wie es Dinge dieser Art so an sich haben, kaum zu übersehen, und Mrs. Colin entdeckte sie gleich, als sie die getäfelte helle Eichentür aufstieß, die ein Witzbold mit einem großen rosa Schlüsselloch in Trompe-l'œil-Manier bepinselt hatte. Mrs. Colin erkannte Ricky sofort, sie erkannte auch gleich, daß er tot war, und fuhr sich mit der Hand an die Kehle. Unter der weißen Popelinebluse, die sie morgens um halb sieben gebügelt hatte, spürte sie den Hubbel ihres Kruzifixes. Sie trug Unseren Heiland immer unter ihren Sachen, auf der bloßen Haut, und die wenigen Leute, die davon wußten, überlegten, ob sie sich ihrer religiösen Überzeugung schämte. Nein, Mrs. Colin schämte sich keineswegs ihrer religiösen Überzeugung, aber bei der Erfüllung ihrer täglichen Pflichten in Braunscombe Hall bekam sie oft Dinge zu sehen, die sie mehr als peinlich berührten. Wenn man vor fünfunddreißig Jahren in Davao zur Welt gekommen war und jeden Monat Geld heimschickte, machte man sich keine größeren Gedanken darüber, wie die Leute im Grenzgebiet Buckinghamshire/Bedfordshire sich aufzuführen beliebten. Das hieß aber noch lange nicht, daß Unserem Heiland ein solches Verhalten zugemutet werden durfte, noch nicht einmal einem Abbild Unseres Heilands. Wenn Mrs. Colin in gewissen Schlafzimmern das Frühstückstablett absetzte, mochte es vorkommen, daß das goldene Bildnis an ihrem Hals vor Zorn zu glühen schien, und dann versuchte Mrs. Colin, es mit dem Druck ihrer Hand zu beruhigen und ihm zu versichern, daß sie mit diesen Dingen nichts zu tun habe und zu gegebener Zeit für die schlummernden Sünder beten werde. Ein Teil des Geldes, das sie nach Davao schickte, ging immer an die Kirche Unserer lieben Frau von den reuigen Sündern, deren geistliche Schwestern dem HErrn regelmäßig in den Ohren lagen wegen des Seelenheils derer, die jenseits der Meere in Diensten standen.

Doch nun, da Mrs. Colin in Rickys kalte tote Augen starrte, glühte das Kruzifix nicht, und nach dem ersten Schock begann sie sich ruhig im Zimmer umzuschauen. Die mehrere tausend Kassetten umfassende Sammlung, die Vic Crowther vor Stolz schier platzen ließ, schien unversehrt. Die Bänder waren in Spezialboxen untergebracht, die Titel in Blattgold auf die gepunzten Plastik-Rücken gedruckt.

Damit sahen sie, wie Vic gern erklärte, wie richtige Bücher aus. Unter den Bändern gab es einige seltene Exemplare, und einige der saftigeren Stücke in Vics Sammlung verbargen sich unter Titeln wie *Schach für Anfänger: Das Mittelspiel* oder *Scharfe Küche, 2. Teil.* Aber wer es auch war, der Ricky getötet hatte, an alten Filmen oder dem Mittelspiel beim Schach oder an der scharfen Küche oder selbst an dem, was sich hinter diesen unschuldigen Titeln tatsächlich verbarg, hatte er jedenfalls kein Interesse.

Die Vorhänge an den Verandatüren waren zurückgezogen, was aber nach der Erfahrung von Mrs. Colin nichts Ungewöhnliches war: In diesem Haushalt schien niemandem an Schutz vor Dunkelheit, Licht oder Durchzug zu liegen. Daß die Vorhänge nicht gezogen waren, hatte allerdings zur Folge, daß die Leiche von Ricky, den oder die der Mann oder die Männer durch das Fenster geworfen hatte oder hatten, viel weiter ins Zimmer hineingedrungen war, als wenn die Vorhänge seinen oder ihren Flug gehemmt hätten. Dieser komplizierte Gedanke brauchte seine pedantische Zeit, bis er Mrs. Colins Hirnwindungen durchwandert hatte, gefolgt von der raschen Einsicht, daß es alles andere als ihre Aufgabe war, da herumzustehen und sich einen Reim auf die Sache zu machen. Sie schüttelte den Kopf, ließ Unseren Heiland fahren, schloß leise die Tür zur Videothek und machte sich auf die Suche nach Mr. Crowther.

Belinda Blessing war zugleich Mrs. Vic Crowther, doch zog sie es vor, ihren Geschäftsnamen beizubehalten. Es hatte nun mal etwas Albernes, einem verstohlenen Glotzer, der sich noch mit seinen ersten paar Barthaaren abmühte und im Pub mit der verschämten Frage »Entschuldigen Sie, sind Sie nicht Belinda Blessing?« an sie wandte, ein knallendes »Nein, ich bin Mrs. Crowther« zu verpassen. Auf dem Weg zur Videothek blieb Belinda stehen und musterte sich von der Seite in einem langen Spiegel. Sie hatte schon immer gewußt, daß sie in Reitkleidung gut aussehen würde, doch was dabei mit ihrem Hintern geschah, machte sie nicht recht glücklich. Patente Freundinnen meinten zwar, man könnte weder zuviel Geld noch zuviel Hintern haben, doch sie war sich da nicht so sicher. Fragend blickte sie in den Spiegel, wechselte vom Standbein aufs Spielbein und beobachtete, wie sich der Wechsel auf das auswirkte, was Vic scherzhaft ihr anderes Paar nannte. Belinda lächelte, als würde sie fotografiert, tätschelte mit der Reitpeitsche ihren Oberschenkel (aber, aber), und ging rasch zur Videothek, wo sie jene Angehörigen des Haushalts vorfand, die es für angemessen hielten, an einem Sonntag um halb neun aufzustehen. Sie warf einen kurzen Blick auf die Leiche, hustete scharf und bemerkte: »Sieht so aus, als hätte man ihn durch die Scheibe geschmissen.« Dann machte sie kehrt und ging zum Reiten. Ein schneidiger Galopp, bei dem ihr langes schwarzes Haar teilweise unter dem Hut hervorschlüpfen und hinter ihr herflattern würde, so daß sie schon von weitem zu erkennen wäre – damit ließen sich ihrer Ansicht nach die gemeinen und kranken Dinge im Leben vergessen.

Jimmy fand dies ziemlich hart von Belinda, aber schließlich fühlte sich bei ihr niemand je an eine Daunendecke erinnert, außer daß sie sich öfter unter einer solchen getummelt hatte; damals jedenfalls. Heute, hm ... da fragte sich Jimmy bisweilen, was wohl so lief in der Bettenabteilung zwischen Vic und Belinda nach – wie war das noch – sieben, acht Jahren. Ob es vielleicht ein paar extracurriculare Veranstaltungen gegeben hatte? Na ja, in Anbetracht ihrer beider Vergangenheit und der Tatsache, daß Vics Drehzahlmesser wahrscheinlich nicht mehr allzuoft ins Rote hinüberzuckte, was sollte man da denn schon erwarten? Ein Thema, dem Jimmy gelegentlich seine Gedanken zuwandte. Er war nicht besonders hell, Jimmy, und da Kinn und Stirn bei ihm gleichermaßen auf der Flucht waren, sah er auch nicht besonders hell aus; aber dafür war er ein hartnäckiger Grübler. Zuweilen dachte er beispielsweise über die Tatsache nach, daß er aus einer guten Familie stammte, aber – soweit er feststellen konnte – keinen roten Heller besaß, während der gute Vic Crowther, sein Gastgeber, der dem hundsgemeinen Volk entstammte (das war jedenfalls Jimmys Ausdrucksweise – Vic hätte einer Bezeichnung wie »Salz der Erde« den Vorzug gegeben), Raschelpapier im Überfluß besaß, mit dem er sich allerlei Vergnügungen leisten konnte. Kurzum, er war stinkreich. Er hatte den Arsch voll Geld, wie Jimmy sich ausgedrückt hätte. Er schleifte seine Gedanken zum anstehenden Problem zurück, ein

Vorgang, der Jimmys rechten Arm wie von selbst ausfahren und sich fest um Angelas Schultern legen ließ. Das war bei weitem schwieriger, als es sich anhört, denn Angela schluchzte so heftig, daß es sie schüttelte. Die trauernde Witwe, dachte Jimmy und beobachtete, wie sein Arm von Angelas Rücken auf und ab bewegt wurde, als stehe er an der Pumpe eines Dorfangers.

Es war auch so ähnlich: Jimmys Arm pumpte, und aus Angelas Augen schoß das Wasser. Die Schweine, die Schweine. Sie hatte Ricky geliebt. Die Tränen trübten inzwischen den Blick auf Rickys Leiche, doch sie brauchte ihn gar nicht zu sehen, um die Nähe seiner sanften Augen, ihres lieben Ausdrucks, seiner wunderbaren Kraushaare zu fühlen. Die verdammten Schweine. Sie hatte bezahlt, und von Ricky war nie die Rede gewesen, warum also hatten sie das getan? Die verdammten Schweine. Wem hatte Ricky je was zuleide getan? Ihr Schluchzen wurde heftiger, und Jimmy merkte, wie sie an seinem Arm zog, als wollte sie sich auf die Leiche werfen. Das geht doch nicht, dachte Jimmy, und hielt sie noch fester. Gleichzeitig suchte er Mrs. Colins Blick und machte mit seiner freien Hand eine Trinkbewegung. Mrs. Colin verschwand still.

Nikki, die sechs war, hatte sich ziemlich gewundert, als ihre Mutter einfach so abmarschiert war, und hielt sich nun an der Hand ihres Vaters fest und überlegte, ob Ricky im Himmel war. Mrs. Colin hatte gesagt, sie dürfe nicht in die Videothek, doch schienen alle mit anderen Dingen beschäftigt, so daß sie sich einfach hineingeschlichen und ihres Vaters Hand genommen hatte. Das Fenster war ja ganz kaputt, und die ganzen Scherben! Sie überlegte, ob das hieß, daß sie ein paar Tage lang nicht mehr hereinkommen könnte, um sich die Videos anzusehen. Gewöhnlich sagte sie, sie wolle *Bambi* oder *Die*

Glücks-Bärchi oder *101 Dalmatiner* anschauen, doch kürzlich hatte sie entdeckt – sie brauchte nur auf einen Stuhl zu klettern –, daß manche anderen Filme noch viel interessanter waren. Sie erzählte keinem von ihrer Entdekkung, aber diese Mrs. Colin hatte sie erst vor ein paar Tagen erwischt und damit gedroht, es Mami zu erzählen. Nikki hatte sehr weinen und so tun müssen, als sei ein Video aus Versehen in die falsche Box geraten. So eine Schnüffelnase, diese Mrs. Colin! In einem der Filme glaubte Nikki sogar Mami erkannt zu haben, aber sie hatte die falsche Haarfarbe, und ganz sicher war sich Nikki nicht. Sie hielt die Hand ihres Vaters, schaute auf Rickys steifgewordene Glieder und überlegte, ob er im Himmel war.

Vic Crowther war ein kräftiger Mittfünfziger mit rötlichem Teint, einem Anzug von der Stange und einem fröhlichen Gesichtsausdruck, der den Bullen immer ausgesprochen dreist vorgekommen war. Diesmal blickte er allerdings nicht so fröhlich drein. »Ich werde Duffy deswegen eine reinsemmeln müssen«, sagte er zu Jimmy. »Herrgott, da willst du mal einem Kumpel einen Gefallen tun, und schon passiert so was.«

»Duffy? Wer ist denn das?«

»Der Knabe, der die Alarmanlage installiert hat. Das war die Chance für ihn, groß einzusteigen. Er war ja nicht gerade der John Paul Getty der Sicherheitsbranche. Aber das war die Gelegenheit: guter Auftrag, großes Landhaus, auf ein paar Pennies mehr oder weniger soll es nicht ankommen. Ich sag noch zu ihm, als nächstes kann er die Stolperdrähte im Buckingham-Palast verlegen. Und was passiert? Er vermasselt alles. Da schmeißt irgendeiner den armen Ricky durch die Verandatür, und die Alarmglocke geht nicht mal los. Dieser Duffy kriegt jetzt aber echt eine reingesemmelt.«

»Vielleicht ist die Garantie abgelaufen.« Jimmys Erklärung klang besorgt.

»Garantie? Garantien sind garantiert für'n Arsch, wenn du mich fragst.« Vic klang wirklich wütend. »Garantien sind für Börsenheinis und Schullehrer. Ich dreh nicht jeden Penny um, und ich lege keine Akten an, aber wenn mir jemand eine Arbeit macht, dann macht er mir die Arbeit.«

»Klar«, sagte Jimmy.

Vic grunzte. Er drehte nicht jeden Penny um und er legte keine Akten an und er verachtete Börsenheinis und Schullehrer – ja, manchmal grinste er sich eins, wenn er daran dachte, daß er weit unten angefangen hatte und trotzdem in einem großen Haus gelandet war und ein Mädchen hatte, für das die Kerle alle ihre rechte Samenbank hergeben würden. Aber jetzt dachte er gar nicht darüber nach, er dachte nicht einmal an Duffy. Am wichtigsten war ihm, während sich die Hand seiner Tochter in seiner Hand wie eine Maus wand, das Gefühl der Erleichterung, daß sich niemand an den Filmen seiner Videothek zu schaffen gemacht hatte. Es hätte ja einer durch das Riesenloch in der Tür kommen und seine Kassette mit *Nackt wie Gott sie schuf* klauen können. Das war ein richtiges Sammlerstück, so was. Diese alten Nudisten-Filme konnten von heute auf morgen wieder in Mode kommen.

Mrs. Colin trank nicht. Sie war eine gute Katholikin, die weither, von den Philippinen, ins Grenzgebiet Buckinghamshire/Bedfordshire gekommen war und regelmäßig die Hälfte ihres Lohnes an ihre Mutter schickte, die wiederum einen Teil davon an die geistlichen Schwestern der Kirche Unserer lieben Frau von den reuigen Sündern weiterleitete. Man kam nicht von so weit her, um Geld für sich selbst zu verschwenden, schon gar nicht, um es durch die Gurgel zu jagen. Selbst nach fünf Jahren bei den Crowthers – zwei in London, bevor sich Miss Blessing zurückzog, und drei auf dem Land – war sie noch immer erstaunt darüber, wie viel die Leute tranken in diesem kalten, klammen, graugrünen Land, wo man gut verdienen konnte. Vielleicht taten sie das genau deshalb: weil es so kalt und klamm war und die Blätter das ganze Jahr von den Bäumen zu fallen schienen. In ihrer Heimat, bei ihren Leuten, trank man San-Miguel-Bier, und das genügte. Hier tranken sie alles mögliche und mehr verschiedene Sorten von allem möglichen durcheinander, als es sich Mrs. Colin je hätte träumen lassen. Sie stand hinter der Bar im Wohnzimmer – lauter Messing und schwellende Lederpolster mit tiefliegenden Knöpfen – und überlegte, was sie Miss Angela bringen sollte. Bei der Batterie von Flaschen und Bechern und Mixern und Spritzern, den Pfriemen und Quetschen und Rührern und Stößeln sowie den fröhlichen Farben der verschiedenen Drinks fühlte sie sich wie ein Apotheker in seiner Giftküche. Vielleicht hatten die Engländer deswegen Ausdrücke wie »Schnaps ist die beste Medizin« oder, wenn man jemandem was zu trinken anbot, »Was hat Ihnen der Arzt verordnet?« Vielleicht brauchte Miss Angela von all ihren Lieblingsgetränken ein bißchen. Mrs. Colin goß einen Daumenbreit Crème de menthe in einen großen Becher, gab einen weiteren Daumen Weißwein hinzu und schüttete obendrauf die gleiche Menge Gin. Sie überlegte einen Moment, dachte an Miss Angelas tränenüberströmtes Gesicht und gab nochmals einen Daumenbreit Gin dazu. Sie nahm einen von Mr. Crowthers spaßigen Cocktailquirlen – am einen Ende ein Polizistenhelm als Griff, am anderen ein großes Paar Polizeistiefel als Rührwerk – und mixte Miss Angelas Medizin. Dann eilte sie zur Videothek zurück. Jimmy nahm ihr das

Glas ab, zog angesichts der Farbe eine Braue hoch und hielt es der jetzt ruhiger gewordenen Angela ohne ein Wort vors Gesicht. Sie trank die Hälfte kommentarlos. Es schien Mrs. Colin, als habe sie die richtige Wahl getroffen.

Gedämpft, aber mit einem Nachdruck, der allen Zuhörern klarmachte, daß das eine Anweisung war, sagte Vic Crowther: »Ich denke, die Hüter des Gesetzes informieren wir fürs erste nicht.« Daraufhin verließen alle, die in Braunscombe Hall an einem Sonntagmorgen um halb neun schon auf den Beinen waren, einer nach dem anderen vorsichtigen Schrittes die Videothek wie reuige Sünder eine Kirche. Mrs. Colin schloß die Tür und war nun mit Ricky allein.

Im Grunde hatte Mrs. Colin ihn nie leiden können. Sie hatte sich vor ihm gefürchtet. Davon hatte sie zwar noch nie jemandem erzählt, und es hatte wohl auch mehr mit etwas zu tun, was ihr eines Nachts in einer Seitenstraße in Davao zugestoßen war, als mit Ricky selber; aber so war es nun mal. Jetzt, da er tot vor ihr ausgestreckt lag, hatte sie wegen ihrer Abneigung gewisse Schuldgefühle. Seine Augen waren erloschen, seine Glieder waren steif, alle viere, und sein Schwanz würde nie wieder wedeln.

2. *Auffahrt*

Es war Sonntag morgen um 8 Uhr 45, als im Grenzgebiet Buckinghamshire/Bedfordshire Mrs. Colin aus Davao Ricky in einen großen blauen Plastik-Wäschesack stopfte, ein, zwei Minuten überlegte, ob er nicht in die Tiefkühltruhe gehörte, sich dagegen entschied und statt dessen zur hinteren Garderobe ging. Kaum einer kam je in die hintere Garderobe. Es gab da Gummistiefel in großer Zahl, von denen keiner den Haushaltsangehörigen zu passen schien, ein relativ neues Crocket-Set, das Belinda bestellt und sofort wieder satt gehabt hatte, ein Waschbecken mit tropfendem Hahn sowie ein viktorianisches Closett, dessen Porzellanschüssel innen mit einem dunkelblauen Blumenmuster verziert war. Ein Botaniker, selbst ein Hobby-Botanisierer, hätte die Blumen unter der Glasur vermutlich klassifizieren können, aber Mrs. Colin hatte es nie versucht: Bestimmte Dinge, meinte sie, sollte man verzieren, andere wiederum nicht, und Closetts gehörten eindeutig zur zweiten Kategorie. In Davao hatte sie nie etwas von verzierten Closetts gehört. Mrs. Colin übersah die dekadente Schüssel und prüfte statt dessen die Reihe der Garderobenhaken rechts in der Kammer. An einem Haken hing ein schlammbespritzter Trenchcoat, auf den irgendein Wochenendbesucher keinen Wert mehr gelegt hatte. Gelegentlich bekam Vic Crowther von einem seiner Jagdkumpane ein Fasanenpaar, und die wurden dann – zwei Haken neben dem vergessenen Trenchcoat – hier für einige Tage aufgehängt. Mrs. Colin hob den Wäschesack und war drauf und dran, dessen Griff an den Fasanenhaken zu hängen, als ihr einfiel, daß sich das vielleicht nicht so gehören könnte; sie zögerte und entschied sich dann doch für den nächsten Haken. Rickys Schwanz, jedenfalls fünfzehn Zentimeter davon, ragte aus dem Sack. Mrs. Colin versuchte ihn hineinzustopfen, ohne Erfolg.

Duffys Wäschesack war aus hellgelbem Plastik, und Sonntag morgen um 8 Uhr 45 schleppte er ihn die Goldsmith Avenue in Acton W3 hinab. Ein streunender Polizist auf der Suche nach ermordeten Hunden hätte den Inhalt dieses Sacks für harmlos befunden. In gesetzlicher Hinsicht jedenfalls, denn ein Teil des Inhalts war, was den Geruchssinn anging, alles andere als harmlos; einiges mochte ein kleineres Gesundheitsrisiko darstellen; einiges hätte man Duffy vielleicht sogar – wäre nur der zuständige Beamte zur Stelle gewesen – entreißen und in einer Kalkgrube verscharren müssen. Duffy wußte das auch. Es lag nicht etwa daran, daß er seine Sachen nicht oft genug wechselte, sondern allein daran, daß er es nicht oft genug zum Waschsalon schaffte. Er stapelte seine schmutzigen Sachen ordentlich in Plastiktüten am Boden seines Einbauschranks; nach einigen Wochen, wenn er das Gefühl hatte, die Tüten seien sich inzwischen so nahe gekommen, daß sie sich bald in die Fortpflanzung stürzen müßten, leerte er den Inhalt in seinen gelben Wäschesack und marschierte die Goldsmith Avenue hinunter.

Duffy hatte diesen Sonntagsdienst gern. Einmal entlastete er ihn von seinem Schuldgefühl, zum anderen mochte er die Stille in den Straßen. Samstagnacht war inzwischen zu Hause. Samstagnacht schnarchte noch immer im Bett und wartete darauf, daß der Sonntagmorgenkater sie aufweckte. Kein Mensch war unterwegs, als Duffy die Ansammlung von Geschäften erreichte, zu der auch der Waschsalon gehörte. Frohgemut kickte er gegen herumliegende Styropor-Hamburgerschachteln. Ein ordnungsliebender Säufer hatte auf dem Bürgersteig vor dem Wettbüro eine Säule aus acht leeren Bierdosen hochgezogen. Ein weniger ordnungsliebender Säufer hatte beschlossen, daß der zurückgesetzte Eingang des Wettbüros sich gut als Pissoir eignete, denn wenn es nicht das Wettbüro war, wäre eben der nächste Laden in der Reihe dran, und hatte er hier nicht erst letzte Woche einen Zehner auf einen dreibeinigen Klepper verloren? Duffy rümpfte die Nase und wußte doch genau, daß der Gestank, der aus seinem Wäschesack stieg, nur knapp, vielleicht eine Nasenlänge, hinter dem Mief aus dem Eingang lag.

Duffy übergab seine Sachen dem zärtlichen Mahlen der Maschine, überquerte die leere Straße und drückte bei Sam Widges die Tür auf. Sam war ein mittelalter Chinese, der schon immer Sam geheißen hatte und seit dreißig Jahren in der britischen Gastronomie zugange war. Nach zehnjähriger Tätigkeit in den unteren Rängen hatte er sein eigenes Unternehmen erworben, wobei er seinen Nachnamen per Absichtserklärung in Widges änderte. Damals verkaufte Sam Widges nur Sandwiches, was sonst. In den letzten zehn Jahren hatte er aber seine Speisekarte erweitert und war jetzt stolz auf seine Fertigkeit im Umgang mit dem Mikrowellenherd; er blieb aber bei seinem Namen.

»Das Übliche, bitte, Sam.«

»Gernkommtsofort.«

Das Übliche war ein englisches Frühstück in englischer Zubereitung. Es hatte einige Jahre gebraucht – ja, Besuche bei Konkurrenz-Imbissen waren nötig gewesen –, bis Sam es gemeistert hatte, doch inzwischen gelangen ihm bleicher Speck und angeteerte Spiegeleier, kollabierte

Tomaten und Schweinswürstchen *al dente*, und er achtete darauf, daß der Schlag weiße Bohnen die Form des Servierlöffels auch dann noch bewahrte, nachdem sie auf den Teller geklatscht waren. Als besonders geschätzter Kunde – um diese Morgenstunde war er genaugenommen der einzige – bekam Duffy von Sam noch eine Scheibe gebratenen englischen Brots dazu: eine dicke Schnitte, triefend von Fett, nicht zu knusprig, nicht zu braun.

»Lecker«, sagte Duffy und dachte einen Augenblick an sein Training in Hinblick auf die nahende Saison. Duffy war Torwart bei den Western Sunday Reliables, und bis zum ersten Spiel waren es nur mehr fünf Wochen.

»Freutmichkommtsofort.«

Während er es mit der Gabel verfolgte, rutschte das gebratene Brot auf dem Teller herum und hinterließ eine breite Schneckenspur Fett. Duffy dachte an den jungen Karl French, der jetzt bestimmt schon draußen war und dünn wie ein Whippet die Straße langtrabte. Na ja, tröstete sich Duffy, bei einem Torwart ging es ja nicht in erster Linie darum, daß er schnell war, sondern . . . solid. Er schnappte das schlimme Würstchen in einer Tellerkurve; mit einer Verbindung von Schläue und roher Gewalt gelang es ihm, dessen Haut zu durchstechen.

Auf seinem Rückweg durch die Goldsmith Avenue, den gelben Wäschesack etwas stolzer mit sich führend, beschäftigte Duffy die ewige Frage aller Waschsalonkunden: Was ist mit der anderen Socke? Wenn man vierundzwanzig reintat, bekam man dreiundzwanzig zurück. Wenn man sechsunddreißig reintat, bekam man fünfunddreißig zurück. Wenn man zwei reintat, bekam man eine zurück. Immerhin waren die Waschmaschinen gerecht: Sie bestahlen die Sockenreichen gleich wie die Sockenarmen. Zunächst nahm man einfach an, daß eine in der Trommel oder im Trockner klebengeblieben war wie ein Stück Kaugummi, aber das war ganz offensichtlich nicht der Fall. Man konnte noch so vorsichtig sein – sie einzeln hinein-, sie einzeln herauszählen –, immer verlor man eine Socke. Womöglich gab es auf der Rückseite einer jeden Maschine eine kleine Falltür, die sich grade so lange öffnete, daß sich eine klemmen ließ. Womöglich kamen die Betreiber dieser Institutionen nur so auf eine vernünftige Rendite. Duffy hatte es längst aufgegeben, sich gegen diesen Sonderzuschlag zu wehren. Er stellte sich lieber darauf ein. Er besaß nur zwei verschiedene Arten Socken: die schwarze Baumwolle/Nylon-Mischung von Marks & Spencer und die rote Baumwolle/Nylon-Mischung von Marks & Spencer. Wenn man eine verlor, brauchte man sich also keine grauen Haare wachsen zu lassen, und wenn man noch eine verlor, konnte man sogar lachen.

»Telefon«, sagte Carol schläfrig, als er die Wohnungstür schloß.

»Frühstück«, gab Duffy dem Haufen schwarzer Lokken auf dem Kissen zurück. Er holte Joghurt, Müsli und Magermilch aus dem Kühlschrank, nahm das Sechskornbrot, den Rohzucker und den Honig aus dem Schrank. Man mußte seine Gesundheit und seine Kraft erhalten, wie es überall hieß. Das Frühstück bei Sam Widges war für seine Kraft; das jetzt für die Gesundheit. Außerdem hatte man sich nach dem Gang zum Waschsalon eine Belohnung verdient.

Als im Badezimmer das Wasser zu gurgeln begann, schaltete Duffy den Anrufbeantworter ein. Die Nachricht war kurz, und unmißverständlich. »Duffy, hier ist Vic Crowther. Wenn ich für eine scheiß Alarmanlage eine vierstellige Summe bezahle, dann muß sie auch funktionieren. Und jetzt schwing sofort deinen fetten Arsch hier raus.«

Fett? Von was redete Vic überhaupt? Vic Crowther hatte seinen, Duffys, Arsch seit drei Jahren nicht mehr gesehen, woher wollte er das also wissen? Duffy betrachtete sich als zwar untersetzt, aber muskulös; sein Gesicht war breit, ja, aber ohne Hängebacken. Er untersuchte seine Hände: ziemlich viereckig geraten, ein wenig stummelig, aber doch keine Wurstfinger. Nervös nahm er einen Extralöffel Joghurt, als könnte ihm der weiterhelfen bei seinem Problem. Vielleicht half er wenigstens gegen die Angst davor, und das war doch schon etwas.

»Ich muß zu Vic Crowther«, sagte er, als sich Carol ihre zweite Tasse einschenkte.

»Heut ist Sonntag, und du führst mich nicht zum Mittagessen aus?«

Duffy grunzte. Natürlich nicht. Wann hatte er sie je sonntags zum Mittagessen ausgeführt? Wie lang waren sie jetzt zusammen, oder so-gut-wie-zusammen? Sieben Jahre oder so? Zehn? Vierundachtzig? Er hatte sie sonntags *noch nie* zum Mittagessen ausgeführt. Warum wollte sie das plötzlich? Er sah zu ihr hinüber; sie grinste.

»Na, immerhin hast du ein paar saubere Hemden«, sagte sie. »Oder trägt man da draußen jetzt schwarze Krawatten? Soll ich Ihnen noch die Smokingschärpe bügeln, Sir?«

»Arbeit«, sagte Duffy. »Die Alarmanlage ist im Eimer.«

»Wahrscheinlich war es Vic, der in sein Haus einbrechen wollte, um die Versicherung zu kassieren.«

»Ganz ruhig«, sagte Duffy aus einem plötzlichen Bedürfnis, seinen ehemaligen Kunden zu schützen. »Vic ist noch nie wegen irgendwas eingebuchtet worden.«

»Das wurde auch Pontius Pilatus nicht«, sagte die Polizeibeamtin Carol Lucas.

»Tatsächlich? Wußt ich gar nicht. Woher weißt du das?«

»Aus dem Polizeicomputer, Duffy, woher denn sonst? Pilatus, P., Alter: sehr alt; besondere Kennzeichen: römische Hakennase; wird der Rechtsbeugung verdächtigt, der fahrlässigen Tötung und strafbarer Vorbereitungshandlungen zum Zwecke einer Kreuzigung.«

»Nein, woher hast du das?«

»Keine Ahnung, Duffy. Wahrscheinlich vom Fernsehen. Es heißt, daß er sich schließlich umgebracht hat, aber dafür gibt es keinerlei Beweise.«

»Ich kann mir nicht vorstellen, daß Vic eine Handvoll Pillen nimmt.«

»Oder sich in sein Schwert stürzt.«

»Ich wußte gar nicht, daß er ein Schwert hat.«

»Duffy.« Carol beugte sich über den Tisch und klopfte Duffy vorsichtig an die Schläfe. »Jemand zu Hause?«

»Ah, jetzt kapier ich.« Die ganze Wascherei hatte ihn sichtlich ausgelaugt.

»Übrigens, wie geht es denn Miss Tits?«

Duffy überlegte kurz, ob er sich schuldig fühlen sollte. Doch ihm wollte im Augenblick keine einfallen, auf die gerade diese Beschreibung gepaßt hätte. »Hä?«

»Die kleine Miss Tits. Belinda Dingsbums.«

»Ahhh. Blessing.«

»Blessing. Schrecklicher Name. Belinda Blessing. Mit so einem Namen kann man sich nur ausziehen.«

»Sie heißt eigentlich anders. Sie hat ihren Namen geändert.«

»Damit sie sich ausziehen konnte.«

»Vermutlich.«

»Na, vielleicht hat sie bei der Gelegenheit gleich noch was mitändern lassen.«

»*Carol!* Was ist denn ich dich gefahren?« Er schaute ihr ins morgenfrische, hübsche irische Gesicht mit seinen dunklen Locken.

»Du vielleicht?« Sie grinste wieder.

»Ca-*rol!*« Er stand auf. »Im Kühlschrank ist noch was. Pizza. Und ein wenig Fisch mit kalorienarmer Soße.«

»Toll. Fahr vorsichtig. Küßchen.«

Auch ohne Carols Mahnung wäre Duffy vorsichtig gefahren. Einmal, weil er von der M1 nicht gerade begeistert war: die größte inoffizielle Rennstrecke im ganzen Land, wenn man ihn fragte, lauter durchgedrehte Lkws und Lichthuper; selbst die Familienkutschen fühlten sich hier plötzlich berufen, den Geschwindigkeitsrekord zu brechen. Zum anderen, weil er seinen neuen Sherpa-Bus fuhr, hochaufgerichtet auf seinem Sitz vor Angst, einen Kratzer über die ganze Seite abzukriegen. Er war herzlich erleichtert gewesen, als er das zwanzig Jahre alte rostige Stück abstoßen und sich ein neues Teil hatte besorgen können. Naja, neu für ihn, also nicht funkelnagelneu: so gut lief das Geschäft auch wieder nicht. Ohne den Verkehr draußen hätte Duffy also mit freudigem Stolz in seinem weißen Sherpa gesessen, der auf jeder Seite die Aufschrift DUFFY SECURITY trug, mit stetigen neunzig auf der Mittelspur.

Einen hübschen Skandal hatte es vor kurzem auf der M1 gegeben. Als Ex-Bulle hatte Duffy nichts übrig für Bullen, die die Seite wechselten, aber in diesem Fall konnte er sich nur einen lachen. Statt immer nur Weingläser zu verschenken oder kleine Koalabären, die man sich ins hintere Fenster hängen konnte, war ein Mineralölkonzern auf eine andere Idee verfallen, um Kunden anzulocken. Jeden Monat gaben sie an ihre Tankstellen eine Liste mit ungefähr fünfzig Nummernschildern. Wenn man zufällig ein Auto fuhr, dessen Nummer auf dieser Liste stand, konnte man Beträge zwischen hundert und tausend Pfund gewinnen. Selbstverständlich mußte man zuerst ein paar Liter Sprit zapfen; der Mann an der

Geldkasse konnte ja nicht einfach Hinz und Kunz und Hubert Schwindel in der Liste fischen lassen.

Der Werbegag verfing bestens bei den Kunden, brachte aber auch ein paar Schlawiner auf Ideen. Zum Beispiel eine Gruppe von Bullen, die in der Nähe der M1 stationiert und froh waren um eine kleine Herausforderung. Selbstverständlich geschah alles in Zivil und zumeist nach Dienstschluß. Zwei fuhren an die Tankstelle, tankten ein paar Liter, alles ganz regulär, und fragten nach der Liste. Auch wenn ihre eigene Nummer nicht drauf stand, konnten sie doch mit ein paar anderen im Kopf abziehen. Wenn sie nur ein paar Liter getankt hatten, mußten sie natürlich früher oder später zu einer anderen Tankstelle und gezwungenermaßen einen erneuten Blick auf die Liste werfen. Am Tag darauf, nun wieder in Uniform, konnte es passieren, daß sich – bei der Erfüllung ihrer Pflichten, was denn sonst? – die Notwendigkeit ergab, die eine oder andere Nummer im Polizeicomputer zu überprüfen. Name und Anschrift des Fahrzeughalters, bitte. Und wenn er in der näheren Umgebung wohnte, dann fuhren sie hin und fragten den Burschen, ob er wisse, wie er sich ganz legal ein paar Hunderter verdienen könne mit einer kleinen Spritztour? Für sie müßte natürlich ein Trinkgeld rausspringen, machen wir halbe-halbe, ja, denn ohne uns würden Sie keinen Penny rausholen, oder? Sie brauchten noch nicht mal zu erwähnen, daß sie von der Polizei waren.

Das war vielleicht nicht ganz recht, aber darüber empören konnte sich Duffy einfach nicht. Wer hatte dabei denn etwas verloren? Doch nicht der Mineralölkonzern, denn der hatte das Geld ohnehin dafür eingesetzt. Doch nicht der Autofahrer, dem es zu lästig gewesen wäre, jeden Monat die Nummern zu überprüfen, und dem jetzt ein Gewinn in den Schoß fiel. Die Hälfte von etwas war immer noch mehr als gar nichts. Und auch die Jungs in Blau zahlten nicht eigentlich drauf. Sie bewiesen nur jenen gesunden Erwerbssinn, der, wie es hieß, die Grundlage der Nation war. Wer zahlte denn drauf, wer verlor denn tatsächlich dabei? Das war doch Verbrechen: wenn sich einer unrechtmäßig an einem anderen bereicherte. In diesem Fall aber gab es nur Gewinner. Bis zu dem Tag, an dem alles aufflog und ein paar Hintern versohlt wurden. Danach gab der Mineralölkonzern diese Art Werbegeschenke erst mal auf, und alle begnügten sich wieder mit Weingläsern und kleinen Koalabären, was Duffys Ansicht nach weit weniger witzig war.

Mit neunzig Kilometern auf der Mittelspur wandte er seine Gedanken wieder Belinda Blessing und Vic Crowther zu. Die kleine Miss Tits, wie Carol sie genannt hatte. Duffy lächelte. Das »klein« paßte nur auf die Miss, nicht auf ihre Titten. Auf die Titten ganz und gar nicht. Belinda Blessing war eins der ersten Mädchen von Seite Drei gewesen, die auf die Nation losgelassen wurden. An Millionen Frühstückstischen warfen die Männer einen flüchtigen Blick auf die Schlagzeilen, um dann umzublättern und schier umgehauen zu werden vor Ehrfurcht und Begeisterung ob Belindas ... ob Belindas ... nun ja, Titten, anders konnte man sie beim besten Willen nicht nennen: TITTEN, jawohl, in Großbuchstaben. An Millionen Frühstückstischen im ganzen Land erhob sich ein Räuspern, und manchmal wurden auch Beine übereinandergeschlagen. Belinda hatte ihre morgendlichen Pflichten mal wieder erfüllt.

Sie hatte lange schwarze Haare, das Gesicht des Mädchens von nebenan, Augen unbestimmter Farbe, was aber nichts schadete, da die Seite Drei schwarzweiß war, doch sie hatte vor allem eines: BELINDA GEIZT NICHT MIT IHREN REIZEN hieß es ach so beziehungsreich bei ihrem ersten Auftritt. Ihre REIZE gaben den Autoren alle Möglichkeiten, ihr Genie zu tummeln. BELINDA REIZT AUS, BELINDA DECKT IHRE TRÜMPFE AUF, und dann, für den unwahrscheinlichen Fall, daß ein langsamer Leser nicht ganz gefolgt war: EINS! ZWEI! Die Leser mochten sie und schrieben Beschwerdebriefe, wenn sie ihre REIZE einen Monat lang nicht mehr gesehen hatten. Nach zwei, drei Bierchen behaupteten mißgünstige Lästerer, daß Belinda ohne ihre REIZE nur ein ganz gewöhnliches Mädchen wäre. Aber genau das, gaben dann ihre glühenden Verteidiger am Tresen zurück, genau das war es doch, was sie so besonders machte. Sie sah wirklich nett aus, wie das Mädchen, das einem das Bier hier gezapft hatte, oder wie eine, mit der man aufgewachsen war, die man getrost seiner Mutter vorführen konnte – so ein Mädchen. Außer natürlich, daß sie diese . . . diese REIZE hatte.

Nach ungefähr sechs Monaten Zeitungsruhm feuerten Belindas REIZE ihren Agenten. Sie angelten sich einen Karriereplaner und einen PR-Agenten, die ein und derselbe waren und auch nicht mehr als die üblichen zwanzig Prozent nahmen. Aber er verschaffte ihr einen Star-Auftritt beim Autosalon (sie konnte sich doch nicht auf irgendeiner alten Kiste räkeln), er ließ sie ein paar Supermärkte eröffnen, er wirkte als Inspizient, wenn sie ihre Vorderansicht für die Fotografen vor Nachtclubs in Szene setzte, angeblich steckte er hinter jener Geschichte, als sie mit Champagner auf einen berühmten Schauspieler losging, der versucht hatte, in ihrem Ausschnitt zu schnorcheln, und er brachte sie in eine Reihe von Schwatzveranstaltungen im Fernsehen. Ihre übersprudelnd hausbackene Art und ihre auswendig gelernten Scherze machten sie auch bei denen beliebt, die sie hatten ablehnen wollen. Sie legte sich einen Freund zu und legte ihn bald wieder ab. Einen Monat später verkaufte der Freund seine Memoiren an eine Konkurrenzzeitung: »Warum ich mir einen MG gekauft habe? Na ja, zu einer Oben-ohne-Mieze paßt doch am besten auch ein Oben-ohne-Auto.« Dieses niederträchtige Beispiel von Opportunismus erfüllte die Leser von Belindas Zeitung mit loyaler Empörung, und sie spendeten Belinda Beifall dafür, daß sie so großherzig war, nicht gleich aus Rache der ganzen Welt zu erzählen, was für einen winzigen Schwanz der Kerl hatte.

Belinda, umschmeichelt von Lockendrehern und Fotofuzzis, genoß jede Sekunde dieses Lebens. Aber sie vergaß auch nicht ihre Mutter und die beiden Schwestern, die sie gerade erst aus der Sozialwohnung geholt hatte, und sie war sich bewußt, daß die Zeit kommen würde, da die Kerle kein so großes Interesse mehr daran zeigten, sie ohne Bikinioberteil zu sehen. Was wäre dann? Würde sie den Sprung zu einer richtigen Berühmtheit schaffen? Irgendwo in ihr meldeten sich undeutlich Angst und Zweifel. Sie ging die Männer durch, die sie kannte, und sah nur zwei Sorten: solche, denen ihr Ruhm angst machte, und solche, die er anmachte. Bei den einen mußte sie zum Lasso greifen, wenn sie nur schon ein Täßchen Tee mit ihnen trinken wollte, die anderen buchten einen nur der neuen Kerbe am Bettkasten wegen.

Und dann lernte sie Vic kennen. Ja, natürlich, die Leute wußten die üblichen Sprüche; daß Belinda als Teenager ihren Papa verloren hatte und noch immer nach einem Vaterersatz suchte; es hieß, sie habe Vics Ehe zerstört; es hieß, sie habe sich von ihm schwängern lassen. Aber so war es nicht. Vic und sie verstanden sich halt von Anfang an; er brachte sie zum Lachen – und das ist doch immer wichtig. Ihr Ruhm machte ihm keine Angst; Vic war auf seinem Gebiet erfolgreich, deshalb brauchte er sich nicht bedroht zu fühlen; und als sie zu ihm sagte: »Weißt du, Vic, manchmal möchte ich einfach alles hinschmeißen und aufs Land ziehen und ein Pferd haben«, antwortete er nicht mit »Dumme Kuh«, sondern nickte nur, tätschelte das, was er ihr anderes Paar nannte und sagte: »Das wär schön.«

Natürlich war Vics Ehe schon seit Jahren in Turbulenzen geraten, und Belinda wurde auch nicht absichtlich schwanger: das war halt etwas, was passiert, wenn sich zwei Menschen ineinander verlieben, nicht wahr? Ihrem PR-Agenten hatte das erst einiges Kopfzerbrechen bereitet, aber was in anderen Kreisen leicht als EHEMANN VERLÄSST FRAU WEGEN SCHWANGERER FREUNDIN gelaufen wäre, verwandelte sich in BELINDAS KIND DER LIEBE und wurde damit gleich viel annehmbarer. Die Fototermine wurden natürlich weniger, obwohl sie eine Zeitlang für Gymnastikmode posierte und jungen werdenden Müttern zeigte, wie man fit blieb; aber Belindas Herz hing nicht daran, und als sie wegen der kleinen Nikki immer fetter wurde, malte sie sich mit Bestürzung aus, wie sie wieder abnehmen und dann sehen würde, ob man sie immer noch ohne Bikinioberteil angucken wollte, wo sie doch neuerdings Mutter war. Zäh arbeitete sie nach Nikkis Geburt noch ein, zwei Jahre weiter, bis sie eines Tages beim Öffnen einer Piña-Colada-Fertigmixflasche nicht ernster als sonst bemerkte: »Weißt du, Vic, manchmal möchte ich einfach alles hinschmeißen und aufs Land ziehen und ein Pferd haben.« Worauf Vic grinste und sagte: »Hm, ich hab mir da so ein Häuschen angesehen.«

Ausfahrt 13, das ist sie, dachte Duffy, und lenkte seinen weißen Sherpa vorsichtig auf die Abbiegerspur. Er hatte nie maßlos viel für Belinda übriggehabt – selbst damals nicht, als sie einen aus der Zeitung angesprungen hatte wie ein Schnappkommando der Polizei. Und als er vor drei Jahren gekommen war, um die Alarmanlage einzubauen, hatte sie für seinen Geschmack ein bißchen zu sehr Frau von Kohlen und Reibach heraushängen lassen. Braunscombe Hall war ja vielleicht kein Landsitz der obersten, der Hermelin-und-Perlen-Klasse, aber es war immerhin Braunscombe Hall. Belinda Blessing und Vic Crowther wiederum waren noch immer in hohem Maße Belinda Blessing und Vic Crowther, nicht wahr? Im Grunde war es zum Lachen, und insgeheim grinste sich Vic auch eins; bei seinem ersten Besuch kam es Duffy aber so vor, als hätte Belinda Blessing ernsthafte Ambitionen, Belinda Braunscombe, Herzoginwitwe von Kohlen und Reibach zu werden.

Vic blieb da eher der Alte. Denn seit Duffy ihn kannte (und das waren zwölf Jahre), war Vic immer derselbe gewesen. Er gab sich schon als rüstiger Fünfziger – einer, der eine Menge gesehen hatte und dem man so leicht nichts vormachte –, als seine Geburtsurkunde drauf bestand, daß er noch keine vierzig war. Er verband das mit einem jovialen Gehabe in der Öffentlichkeit, wie Gewerkschaftsvertreter es annehmen, wenn sie fürs Fernsehen kumpelig werden. Diese ungerührte Umgänglichkeit machte weniger großzügige Geister mißtrauisch. Vor vielen Jahren hatte Duffy versucht, Vic Crowther einzubuchten. Vic, allem Anschein nach überhaupt nicht beleidigt, hatte nur gelacht und dann Laski & Lejeune, seine bevorzugte Kanzlei korrupter Anwälte, damit beauftragt, zu erklären, warum die Uhren im Lager ihres Mandanten der Beschreibung in Duffys Bericht zufälligerweise genau zu entsprechen schienen, aber trotzdem nicht gestohlen waren, o nein, das doch nicht, auf Wiedersehen!

Das war damals, als Duffy ein junger Bulle in London-

Süd war und Vic Crowther . . . was eigentlich genau? Bei seinen gelegentlichen Auftritten in der Zeitung wurde er immer als »Vic Crowther, Unternehmer« bezeichnet; wenn man ihn aber fragte, was genau er denn unternehme, dann antwortete er mit seinem ehrlichen Lächeln: »Ach, ein bißchen dies und ein bißchen das.« Er hatte in der Baubranche angefangen und war zu Einbauküchen übergegangen, als er merkte, daß Bauen angenehmer war, wenn die mühsame Arbeit schon von jemandem gemacht war. Dann kam er drauf, daß es überhaupt angenehmer war, wenn die mühsame Arbeit schon von jemandem gemacht war. Lizenzgeschäfte, Weiterverpachtung – das war offenbar Vics bevorzugtes Gebiet: den anderen dazu bringen, daß er seine Ersparnisse anschleppte, ihm zehn Prozent davon abnehmen und dann, falls die Sache schiefging – tja, ein Trottel blieb eben ein Trottel, nicht wahr. Eine Zeitlang hatte Vic eine Waschsalonkette besessen: Obacht, dachte Duffy, ich wette, es war Vic, der sich die Waschmaschine ausgedacht hat, die sich jedesmal eine Socke klemmt. Es hatte auch ein paar Crowther-eigene Beerdigungsunternehmen gegeben; er hatte vom Fast-Food-Geschäft einen Bissen geschnappt und mischte ziemlich früh im Video-Verleihgeschäft mit. Wie rein seine Weste war, die Frage hatte man bei der Kripo am Ort immer wieder debattiert, ohne daß man je zu einem anderen Schluß gekommen wäre als dem einen: Wenn Vic Crowther sauber war, dann schiffte die Königin von England im Stehen. Ein paar Bullen hatten versucht, ihm etwas anzuhängen, und Vic war immer freundlich gewesen, dann ein bißchen weniger freundlich und hatte sich schließlich an Laski & Lejeune gewandt, die es einem regelrecht verleiden konnten. Wenn Vic auf beiden Straßenseiten marschierte, dann war es wahrscheinlich, daß er bei seinen krummen Touren ebenso schlau vorging. Und bestimmt nach dem gleichen Prinzip:

Lizenzen, Weiterverpachtungen und dann, falls die Sache schiefging, tja, ein Trottel bleibt eben ein Trottel, aber ich war im Duke of Clarence, Herr Inspektor, wie die meisten Rotarier bezeugen können.

Duffy stoppte seinen Bus an der Einfahrt zu Braunscombe Hall. Diese Eingangssäulen waren neu, dachte er. Zwei viereckige Klinkerdinger, jedes mit einer bröckelnden Steinkugel oben drauf; auf der rechten saß ein Steintier, das ebenfalls bröckelte und sich an der Kugel festkrallte. Ein verwittertes Frettchen, wie es Duffy schien. Ziemlich merkwürdig, diese Mischung aus hellen neuen Klinkern und dem alten narbigen Stein.

Duffy starrte auf die fetten Kugeln, bis sie die Tage wachriefen, an denen er die Zeitung geöffnet und von Belindas Haubitzen eine doppelte Ladung vor den Latz geknallt bekommen hatte. Hey, vielleicht war es das: das Familienwappen von Belinda Blessing und Vic Crowther. Zwei aufsteigende Titten und ein altes Frettchen, das darauf herumkroch.

Duffy war noch immer am Grinsen deswegen, als er so hart auf die Bremse trat, daß der Kies vor Braunscombe Hall in der Gegend rumspritzte. Vic Crowther kam heraus, um ihn zu begrüßen.

»Soll ich den Lieferanteneingang benutzen, Chef?« fragte Duffy fröhlich.

»Wir sind hier nicht beim verdammten Britischen Grand Prix«, sagte Vic. »Guck doch mal, was du mit meinem Kies angerichtet hast. Jetzt muß ich ihn neu rechen lassen.«

In diesem Augenblick kam eine zierliche, bebrillte Frau, die Duffy für eine Japanerin hielt, eilig um das Hauseck. »Mr. Crowther«, sagte sie, als sie bei ihnen ankam, zögerte dann und musterte Duffy, bevor sie weiterredete. »Mr. Crowther, Sir. Grad eben hat jemand Ricky gestohlen.«

3. *Wohnküche*

Die Hängeschränke in der Küche waren sehr viel feiner als jene, die Vic Crowther in den alten Zeiten eingebaut hatte. Sie waren aus polierter deutscher Eiche, und dem Preis nach zu schließen bestand der Poliervorgang darin, daß kleine Männer in Lederhosen ungefähr dreißig Tage lang mit ihrem Hintern darauf herumgerutscht waren. Unter den Schränken befand sich ein erlesenes Arsenal von Haushaltsgeräten, die aussahen, als seien sie aus dem Raumfahrtzentrum in Houston geklaut. Wozu das wohl alles gut war, fragte sich Duffy, dessen eigene Küche einen Stich ins Spartanische hatte. Eine füllige mittelalterliche Frau, die eindeutig nicht aus dem Osten kam und von Vic als Mrs. Hardcastle bezeichnet wurde, pirouettierte von einer Maschine zur anderen und klappte gelegentlich eine Tür auf, um noch eine gleißende Pastete, noch eine blasenwerfende Quiche hervorzuziehen. Mit einer solchen Küche konnte man ein Hotel aufmachen.

»Soll es 'ne große Familie werden?« fragte Duffy.

»Es gibt nur Nikki«, sagte Vic. Er war ein wenig schwerer und ein wenig rötlicher, als Duffy ihn in Erinnerung hatte; vielleicht hatte er inzwischen am Trinken Gefallen gefunden. »Dabei wird es wohl bleiben. Mehr würden sich wohl nicht mit dem Reiten vertragen.« Er seufzte und sah so aus, als wollte er mehr sagen, doch die verschiedenen Dauer- und Wochenendgäste begannen in den Eßbereich zu strömen. War die Küche ein Raumfahrtzentrum, war der Teil des Raums dafür touristo-rustikal. Da stand ein langer Refektoriumstisch mit Eichenbalken, die nach Duffys Schätzung mindestens zwei Jahre alt sein mußten, ein offener Kamin, der rundum mit Zaumzeug verziert war, ein gußeiserner Lüster, der entweder zur Elektrizität bekehrt worden oder, was wahrscheinlicher war, schon so angefangen hatte, assortierte Stühle mit gedrechselten Lehnen und zwei bestickte Fußschemel. In der Ecke stand ein eichenes Spinnrad bereit für den Fall, daß Vic und Belinda ihre Kleider selber anfertigen wollten oder dergleichen.

Das ehemalige Seite-Drei-Mädchen gab Duffy die Hand mit dem reservierten Lächeln einer Schloßherrin, als sei sie völlig baff, daß Vic Duffy eingeladen hatte, mit ihnen zu essen: Der hatte doch sicher einen Kanten Käse und ein paar Silberzwiebeln in einem rotgewürfelten Taschentuch bei sich, das er mit hinausnehmen und auf der Hintertreppe essen könnte, während die Farmhunde an seinen Stiefeln herumkauten? Sieh an, sieh an, dachte Duffy, die ist aber aufgestiegen; aber so ganz vorteilhaft sind die Reithosen nicht für ihren Hintern.

»Das ist Duffy«, sagte Vic zu denen, die bereits am Tisch Platz genommen hatten. »Ein alter Kumpel. Er wird die Alarmanlage reparieren.« Die fünf Gäste waren wohl alle in den Dreißigern, und man konnte sich sicher sein, daß sie im Leben noch nichts mit dem Einrichten von Küchen oder dem Konzessionieren von Waschsalons zu tun gehabt hatten. Duffy wurde Angela vorgestellt, die um die Augen etwas verschwollen wirkte und deren rote Haare einen seltsamen Ton hatten, der wohl aus einer großen Flasche stammte; Jimmy, dem die Haare ausgingen und das Kinn davonlief und der aufstand und »Guten Tag, Herr Inspektor« rief; dem in Samt gekleideten Damian, der nicht aufstand, sondern sich statt dessen der blonden Lucretia zuwandte, die ein kurzes Nicken übrighatte für diesen Handwerker, der sich beim Essen zu ihnen gesellt hatte; und Sally, einer Kaskade aus Gekicher und schwarzen Locken, die sagte: »Gehört Ihnen der Lieferwagen?« Als sich Duffy eben setzen wollte, hüpfte Nikki herein, lief zu ihm hinüber und sah an ihm hoch. »Soll ich dir mein Tänzchen zeigen?«

»Später, Liebling«, sagte Vic ruhig.

»Ich will ihm aber mein Tänzchen zeigen. Er hat mein Tänzchen noch nie gesehen.«

»Mittagessen«, beharrte Belinda. Nikki setzte sich quengelnd hin, und als Mrs. Colin versuchte, ihr die Serviette um den Hals zu binden, stach sie die Filipina mit einer Gabel in den Arm. Mrs. Colin machte keinen Mucks; keiner schimpfte das Mädchen oder schien es auch nur zu bemerken. Duffy hatte es bemerkt.

»Wo ist Taff?« fragte Vic. »Wo ist Henry?«

»Taffy streift mit einem Sandwich durch die Wälder«, sagte Damian, als sei das das Putzigste, was ihm je untergekommen war, »wo er versucht, die örtliche Fauna mit Hilfe eines Karabiners hinzuschlachten. Warum er aber die armen kleinen Pelztierchen nicht einfach aufhebt und ihnen mit seinen Metallzähnen den Kopf abbeißt, ist mir schlicht ein Rätsel.«

»Und der verdammte Henry ist verdammtnochmal nicht da«, fügte Angela hinzu.

Während des Essens war Duffy immer wieder knapp vor dem Ersticken – was eindeutig nicht an Mrs. Hardcastles Pasteten lag. Meist führte Damian das Wort. Er hatte lange Wimpern und welliges braunes Haar, und seine Nasenspitze wackelte sacht hin und her, wenn er sprach. Sein Pausbackengesicht schien aus lauter Freude darüber zu glänzen, daß er Damian war. Er verbreitete sich über Themen und Leute, die Duffy unbekannt waren, und unterbrach sich gelegentlich, um eine leere Weinflasche hochzuhalten – wie in einem Restaurant; Mrs. Hardcastle kam dann geeilt und brachte eine neue. Jimmy hörte ihm zu mit hängender Kinnlade und lachte den anderen kurz hinterher. Vic redete gar nicht; Belinda redete zwar, aber nicht mit Duffy. Gut, wenn er für die Leute hier den Handwerker markieren sollte, ihm war das recht. Nach dem Essen würde er die Alarmanlage richten und sich dann wieder unter die Irren auf der Rennbahn mischen. Er überlegte, ob Carol zum Mittagessen die Pizza oder den Fisch mit der kalorienarmen Soße gegessen hatte.

»Gehört Ihnen der Lieferwagen?« Das war Sally, die über den Tisch herüberfragte. Sie hatte eine Menge schwarzer Locken, die ihr in den Nacken fielen, und große schwarze Augen, die sich nicht so recht auf Duffy konzentrieren wollten. Vielleicht war sie kurzsichtig; vielleicht lag es an was ganz anderem. Jedenfalls war das schon das zweite Mal, daß sie die Frage stellte.

»Mmhm«, antwortete er.

»Duffy Security«, fuhr sie fort, mit gedehnten Silben und einem abschließenden Kichern. »Sind Sie sicher? Ich mag Männer, die sicher sind.« Sie kicherte wieder. »Sind Sie sicher?«

Duffy wußte nicht, was er antworten sollte. Was meinte sie? Ob bei ihm eingebrochen worden war? Ob er eine Hypothek hatte? Oder eine feste Freundin? Vorsichtig antwortete er: »Manchmal.«

»Ich habe immer schon zu der Annahme geneigt«, sagte Damian in einem Tonfall, der dem ganzen Tisch zu gelten und gleichzeitig Duffy zu ignorieren schien, »daß Polizisten und diese ganzen Leute, die mit Schutzhelmen angetan das Geld von anderen zur Bank bringen, diese ganzen Geldkutschenfahrer, ein außerordentlich seltsames Sexleben haben müssen. Also allein schon diese *Gummiknüppel.*« Sally kicherte. »Und *Handschellen.* Was man mit Handschellen alles anstellen kann . . . Und diese wunderbaren großen *Hunde* . . .«

Angela, die während des Essens die meiste Zeit geschwiegen hatte, stand plötzlich auf und lief zur Tür. Stille.

»Blödel«, sagte Lucretia.

»Oh, *hoppala*«, sagte Damian, »da war wohl ein Fettnäpfchen. Aber es ist mir halt so rausgerutscht, wie die Schauspielerin zum Bischof sagte. Gott, was habe ich mir da bloß eingebrockt. Apropos, Mrs. Hardcastle«, er erhob seine Stimme Richtung Küche, »die Suppe ist heute ganz besonders lecker.« Mrs. Hardcastle lächelte. »Meine Glückwünsche an die Maîtresse.« Sie lächelte wieder. Sie schien Damian besonders zu mögen.

»Haben Sie einen Hund?« Wieder Sally.

»Nein.«

»Ich meine für die Arbeit. Sie müssen doch für Ihre Arbeit einen Hund haben.«

»Nein.«

Sally brauchte ein Weilchen, bis ihr diese Antwort in den Kopf gegangen war. Man konnte ihr ansehen, wie angestrengt sie darüber nachdachte. »Dann sind Ihre Hunde durch die Technologie wohl überflüssig geworden. Der technische Fortschritt eliminiert . . .« Sie machte eine Pause; diese langen Wörter erschöpften sie. ». . . quasi . . . die . . . Anwendungsbereiche von Hunden.«

»Nein, ich mag einfach keine Hunde.«

Sally fand diese Antwort das Witzigste, das sie seit Ewigkeiten gehört hatte; sie jaulte, sie wieherte, sie jodelte vor Lachen. »Er mag keine Hunde«, wiederholte sie, und ihre Augen schienen noch weiter auseinanderzustreben. Duffy schielte den Tisch entlang. Lucretia betrachtete ihn ungerührt; sie zwinkerte nicht, als er ihren Blick auffing, sondern musterte ihn weiter. Mit ihrer blonden Mähne und den klaren, feingeschnittenen Zügen sah sie aus wie eines der Mädchen, denen man nur auf den Modeseiten von Nobelmagazinen begegnete. Den Modellen dort hatte man über Monate diesen offenen, verächtlichen Leck-mich-am-Arsch-Blick beigebracht; dieses Mädchen hatte ihn im wirklichen Leben drauf. Sie war klassenweit von ihm entfernt.

»Da Sie Hunde nun mal nicht zu mögen scheinen . . .« wandte sich Damian zum ersten Mal an Duffy » . . . dann sind Sie vielleicht der Typ, nach dem wir suchen. Können Sie uns sagen, wo Sie sich in der Nacht zum Sonntag aufgehalten haben . . .?«

»Das reicht«, sagte Vic ziemlich scharf. »Ricky ist weg. Ich meine, Rickys Leiche ist weg. Mrs. Colin hatte sie in einen Wäschesack getan und in der hinteren Garderobe aufgehängt, aber irgend jemand hat ihn geklaut.«

»Na ja, hier wird ja auch eine Menge Fleischpasteten fabriziert«, sagte Damian fröhlich. »Wer weiß, ob der Zeigefinger des Verdachtes nicht allmählich Richtung Mrs. Hardcastle weist.« Er tat so, als untersuche er eine große hausgemachte Hühner/Schinken-Pastete und spielte dann einen Ekelanfall.

»Laß das, Damian, du alter Kindskopf«, sagte Vic. »Es sollte besser mal jemand nach Angela sehen.«

Belinda machte sich auf die Suche nach ihr, und nach wenigen Minuten kehrten sie gemeinsam zurück. Es gab Trifle und einen aufgewärmten Weihnachtspudding, der wohl acht Monate lang in der Tiefkühltruhe gewesen sein mußte. Als der Kaffee gereicht wurde, ging die Tür auf, und ein massiger, rotgesichtiger, kantschädeliger Mann um die vierzig kam herein. Er trug einen hellen Hahnentrittanzug, eine Englischleder-Weste von altmodischem Zuschnitt, ein kariertes Musselinhemd und eine rotgepunktete Fliege. Begeistert blickte er über den Tisch hinweg seine Verlobte an.

»Henry, Liebling, wo warst du denn?« fragte Angela mit einer Herzlichkeit, wie sie Duffy keinem am Tisch zugetraut hätte. »Ich habe dich stundenlang zu erreichen versucht.«

»Tut mir leid, altes Mädchen«, erwiderte Henry. »Du weißt ja, wie es geht. Manchmal merkt man nicht gleich, wo der Hund begraben liegt.«

Angela schrie auf. Im Zimmer verstummte alles. Henry wechselte unbehaglich von einem seiner klobigen braunen Golfschuhe auf den andern. »Was habe ich denn gesagt?«

•

Nach dem Essen führte Vic Duffy zur Videothek. Über das Loch im Terrassenfenster war ein großer Bogen braunen Packpapiers geklebt worden.

»Da haben sie Ricky durchgeworfen«, erläuterte Vic.

»Mann.« In einer seltsam distanzierten Weise war Duffy beeindruckt. Bullen und ehemalige Bullen werden so vertraut mit Verbrechen, daß auch kleine Neuerungen geradezu willkommen sind. So was hatte Duffy jedenfalls noch nicht gesehen. »War das ein großer Hund?«

»Hm, naja«, sagte Vic. Er sah etwas vage und hilflos drein. »Er war so, na ja, so hundegroß, ungefähr.«

»Alles klar«, sagte Duffy. »Irgendein besonderes Fabrikat?«

»Man nennt das nicht Fabrikat, Duffy, das heißt Rasse. Das weiß *ich* sogar. Nein, also, er war so eine Art ... Durchschnittshund. Kraushaar, Schwanz.«

»Vier Beine?« fragte Duffy.

»Ja. So einer mit vier Beinen. Ich bin nicht gerade ein Hundekenner.« Diese letzte Bemerkung war nicht absolut unerläßlich gewesen.

»War er schon tot, als er durchs Fenster kam?«

»Hm, er war jedenfalls tot, als Mrs. Colin ihn gefunden hat.« Er hielt inne. »Von Hunden nimmt man wohl keine Fingerabdrücke.«

Duffy ließ sich die Frage kurz durch den Kopf gehen. »Nicht, wenn sie verschwunden sind.«

»Klar.«

»Und wann kommen die Bullen?«

»Bullen? Auf Bullen bin ich nicht besonders scharf.«

»Das weiß ich noch.« Duffy lächelte. Er überlegte, wie üble Dinger Vic seinerzeit wohl gedreht hatte und wie üble er allenfalls jetzt noch drehen mochte. Schaute bei Waschsalons, Beerdigungsunternehmen und Videotheken denn genug heraus für ein so großes Haus? Oder gab es noch ein, zwei Einnahmequellen nebenher?

»Na, jetzt, wo Ricky verschwunden ist, wäre es jedenfalls reine Zeitverschwendung, wenn sie angerückt kämen, und das am Wochenende. Ich dachte mir halt, daß man, daß man . . .«

». . . schlafende Hunde nicht wecken sollte?«

»So ähnlich«, sagte Vic und kicherte. »Es ist immer wieder angenehm, wenn man mit jemand zu tun hat, der die gleiche Sprache spricht.«

»Von *denen* kommen ja nicht viele aus Catford«, sagte Duffy und nickte in die Richtung des Eßzimmers.

»Ja, das sind hauptsächlich Belindas Freunde. Wenn man mal ein großes Haus hat, lernt man die anderen Leute mit großen Häusern kennen. Sie sind nicht so übel, wie du meinst«, sagte Vic. »Manchmal sind sie ein wenig laut, aber sie sind ja noch jung.«

»Naja, ich mag wohl einfach keine feinen Leute.«

»So fein sind die gar nicht.«

»Die sind jedenfalls alle feiner als ich«, beharrte Duffy mit einigem Ingrimm.

»Das ist doch wohl für die meisten die gängige Ausgangslage, meine ich.« Jetzt mußte Duffy kichern. »Also, dieser Damian zum Beispiel. Der ist nur ein Vikarssohn, kluges Kerlchen, war irgendwo auf dem College, wo er mit den feineren Pinseln zusammenkam. *Damian* ist doch kein feiner Name.«

»Immer noch feiner als Vic.«

»Genau, aber so ist das in England heutzutage, Duffy. Ein Vic kommt mit einem Damian zusammen, und ein Damian kann einen Hugo kennenlernen. Dieses ganze Klassenzeugs, das kannst du heute alles vergessen. *Was* man ist, zählt, nicht *wer* man ist. Zum Beispiel nimm uns, Belinda und mich. Als ich klein war, weißt du noch – nein, dafür bist du zu jung, aber als ich klein war, gab es silberne Drei-Pence-Münzen.«

»Hab ich von gehört«, sagte Duffy.

»Die hat man in den Weihnachtspudding getan. Versteckt, und dann an der Seite des Puddings ein kleines Zeichen gemacht, damit man wußte, wo sie waren und die Kinder sie kriegten. Aber wir hatten keine solchen Silbermünzen bei uns zu Hause. Mein Vater nahm Viertelpenny-Münzen aus Kupfer und wickelte sie in Silberpapier ein. Das haben wir gekriegt. Und wahrscheinlich noch eine ordentliche Metallvergiftung. Und jetzt hocke ich dafür in diesem großen Haus. So ist das in England«, sagte Vic zum Abschluß seiner offensichtlichen Standardrede mit einem guten Schuß dankbaren Patriotismus'. »So ist das in England. Und schau dir Belinda an. Früher hätte es das nie gegeben. Du weißt, daß ich sie abgöttisch liebe, aber früher wäre sie mit so was nie durchgekommen. Die Leute hätten sie links liegen lassen, weil sie sich für die Zeitungen ausgezogen hat. Jetzt ist das den Leuten wurscht. Jetzt geht sie mit Leuten auf die Jagd, die sie vor fünfzig, nein, vor zwanzig Jahren noch nicht einmal ihr Pferd hätten halten lassen. So ist das in England, und es ist verdammt noch mal gut so, wenn du mich fragst.«

»Vielleicht wären mir die feinen Leute lieber, wenn ich auch so ein großes Haus hätte«, sagte Duffy.

»Was soll denn dieser Futterneid, alter Junge? Das Haus ist übrigens ein gutes Beispiel. Weißt du, von wem ich es gekauft hab? Erinnerst du dich noch an The Filth?« Duffy nickte. The Filth waren in den frühen Sechzigern für kurze Zeit berühmt gewesen: drei oder vier Top-Ten-Hits, zwar nie Platz eins, aber genügend Fans, die einige Jahre zu ihnen hielten. Nach Duffys Geschmack nicht so gut wie die Hollies oder die Tremoloes, aber immerhin ... »Erinnerst du dich noch an den Keyboard-Spieler?« Unscharf erinnerte sich Duffy an einen samtigen Kobold mit hündischem Grinsen, der immer mit einer großen Feder auftrat, die ihm hinten aus der Hose ragte. »Izzy Dunn? Weißt du noch? Von dem hab ich das Haus gekauft. Mit anderen Worten, solche Häuser gehören heutzutage solchen Leuten wie uns« – Vic hielt inne und korrigierte sich – »solchen Leuten wie mir, und das zum Teil schon in zweiter Generation. Natürlich hat das Haus so einiges mitgemacht, als Izzy hier war: Der hat dermaßen Schiß gehabt, die Leute könnten ihm beim Essen zusehen, daß er die Musikanten-Galerie im Speisezimmer zunageln ließ, und aus der Squash-Halle hat er ein Aufnahmestudio gemacht und gleich mehrere große Fenster durchbrechen lassen, und im Teich hat er es mit Piranhas versucht, aber es ist immer noch ein schönes Stück übrig von dem Haus. Touristen kommen vorbei und glotzen mich an, als wäre ich ein adliger Gutsherr. Sind die Crowthers hier schon seit Jahrhunderten ansässig? Ich höre sie, wie sie das fragen.« Vic kicherte.

»Ach ja«, sagte Duffy, »diese Steinkugeln, die du da am Eingang hast. Was soll denn das Frettchen, das auf der einen rumklettert?«

»Duffy, du hast es echt nicht verdient, in so einem großen Haus zu wohnen. Das ist kein Frettchen, du Mondkalb, sondern ein Salamander.«

»Ist das eine Frettchensorte? Außerdem ist er nicht mehr ganz frisch.«

»Das ist ein gründlich verwitterter Salamander, Duffy. Sieht aus, als wäre er schon eine halbe Ewigkeit da, was? Ich will dir mal was anvertrauen: Es gibt da eine Werkstatt, wo man sie vorverwittert. So wie vorgeschrumpfte Jeans, weißt du. Hat man weniger Ärger mit. Sie haben da alles mögliche, Bären, Pelikane, was man will.«

»Und warum hast du einen Salamander genommen?«

Vic guckte verschmitzt. »Also, um ehrlich zu sein, auf den ersten Blick wußte ich auch nicht, daß das ein Salamander war. Ich merkte einfach, daß es so eine Art Eidechse war, und ich hab zu dem Burschen gesagt: ›Und was ist mit der Eidechse da?‹ Der hat mir dann erklärt, daß das ein Salamander sei und daß man den früher für was Besonderes gehalten hat; die Leute glaubten, daß der durchs Feuer spazieren konnte, ohne sich zu verbrennen. Und da sagte ich mir, das ist ja ganz ähnlich wie beim alten Vic Crowther, dieser Salamander. Er spaziert auch durchs Feuer, ohne sich zu verbrennen, bisher jedenfalls, toi toi toi. Und deshalb haben wir den genommen.«

»Und warum hockt keiner auf der anderen Kugel? Ist der runtergefallen?«

»Nein, nein. Das hat man so. Das ist Heraldik oder so was«, sagte Vic unbestimmt.

Während sie sprachen, hatte sich Duffy in dem Zimmer umgesehen und sich an die Anlage erinnert, die er vor drei Jahren installiert hatte. Er entschuldigte sich für einen Moment und überprüfte die Schalttafel, die im Elternschlafzimmer hinter einem Stück falschen Paneels eingepaßt war. Unterwegs traf er Mrs. Colin, die versuchte, Nikki auf einen Spaziergang mitzunehmen, und dafür anständig getreten wurde. Als er zurückkam, war er ziemlich verärgert. Er schloß die Tür der Videothek. Und das an einem Sonntagnachmittag, verdammter Mist.

»Wir haben damals alles durchbesprochen, Vic. Türen, Fenster, druckempfindliche Fußmatten. Wir hatten beschlossen, die Scheiben nicht extra zu sichern, weil schon eine starke Bö genügt, damit die Alarmanlage losgeht. Wir haben uns darauf geeinigt, die Türen anzuschließen und unter den Fenstern im Erdgeschoß Fußmatten anzubringen. Bloß daß du in der Videothek keine Fußmatten gewollt hast, weil das ein kleines Zimmer sei und vielleicht mal jemand lang aufbleiben möchte und du nicht wolltest, daß der dann den Alarm auslöste, wenn ihr alle schon im Bett wart. Die Scheibe ist offensichtlich nicht gesichert, aber wenn jemand die Terrassentür aufzubrechen versucht hätte, wäre die Hölle los gewesen.«

»Das kostspielige Spielzeug, das du mir aufgeschwatzt hast, hat also den kleinen Nachteil, daß, wenn mir einer Hunde durchs Fenster schmeißt, ich erst am Morgen davon erfahre, wenn Mrs. Colin ihre Runde macht?« Vic lächelte, als er das sagte.

»Es sei denn, du hörst es klirren. Ich kann, wenn du willst, ja doch noch eine Fußmatte einbauen.«

»Nein danke, spar dir den Aufwand.«

Duffy fühlte sich verarscht. »Wo ich schon hier bin, überprüfe ich die Anlage gleich mal.«

»Ja, das ist eine gute Idee«, sagte Vic. »Das wird aber wohl 'n Weilchen dauern. Und wo ich drüber nachdenke, könntest du doch eine Fußmatte einbauen. Aber du hast vermutlich nicht alle nötigen Utensilien mit dabei in deinem Wagen. Und außerdem ist morgen ein Bankfeiertag.«

»Versteh ich nicht«, sagte Duffy.

»Selbst wenn jemand vergangene Nacht die Tür aufzubrechen versucht hätte, wäre nichts passiert«, sagte Vic. »Ich hatte die Anlage nicht eingeschaltet.«

»Versteh ich nicht«, wiederholte Duffy.

»Ich hoffe, das kommt noch, mein Junge. Ich hoffe, das kommt noch.«

In diesem Augenblick öffnete sich die Tür der Videothek, und eine kokettierende Nikki erschien. Sie sah zu Duffy hoch und sagte: »Willst du jetzt mein Tänzchen sehen?«

»Später, Liebling, später«, sagte Vic.

»Darf ich Taff mein Tänzchen zeigen, wenn er aus dem Wald zurückkommt?«

»Süß von dir, Liebling. Und jetzt lauf.«

Vic entriegelte die Terrassentür mit dem braunen Packpapierflicken und trat reichlich schwerfällig auf die mit Steinplatten belegte Terrasse hinaus. Duffy folgte ihm. Zwischen den quadratischen Platten wuchsen niedrige Pflanzen – wahrscheinlich Kräuter oder dergleichen –, die Duffy nicht wiedererkannte. Aus zwei riesigen Amphoren, die vielleicht vorverwittert, vielleicht aber auch der wahre Jakob waren, wuchsen Geranien in buntem Durcheinander. Eine Hummel brummte langsam vorbei, so unbeholfen, als schleppte sie sich ab mit Einkaufstaschen. Duffy schnüffelte zögernd. In dieser Luft kam er sich vor wie jemand, der in einem teuren Restaurant den Wein kosten soll und sich kein bißchen sicher ist, wie das Zeug denn überhaupt zu schmecken habe.

»Riecht irgendwie anders«, ließ er vorsichtig verlauten.

»Komisch, nicht?« sagte Vic. »Geht mir auch so. Das kommt von all den Jahren in London. Irgendwie riecht das Land nicht echt. Es riecht, als käme es aus der Büchse. Der alte Gott oben mit seiner Spraydose, der überlegt: ›Was geben wir ihnen heute: ein Wölkchen Irischer Frühling, einen Spritzer Herbstmilch?‹ Oft, wenn ich hier rauskomme, ist mir nach einer Zigarette, bloß damit etwas echter Geruch in die Luft kommt. Und dabei rauch ich gar nicht mehr.«

Inzwischen hatten sie sich über die steinerne Balustrade hinten an der Terrasse gebeugt. Duffy erhaschte eine Bewegung im rechten Gesichtsfeld. Eine Gestalt war um die rechte Ecke der Terrasse gekommen und bewegte sich jetzt auf sie zu. Sie robbte ziemlich schnell mit nach außen gedrehten Ellbogen und indem sich die Zehen vom Boden abstießen. Mit gesenktem Kopf kroch sie zwei Meter unter ihnen vorbei, ohne die beiden wahrzunehmen, schnellte um die andere Ecke der Terrasse und war ihren Blicken entschwunden.

»Sah ein wenig aus wie ein Salamander«, sagte Duffy mit kundiger Miene.

»Jimmy war bei der Armee«, erklärte Vic. »Er war mit Freude dabei, mit Freude. Aber sie sagten, er sei nicht hell genug. Er bedrängt mich immer, ihn hier ein Übungsgelände bauen zu lassen. Er glaubt, daß die Gäste das gern einmal ausprobieren würden – also sich erst durch die Abflußrohre quetschen und an Tauen über den See schwingen, damit sie ihren Gin Tonic auch verdient haben.«

»Und was macht er jetzt?«

»Ich glaube, man nennt das Immobilienmakler«, sagte Vic zweifelnd. »Aber ich glaube, ich hab ihn nie davon sprechen hören.«

Er führte Duffy zu einem rustikalen Gartenstuhl, der

Duffy in seinem Argwohn gegenüber der Unbequemlichkeit des Landlebens bestärkte.

»Heraus damit, Vic«, sagte Duffy.

»Es geht um Angela. Wir machen uns ein bißchen Sorgen wegen Angela. Belinda und ich.«

»Die mit den roten Haaren?« Aus der Flasche, fügte Duffy stumm hinzu.

»Genau. Wir kennen sie, seit wir hier heraus gezogen sind – länger als alle anderen. Sie ist Belindas bester Kumpel, und ich . . . mag sie sehr.«

»Heißt das das, was ich glaube, daß es heißt?«

Vic ging darauf nicht ein. »Ich weiß nicht, wie ich es ausdrücken soll. Angela hat immer ein wenig . . . über die Stränge gehauen. Sie ist herumgekommen, wie man so sagt, in jeder Beziehung. So was fällt auf dem Land natürlich eher auf. In London kümmert sich keiner drum, wo man seinen Kaugummi hinpappt, aber hier draußen muß man ein wenig vorsichtiger sein. Sie ist nie ein vorsichtiges Mädchen gewesen. Mach alles, probier alles, das war immer ihr Motto.«

»Sie fickt also quer durch den Gemüsegarten und nimmt Drogen«, sagte Duffy im professionellen Ton. »Was noch?«

Vic zuckte mit den Schultern. »Sie sieht auf den ersten Blick vielleicht ziemlich abgebrüht aus, aber das ist sie nicht. Deshalb kommt sie auch so gut mit Belinda aus. Weißt du, die beiden sehen zwar aus, als wüßten sie genau, wie der Hase läuft, doch in ihrem Innern«, Vics Stimme wechselte das Register, »sind es Mädchen. Kleine Mädchen, die sich im Wald verlaufen haben.« Er machte eine Pause. Duffy wurde nicht gerade von einer Woge des Mitleids überschwemmt für die beiden Mädchen, die da mutterseelenallein durch Farnwälder irrten.

»Wirf mal einen Blick auf ihre Handgelenke, wenn du kannst. Sieht mit den ganzen Linien aus wie der Eisenbahnknotenpunkt bei Clapham. Das war der zweite Versuch, vor ungefähr zwei Jahren. Beim ersten Mal waren es Tabletten. Man hat ihr den Magen ausgepumpt, versucht sie aufzuheitern, gesagt, sie soll es nicht wieder tun, und sie hat genau so weitergemacht wie vorher. Vor zwei Jahren, wie gesagt, als sie sich in der Badewanne die Beine rasierte, nahm sie die Klinge aus dem Rasierer und . . . Eine Stunde später hat sie jemand gefunden. Ein Wunder, daß sie noch am Leben war.«

Nein, das war kein Wunder, dachte Duffy, oder jedenfalls nicht unbedingt ein Wunder. Das klang eher nach Unfähigkeit. In seiner Zeit als Bulle hatte Duffy öfter mal mit Selbstmordversuchen zu tun gehabt. Daß einer es nicht geschafft hatte, sagten die Leute, zeige, daß der im Grunde gar nicht habe sterben wollen. Duffy war da anderer Meinung. Was es in der Regel zeigte, war, daß einer es nicht richtig angestellt hatte. Die Leute meinten, sich die Pulsadern aufzuschneiden sei ganz einfach, deshalb schnitten sie im rechten Winkel, aber oft genügte schon das Gewicht der Hände, um die Wundränder wieder zuzudrücken. Wer es ernst meinte, schlitzte sich die Handgelenke diagonal auf.

»Armes Mädchen. Warum hat sie das gemacht?«

Vic zuckte wieder mit den Schultern. »Sie sagte, sie wolle tot sein. Sagte, niemand liebe sie. Das Übliche halt. Die Eltern trennten sich, als sie noch ein Kind war; vielleicht hängt es auch damit zusammen. Beide sind mittlerweile tot.«

»Wie alt ist sie?«

»37, 38. Sieht aber jünger aus, nicht? So ist das heutzutage. In ihrem tiefsten Innern ist sie ein nettes Mädchen.«

Duffy grunzte. Das sagten die Leute immer. *In ihrem tiefsten Innern ist sie ein nettes Mädchen.* Und warum muß das außenrum alles sein, wollte Duffy dann immer fragen.

»Jetzt siehst du also, um was es geht. Alles ein bißchen angeschlagen.«

»Hat sie Geld?«

»Hat sie. Ein bißchen angeschlagen, wie gesagt, und man hat das Übliche versucht, Ärzte und Kliniken und was nicht alles, und jede Menge Versprechungen, von denen jede Menge gebrochen wurden. Man kann sie noch so sehr mögen, mit der Zeit hat man die Nase voll von solchen Leuten. Und dann, vor etwa einem Jahr, hat sie Henry kennengelernt.«

»War das der, der so lange nicht gewußt hat, wo der Hund begraben liegt?«

»Genau. Henry gibt es schon lange. Stammt aus einer dieser Landfamilien, die weit zurückreichen.«

»Vic«, sagte Duffy. »*Alle* Familien reichen weit zurück. Ich habe genauso viele Vorfahren wie jeder andere. Du auch. Und auch ein Frettchen.«

»Schon wieder dieser Futterneid. Du weißt, was ich meine. Henry ist ungefähr 45, und alle hatten ihn schon ziemlich aufgegeben. Was Heiraten angeht jedenfalls. Er ist ein bißchen komisch, weißt du, und man kommt nicht dahinter, wie er tickt. Jedenfalls hat er sich wider Erwarten für Angela interessiert. Vielleicht, weil sie so ganz anders war. Weil, für Henry hatte es immer nur Mädchen mit Kopftüchern und grünen Gummistiefeln gegeben, die es lustig fanden, ihm bei der Treibjagd den Feldhokker unterm Hintern wegzuziehen.«

»Dann wird also nächstens geheiratet?«

»In drei Wochen. Der Pfarrer ist schon bestellt.«

»Dann ist ja alles gut«, sagte Duffy stichelnd.

»Sie lebt außerhalb des Dorfs in diesem Cottage. Vor vielleicht zwei Monaten ging es los. Kleinigkeiten: Geräusche im Garten, und man weiß nicht, ist es ein Hund oder sonstwas. Einmal findet sie einen toten Vogel auf der Schwelle – klar, den konnte auch eine Katze abgelegt haben. Klopfen in der Nacht. Und dann kommt eines Morgens ein Stein durchs Fenster geflogen. Das hat gereicht. Sie nahm eine Handvoll Tabletten und war weg. Damals haben wir ihr vorgeschlagen, hierherzuziehen.«

»Wo hat sie die ganzen Tabletten her? Und die anderen Sachen, wo wir schon dabei sind?«

»Die Reichen kriegen immer Tabletten, Duffy. Aber egal, sie ist jetzt wieder knapp vorm Durchdrehen. Sie hat sich ein wenig beruhigt, als sie hierherkam, dann hat sie sich Sorgen gemacht um das Cottage und ist zurückgegangen, und weißt du, was sie dann gesagt hat? Sie sagte, sie glaubt, der Holzstoß hat sich um zwei Meter verschoben. Der Holzstoß. Ist einfach aufgestanden und rumgelaufen. Das hat sie umgehauen; und nicht zu wissen, ob sie sich das alles nur einbildete, hat auch nicht gerade geholfen.«

»Was hält Henry denn von ihren . . . Aktivitäten?«

»Wir vermuten, daß er nur die gesäuberte Version kennt. Ich glaube nicht, daß er diese Seite von ihr schnallt. Er meint wahrscheinlich, Mädchen sind einfach so, mal etwas aufgeregt, mal etwas still.«

»Sie ist also knapp vorm Durchdrehen.«

»Sie ist wirklich knapp davor. Ich weiß zwar nicht, warum genau, und ich weiß auch nicht, wieviel sie sich bloß einbildet, aber ich weiß genau, daß wir sie die nächsten drei Wochen über die Runden bringen müssen. Das ist ihre letzte Chance; Bel und ich sind uns da einig. Henry ist ihre letzte Chance. Wir meinen, wenn sie das nicht schafft, dann geht sie kaputt.«

»Der Hund hat also nicht gerade geholfen.«

»Der Hund hat allerdings nicht geholfen. Wer macht denn so was, Duffy? So ein armes, unschuldiges Vieh . . .«

»Ich dachte, du kannst Hunde nicht ausstehen.«

»Hab auch nichts anderes gesagt. Ich habe nur gesagt, daß es arme unschuldige Viecher sind.«

»Aha. Und sonst?«

»Sie sagt, sie wird erpreßt.«

»Jetzt kommen wir zur Sache. Wer, warum, wieviel?«

»Sagt sie nicht. Kein Wort aus ihr rauszubringen. Man kann sie auch nicht drängen, weil sie sonst . . .«

»Klar«, sagte Duffy. »Hol die Bullen.«

»Sie redet nicht mit den Bullen. Und ich will die auch nicht hierhaben, wenn ich's vermeiden kann. Die Macht der Gewohnheit.« Ja, und Bullen mit Schnüffelnasen könnten mit großen schnüffelnasigen Hunden ankommen. Sie standen auf. »Kannst du paar Tage hierbleiben?«

Duffy nickte. »Für feine Leute wird es teurer.«

Vic schüttelte traurig den Kopf. »Du bist ein miserabler Geschäftsmann, Duffy. Du kriegst deinen üblichen Satz.«

»Also gut.«

Sie gingen langsam am Haus entlang, als wollten sie es auf Einbruchsmöglichkeiten untersuchen. Als sie die Auffahrt erreichten, fluchte Duffy los. Verdammte Scheiße, jemand hatte an seinem Bus rumgemurkst. Das Auto stand merkwürdig schief. Duffy ging über den Kies und schielte dabei zum Haus hinüber. Die beiden Reifen auf der vom Haus abgewandten Seite waren platt.

•

Aufpasser für eine feine Zicke, dachte Duffy. Na gut, wenn sie ihn dafür bezahlen wollten . . . Nach Duffys Ansicht brauchte es in Braunscombe Hall keinen Duffy. Hier brauchte es die Bullen und eine Psychiatrieschwester, und vor allem brauchte es einen ordentlichen Frühlingsputz, einen langen Spritzer aus einer riesigen Spraydose, wonach ein paar ganz bestimmte Menschen zwei Minuten lang wie Zahnarztbohrer lossurren würden, bevor sie dann liegenblieben mit den Beinen in der Luft; aber einen Duffy brauchte es nicht. Andererseits: Wen ließ man kommen, wenn man sicherstellen wollte, daß jemand heiratete? Gab es im Branchenbuch »Hochzeitsvollstrecker«? Womöglich würden sie ihn zu Angelas Brautführer bestimmen, damit er sie auch sicher bis vorn an den Altar begleiten könnte. Vielleicht sollte er ihr für das Unternehmen Handschellen anlegen? Jawohl, der Herr, und zu dem grauen Morgenanzug mit Handschuhen und Zylinder empfehlen wir dieses hübsche Paar versilberter Handschellen. Sehr dezent, wie der Herr sehen. Nein, heutzutage heiratet man damit. Während der Bräutigam der Braut den Ring an den Finger steckt, schließt der Sicherheitsberater die Handschellen auf und wirft den Schlüssel unter die Schar wartender Mädchen. Wer ihn fängt, steht als nächste vorn am Altar.

Aber immerhin zahlte der Kunde, und die vierzig pro Tag plus Spesen (nein, das hätte er nicht sagen sollen, daß es für feine Leute teurer würde – er hätte einfach den Satz erhöhen sollen) sprachen im Zweifelsfalle erst mal für die Angeklagte. Schließlich hatte er diese Angela noch gar nicht unter die Lupe genommen, sondern sie nur bei der Erwähnung von Hunden aus dem Zimmer sausen sehen. Hier mußte er offenbar seine Zunge im Zaum halten. Und nicht im falschen Moment »Wuff-Wuff« sagen. Kundenbetreuung, Duffy, dachte er, Kundenbetreuung. Das war nicht seine Stärke, und das wußte er.

»Duffy bleibt noch ein paar Tage«, teilte Vic zu Beginn des Abendessens beiläufig mit. »Die Alarmanlage ist völlig durchgeknallt.«

»Vielleicht hat man sie nicht richtig installiert«, sagte

Belinda sarkastisch. Danke für die Blumen, Bel, dachte Duffy. Er versuchte sich die Unterhaltung zwischen Bel und Vic vorzustellen, als der sie davon unterrichtet hatte, daß Duffy noch eine Zeitlang hier rummachen würde. Er überlegte, wo er wohl schlafen werde. Wenn es nach Bel ging, vermutlich irgendwo auf dem Dachboden, auf Zeitungen unter einem kaputten Fenster.

»Ah, lustig«, sagte Damian und sah gelassen zu Duffy herüber. »Sie können den vierten Mann beim Bridge machen.« Er ließ seine langen Wimpern klimpern und schien seine Nasenspitze bewußt einmal wackeln zu lassen.

»Ich spiele nicht«, sagte Duffy.

»Dann werden Sie den Strohmann machen müssen.« Damian grinste spöttisch, und Sally, die Frau mit den großen leicht benebelten Augen, die immer kicherte, kicherte. Paß bloß auf, Junge, wollte Duffy sagen, oder dein schönes Samtanzüglein wird bald sehr schmutzig sein. Statt dessen sah er sich am Tisch um und sagte: »Wer hat an meinem Wagen rumgemacht?«

»Rumgemacht?« Wiederholte Damian. »An Ihrem Wagen? Ich würde nie an fremden Sachen rummachen.«

»Bei zwei Reifen ist die Luft rausgelassen. Das ist gefährlich. Und wenn die Felge durch den Reifen schneidet, liegt auch noch strafbare Sachbeschädigung vor«, sagte er, um ein wenig respektgebietender zu klingen.

»Verhaften sie die üblichen Verdächtigen«, grölte Jimmy, als hätte er den Spruch grad eben erst erfunden. Glatzköpfiger Knaller, dachte Duffy, und erinnerte sich daran, wie Jimmy unter der Terrasse vorbeigerobbt war, wie ein Salamander. Nein, wie ein Frettchen.

»Ich hatte geglaubt, Sie seien besonders sicher«, sagte Sally. »Duffy Security«, wiederholte sie und grinste ihn an.

»Ich pumpe Ihre armen kleinen Reifen auf, wenn Sie mit uns Bridge spielen«, sagte Damian in einem Ton gespielter Ergebung, als wäre das sein allerletztes Angebot und Duffy könnte sagen, was er wollte, er würde es nicht mehr steigern.

»Verhaften Sie die üblichen Verdächtigen«, wiederholte Jimmy. Lucretia schwieg.

»Setz es auf die Rechnung, wenn Schaden entstanden ist«, sagte Vic, »und hört mit dem Blödsinn auf, wenn es einer von euch war, Kinder.« Er behandelte sie wie ein Onkel, der zuviel Geduld hatte, dachte Duffy; als wären ein paar Klapse auf den Hintern und Tränen ins Kissen geweint ganzganz fehl am Platz.

Indem er sich während des Essens leicht abdrehte, versuchte Duffy einen Blick auf Angelas Unterarme zu erhaschen. Handgelenke wie die Gleise draußen in Clapham, hatte Vic gesagt. Clapham hatte aber dichtgemacht: ihr hochgeschlossener beiger Pullover war auch ihren Armen entlang hochgeschlossen bis zu den Handtellern. Sie redete nicht viel, diese Frau, auf die er aufpassen sollte.

In diesem Augenblick ging die Tür auf und ein untersetzter Mann mit einem Rollkragenpullover kam herein. Sein sorgfältig getrimmter schwarzer Bart ließ ihn ein wenig wie das Mitglied einer Wochenend-Jazzcombo aussehen, die auf kleineren Festivals Traditional Jazz spielte, doch seiner Figur nach war das unwahrscheinlich. Seine obere Hälfte war fast dreieckig: seine schwellenden Schultern ließen den Kopf beschämend mickrig aussehen. Seine Oberarme waren stark entwickelt, doch seine Hände waren ziemlich schmal. In der Taille war er schlank, und er bewegte sich vorsichtig.

»Taffy«, sagte Vic. »Wir hatten uns schon gefragt, wo Sie wohl geblieben seien.« Der schwarzhaarige Mann hob schweigend eine Hand und zeigte dem Tisch drei Tauben, deren Hälse mit einer Schnur aneinandergebunden waren.

»Taubenpastete«, sagte er mit sehr leiser Stimme.

Duffy rechnete damit, daß ein erlesener Schwall von Damians geschwungenen Lippen strömen würde, aber er sagte nur: »Mmh, ich mag Taubenpastete.«

Erst nachdem Mrs. Hardcastle die Tauben in Empfang genommen hatte, fiel es Duffy wieder ein. Herrgott, du wirst vielleicht langsam, dachte er; so langsam warst du nie, als du noch auf der Piste warst. Aber wie hätte er auch damit rechnen können, im Grenzgebiet Buckinghamshire/Bedfordshire ausgerechnet diesem Taubenschlächter über den Weg zu laufen. Taffy war Waliser, Taffy war ein Dieb, Taffy kam zu mir nach Haus, wo nichts mehr übrigblieb. Wobei in diesem Fall Taffy ein Engländer und sein Name eine Kurzform von Tafford war. Taffy war Engländer und ein bißchen mehr als ein bloßer Dieb.

Es mußte mal eine Zeit gegeben haben, als Taffy auf der Titelseite des gleichen Revolverblatts erschien, in dem auch Belinda von Seite Drei aus ihre Haubitzen auf den Betrachter richtete. Keiner von beiden sah mehr sehr nach seinem Foto aus. Belinda sah ganz und gar nicht aus wie ein Mädchen, das durchs Zimmer tollen, sich gurrend auf den Schoß eines Mannes setzen und aufreizend seinen obersten Hemdknopf öffnen würde; und Taffy, der ihr gegenübersaß und feinsäuberlich seinen Kalbsbraten zerteilte, sah ganz und gar nicht danach aus, als sei er mal von Schlagzeilenautoren überschwenglich als Staatsfeind Nr. 1 bezeichnet worden. Wo war der starre Blick der Killermaschine, der so viele Zeitungen hatte verkaufen helfen?

Taffys Laufbahn reichte weit zurück und hatte, wie die

meisten kriminellen Laufbahnen, in tiefster Mittelmäßigkeit begonnen: mal was geklaut, mal was geknackt und damit weggefahren, mal was auf die sanfte Tour geraubt. Was er stahl, war nicht viel, er war nicht sonderlich brutal, und er wurde ziemlich oft geschnappt. Bei den vielen Unterbrechungen, die Taffys Schulausbildung erfuhr, waren die Aussichten für einen Studienplatz an der Universität nicht besonders rosig. Er war schon in den Zwanzigern, als ihm endlich der Ausbruch aus dem zukunftslosen Teufelskreis von mickrigen Diebstählen, mickrigen Gewalttaten und mickrigen Gefängnisstrafen glückte. Er hatte herausgefunden, daß die Summe, die man klauen konnte, oft in direktem Verhältnis zu dem Grad an Gewalttätigkeit stand, den zu gebrauchen man bereit war. Diese grundlegende Erkenntnis führte zum eigentlichen Durchbruch: die doch recht grobe Behandlung eines Ehepaars in Sussex brachte ihm eine größere Menge georgianischen Silbers ein, von dem nicht alles ohne weiteres zu finden gewesen war. Taffy fand auch heraus, daß man weniger oft stehlen gehen mußte, wenn man aufs Mal mehr stahl. Und je weniger oft man arbeiten ging, desto geringer war die Chance, daß einen die Kerle in blauer Uniform schnappten. Kurz und gut, eine Zeitlang konnte Taffy ein geregeltes Gesellschaftsleben führen, wenn er es auch nie bis zur Universität brachte.

Was ihn auf die Titelseite brachte, wodurch er Belinda half, für den gleichen Eigner Zeitungen zu verkaufen, war ein gewisser Überschwang im Umgang mit einer Eisenstange während der Saure-Gurken-Zeit. Er hatte zwei Jahre in Maidstone gesessen, wegen zu großer Vorliebe für Dinge, die ihm nicht gehörten, als er plötzlich vom Knastkoller erfaßt wurde, einem Aufsichtsbeamten ein Stück Geländer über den Schädel zog und die Fliege machte. Wie er zu der Waffe gekommen war, vermochte niemand festzustellen. In den Augen der Titelseiten-Layouter machte das Foto des blutüberströmten Beamten schwer was her, und bald folgte auch ein Foto von Taffy selber, das zweifellos nicht sein einnehmendstes war. Ein paar Sommerwochen lang war er vorübergehend berühmt. Eine Zeitung setzte eine Belohnung für seine Ergreifung aus; eine andere spekulierte darüber, ob er in der Absicht ausgebrochen war, eine öffentliche Protestaktion zu veranstalten – indem er vielleicht in zwei Wochen diese kleinere Hochzeit in der königlichen Familie zu stören versuchen würde. Die Öffentlichkeit verstand es so, daß Taffy auf der Flucht war und darauf brannte, jeden, der sich ihm in den Weg stellte, so brutal wie nur möglich zu traktieren, und daß er vorhatte, die gesamte königliche Familie in die Luft zu jagen. Ein Leser aus Wales schrieb an die *Times* und wies darauf hin, daß Taffy dem Kindervers zum Trotz kein Landsmann von ihm sei.

In Wahrheit war Taffy alles andere als auf der Flucht: Er hatte sich verkrochen mit etwas weiblicher Gesellschaft und einem Kasten seines Lieblingsbiers – beides hatte ihm im Gefängnis schwer gefehlt –, und wie alle anderen loyalen Bürger sah er sich die königliche Hochzeit im Fernsehen an und kam zum Schluß, daß sie, die Engländer, so was halt besser konnten als alle anderen. Er rechnete sich aus, daß er noch mal fünf dafür bekommen würde, daß er dem Wärter eins übergebraten hatte, und von den anderen Schließern noch mal zusammengeschlagen würde, was in Ordnung ginge. Aber als er sich stellte, fing er das schlau an, beanspruchte die von der Zeitung für seine Ergreifung ausgesetzte Belohnung für sich selber und sorgte dafür, daß das, was die Zeitung für ein heimliches Treffen an einem öffentlichen Ort gehalten hatte, von einigen anderen Zeitungen und sogar vom

Fernsehen dokumentiert wurde. Die Belohnung bekam er natürlich nicht, aber dafür eine Menge Aufmerksamkeit; hier sei ein Mensch, war unter anderem zu hören, zwar böse, aber für die Gesellschaft vielleicht nicht ganz verloren. Taffy ging also ins Gefängnis zurück und wurde ein wenig verprügelt, wenn keiner hinsah, und er bekam die fünf erwarteten Jahre. Daraufhin begann er sich regelmäßig beim Gottesdienst einzufinden und schrieb sich bei der Fernuniversität im Fach Soziologie ein, was in Summa schließlich den Begnadigungsausschuß beeindruckte. Er wurde ohne Aufhebens entlassen, in der Morgendämmerung, als feucht der Nebel hochstieg, und er setzte seinen Fuß nie wieder in eine Kirche.

Taffy war während des Essens sehr still, sagte nicht viel und lachte nur über die Bemerkungen anderer. Sein Hals und seine Schultern waren enorm. Duffy hatte diese Art der Muskelbildung schon öfter bei ehemaligen Häftlingen erlebt. Wer im Gefängnis nicht völlig apathisch wurde, stürzte sich oft in einen sportlichen Rausch, um fit zu bleiben; nachdem aber die Möglichkeiten dafür gewöhnlich eher beschränkt waren – vor allem dann, wenn man eine Zeitlang in Einzelhaft verbrachte –, lief es oft auf Liegestütze und Klimmzüge in der Zelle hinaus. Davon konnte man schnell einmal regelrecht besessen werden, und die Besessenheit wirkte sich aus auf die Figur.

»Du spielst ein wenig Risiko«, sagte Duffy, als er Vic nach dem Abendessen auf die Seite nahm.

»Wie meinst du das?«

»Taffy.«

»Taffy? Magst du ihn nicht?«

»Ja, weißt du denn, wer das ist, Vic?«

»Du meinst, ob ich weiß, wer er *war*? Natürlich weiß ich, wer er war.« Vic schüttelte etwas bekümmert den Kopf. »Hältst du nichts von Rehabilitierung, Duffy? Die

Gesellschaft streckt dem Übeltäter die Hand entgegen? ›Kommet alle zu mir, die ihr mehr als fünf Jahre hinter Gittern wart.‹ Hältst du gar nichts davon?«

Duffy war sich nicht ganz klar, wie ernst Vic das meinte, deshalb überging er die Frage. »Ich stelle fest, daß er freilebende Tiere umbringt«, sagte er unbestimmt.

»Eine Taube ist kein Tier, Duffy. Das ist ein Vogel. Du bist hier auf dem Land. Und wenn du alle einsperren willst, die Vögel umbringen, dann kannst du gleich bei den Herzögen und Marquisen und wie die alle heißen anfangen.«

»Das wäre schon mal ein guter Anfang.«

In diesem Augenblick trat Mrs. Hardcastle zu ihnen. »Ich weiß, es klingt dumm, Mr. Crowther, aber ich dachte, ich sollte es Ihnen sagen. Ein Teil des Bestecks ist verschwunden.«

4. Billardzimmer

Duffy drückte die Küchentür auf und wagte sich zögernd hinaus auf die Terrasse. Ängstlich schnüffelnd sog er die Luft ein. Er wußte, was Vic meinte, wenn er sich eine Zigarette anstecken wollte, damit es halbwegs anständig roch. Die Landluft war ein Gemisch von allem möglichen unbekannten Zeugs: Blumen und Bäume und Gras und so Sachen. Auf dem Land legten die Leute den Kopf in den Nacken und gurgelten durch die Nase; sie blieben unter Bäumen stehen, um eine Dosis Mief zu schnupfen; sie machten Blindtests mit Rosen. Duffys Ansicht nach konnte man sich Blumen ja ruhig anschauen, aber auch noch an ihnen zu schnüffeln kam ihm reichlich dekadent vor. Schon jetzt regte sich Heimweh nach den Gerüchen der Großstadt: der dieselige Gestank eines heißgelaufenen Busmotors; eine satte Nase voll gebratenen Zwiebeln aus einem Hamburgerlokal; das Kohlenmonoxid im Morgenstau.

Vic hatte Duffy gebeten, ihm zehn Minuten zu lassen und ihm dann in das Billardzimmer zu folgen zu einem Schwätzchen mit Angela. Duffy rümpfte die Nase. Das war auch so was am Land, was er überhaupt nicht leiden konnte: es war voll toter Tiere. Jemand hatte Angela einen toten Vogel auf die Schwelle gelegt; jemand hatte ihr Schoßhündchen durch die Terrassentür geschmissen; ein bekannter Knacki kam mit drei toten Tauben anspaziert. Nach Duffys Erfahrung war jeder Job, der mit toten Viechern zu tun hatte, eine schmutzige Angelegenheit. Vor einigen Jahren hatte er diesen Fall in Soho gehabt, der damit angefangen hatte, daß in Surrey draußen was Gemeines mit einer Katze gemacht worden war. Irgendwas mit dem Bratspieß im Ofen. Duffy mochte nach wie vor nicht gern dran denken.

Für einen unkundigen oder fernen Betrachter mochte Braunscombe Hall wie ein elisabethanisches Herrenhaus aussehen; tatsächlich war es in den achtziger Jahren des letzten Jahrhunderts gebaut worden für einen Bankier, der es nicht ganz zum Oberbürgermeister von London gebracht hatte. Wie gewohnt war ein Teil des Erdgeschosses stillschweigend den Männern vorbehalten worden: Rauchzimmer, Waffenkammer, Billardzimmer; und unter diesen drei Räumen befand sich ein riesiger Keller, in dem der Fast-Bürgermeister Jahrgänge gelagert hatte, die zu genießen er allerdings nicht lange genug lebte. Eine Waffenkammer gab es mittlerweile nicht mehr, nur noch einen Waffenschrank, zu dem Vic den Schlüssel verwahrte; der Rauchsalon war schon seit langem der weiblichen Emanzipation zum Opfer gefallen, während Vics Lagern erlesener Jahrgänge darin bestand, sich im Supermarkt mit ausreichend Vinho Verde zu versorgen, damit sie das Wochenende überstanden. Allein dem Billardzimmer blieb die ursprüngliche Bestimmung erhalten, doch auch es war gewissen Renovierungen unterworfen worden, als Izzy Dunn, der bei The Filth mit einer Feder im Hintern Keyboards spielte, Herr des Hauses gewesen war. Das zwölf mal sechs Fuß große Tuch hatte Izzy etwas zu schaffen gemacht, und noch viel mehr machte ihm zu schaffen, daß er nicht in der Lage war, die verfickten Kugeln in so verfickte Löcher zu bringen, Mann, so daß er den Billard- gegen einen Pooltisch eingetauscht hatte. In die Kappen und Wangen des weiß verputzten Tonnengewölbes hatte er große Fotos seiner liebsten musikalischen Mitstreiter geklebt, und damit sah das doch alles gleich viel lustiger aus, was? Vic, der sich noch an die alten Zeiten erinnern konnte, als das Temperenzler-Billardzimmer über Burton the Tailor's der beste Ort war, um einen verregneten Nachmittag zu verbringen, hatte sich auf die Tradition besonnen und einen alten Kumpel dazu gebracht, ihm für die Lächerlichkeit einer vierstelligen Summe einen runderneuerten Tisch hinzustellen, zu dem gratis noch ein Satz Super-Crystal-Bälle und ein halbes Dutzend Queues kamen. Belinda hatte darauf bestanden, daß das Zimmer etwas aufgeputzt wurde, so daß an die Stelle der scheußlichen großen Lampe über dem Tisch ein paar in die Decke versenkte Spots traten; für allfällige Zuschauer hatte sie ein pinkfarbenes Chintzsofa ans eine Ende stellen lassen, Izzys Rockstar-Fotos wurden von der Decke genommen und die Rippen des Tonnengewölbes in einem passenden Pink hervorgehoben. Aber trotz allem, und obwohl sie häufiger vom Snooker- als vom Billardzimmer sprachen, sah es recht ähnlich aus wie in den alten Zeiten.

Vic überließ Duffy seinen Platz auf dem Chintzsofa. Angela schien den Tausch gar nicht zu bemerken. Während Vic der Tür zustrebte und im Vorbeigehen lässig eine Kugel über den Snookertisch rollen ließ, musterte Duffy Angelas Profil. Unterkiefer eher eckig, um die Wangen recht voll, leicht hängende Tränensäcke, braune Augen, bleiche Wangen, die den Glanz des Henna-Haars betonten und es noch künstlicher wirken ließen. Sie war eine gutaussehende Frau, die den ersten Zehntausend-Kilometer-Service brauchte.

»Vic sagt, daß Sie ein bißchen Ärger haben.«

Sie blickte munter auf. Von vorn wirkte die Kieferpartie nicht mehr so eckig, ihre Nase schmaler, die großen braunen Augen noch größer. Ein kurzes Stromknistern durchzuckte sie, sie schien lebendig, lustig, sexy; mit Sicherheit kein Mitglied der Gummistiefelbrigade. Dann allerdings, als sie den Sinn der Frage zu begreifen schien, verdüsterte sie sich wieder. »Alles bestens«, antwortete sie monoton.

»Tut mir leid wegen dem Hund. Wer macht bloß so was?«

»Heutzutage laufen haufenweise Perverse rum«, sagte sie ausweichend.

»Ja, wollen Sie denn nicht wissen, wer es gewesen sein könnte?«

Angela zuckte mit den Schultern. »Warum sollte man einen Perversen finden wollen, der gern Hunde umbringt?«

»Damit er's nicht wieder tut. Damit er bestraft wird.«

»Wir strafen uns doch alle selber«, sagte Angela mit einem lethargischen halben Lächeln, dessen Rätselhaftigkeit möglicherweise beabsichtigt war.

»Tatsächlich? Hören Sie, es geht mich ja nichts an . . .«

»Nein, es geht Sie nichts an. Es ist alles bestens, wie gesagt.«

»Sie werden erpreßt.«

»Nein, werde ich nicht. Es ist alles bestens. Ich heirate bald. Rauchen Sie?«

»Nein. Ja, hab ich gehört. Herzlichen Glückwunsch. Vic hat erzählt, Sie werden erpreßt.«

»Wo hat er das bloß her? Er ist so süß, der alte Vic. Muß irgend etwas, was ich ihm erzählt hab, falsch verstanden haben.«

»Er ist nicht blöd, der alte Vic.«

»Nein, er ist nicht blöd, er ist süß. Aber er versteht nicht immer alles.«

»Aber eins hat er verstanden, daß man sich um Sie kümmern muß. Deshalb sind Sie doch schließlich hier eingezogen.«

Angela schaute noch immer von ihm weg; ihr Haar schimmerte leicht im Licht des Spots. »Wir sind ja wohl alle ein bißchen nervös vor dem Großen Ereignis. Nervös, ich bin einfach nervös geworden.«

So kommen wir nicht weiter, dachte Duffy. Gleichzeitig wußte er aber auch nicht, wie sehr er sie bedrängen durfte. So weiterzumachen war anstrengend, es war, als wollte man einen Leichenwagen ohne Anlasser starten. Das anfängliche Aufflackern von Leben schien vollständig verschwunden.

»Wegen Ihrem Hund. Den haben doch Sie gestohlen, nicht?«

»Was soll das heißen?«

»Sie haben ihn aus der Garderobe gestohlen, um ihn wegzubringen und zu beerdigen. Anständig beerdigen.«

»Das ist eine sehr blöde Unterstellung.«

»Ach ja?«

»Ja, sehr blöd.«

Wenn sie wirklich so blöd war, hätte Duffy erwartet, daß Angela sehr wütend reagieren würde. Aber offenbar sah sie dazu keinen Anlaß. Sie benahm sich, als wäre sein Interesse an ihrem Leben völlig belanglos, was es aus ihrer Sicht vielleicht auch war. Mit einem Klicken öffnete sich die Tür.

»*Hier* seid ihr also. Kleines tête-à-tête? Ach laßt mich doch den Anstandsw-, äh, die Anstandsdame spielen!«

»Wir sind fertig, Damian«, sagte Angela, stand auf und ging langsam aus dem Zimmer.

»Man macht sich also an Bräute heran«, sagte Damian. »Pfuipfuipfui. Das werde ich dem großen Henry melden müssen.«

»Wie geht es ihr?«

»Angela? Prächtig geht's ihr, finden Sie nicht?«

»Ich kenne sie nicht. Wo ist Henry?«

»Daheim, nehme ich an. In seinem *Haus*«, fügte Damian hinzu, als sei Duffy zu beschränkt, um den Begriff »daheim« zu verstehen.

»Wo ist das?«

»Ungefähr fünf Kilometer von hier.«

»Was macht er da?«

»Wie meinen Sie das, was macht er da? Seine Hühner sodomisieren, was weiß denn ich . . . Nein, er spielt vermutlich Scrabble mit seiner Mutter.«

»Nein, ich meine, warum ist er nicht hier bei Angela?«

»Alter englischer Brauch. Allerdings wohl kaum im Schwange da, wo Sie herkommen. Mann und Frau sehen sich vor der Hochzeit weniger, damit danach die ehelichen Wonnen um so süßer sind. Wie wär's mit einem Spielchen?«

»Ich glaube, jetzt verstehe ich«, sagte Duffy. Damian holte die roten Kugeln mit dem Dreieck zusammen; er kniff ein Auge zu, um sie in Position zu bringen, und setzte die pinkfarbene an die Spitze der Pyramide. »Nein, ich bin ein wenig müde.«

»Dann wird der arme Damian mal wieder ganz allein zum Queue greifen müssen. Weiß Gott, das ist mein Schicksal«, fügte er trauernd hinzu. Wäre Sally dabeigewesen, dann hätte sie das vermutlich das Allerwitzigste gefunden seit dem letzten Allerwitzigsten, was sie gehört hatte. Zu Damians Enttäuschung reagierte Duffy nicht. »Los, fangen Sie wenigstens an für mich.« Duffy plazierte die weiße Kugel im Anstoßhalbkreis und beschloß, Damian ein paar besonders raffinierte Tricks vorzuführen. Zweimal Bande, an der Schwarzen vorbei und sanft in die Grundlinie der Roten gerollt. Das war jedenfalls seine Absicht, aber entweder das Queue oder das Licht oder das Tuch oder höchstwahrscheinlich Duffys Verfassung ließ den Spielball fröhlich mittenrein in die Schwarze kollern.

»Schon mal sieben für mich, vielen Dank«, rief Damian spöttisch.

»Ich glaube, ich bin etwas müde«, sagte Duffy. »Morgen vielleicht.«

»Leere Versprechungen«, murmelte Damian, ließ den Spielball die Ecke des roten Haufens touchieren und brachte ihn sicher heim ins Kopffeld.

Während Duffy die Tür zum Billardzimmer schloß, dachte er: »Du bist so einer, der schuld ist am üblen Ruf von solchen wie mir.« Wo genau Damians sexuelle Präferenzen lagen, war nicht ganz klar, und oft war sich Duffy auch über die seinen nicht im klaren; aber er hatte von Damian genug mitbekommen, um zu wissen, daß wenn er, Duffy, ein gewöhnlicher Hetero gewesen wäre, er diesen samtigen Knaben mit seiner Wackelnase als Tunte wärmsten Grades abgeheftet hätte. Duffy war natürlich alles andere als ein normaler Hetero; er hatte das, was Damian kokett als süße Wonnen zu bezeichnen beliebt hatte, auf beiden Straßenseiten genossen. Doch gerade diese Neigung, zweigleisig zu fahren, machte ihn unduldsam gegenüber Verschämtheit, dem Nicht-zugeben-Wollen, wes Geistes Kind man war. Wenn er Damian im ›Alligator‹ oder sogar im ›Caramel Club‹ begegnet wäre und wenn er ihn da auf dem Barhocker hätte sitzen sehen mit einem Wäschesack voller Taschentücher in der Gesäßtasche und einem Automarder-Schlüsselbund, der ihm vor dem Gemächt rumbaumelte, er hätte ganz genauso reagiert. Auf Tunten war Duffy nicht scharf, und wenn schlaue Jungs, die auf der Uni gewesen waren, sich als Tunten gebärdeten, dann hatte er gleich noch viel weniger Lust. Leute, die schwierige Wörter beherrschten, waren Duffys Ansicht nach geradezu verpflichtet, stinknormal zu sein.

Er schlenderte durch einen dunklen Flur, vorbei an

dem, was einst die Geschirr- oder Anrichtekammer gewesen war, jetzt aber als Garage für alle möglichen Staubsauger diente, und kam sich etwas verloren vor. Noch nie war er in einem derart großen Haus gewesen, und zum Verwirrendsten gehörte, daß man nie genau wußte, wo alle waren. Wo war Angela? (Schluckte sie gerade etwas Ungesundes?) Wo war Taffy? (Klaute er gerade das Blei vom Dach?) Wo war Belinda? (War sie gerade dabei, ihren Akzent zu polieren mit einem Walkman und einem Satz Kassetten »Feine Herkunft – leichtgemacht«?) Man konnte gar nicht alle im Auge behalten, und das störte Duffy. Bei seinesgleichen war klar, daß einer, der aus dem Zimmer und nicht in die Küche ging, nur auf dem Klo sein konnte; da gab es also kein Problem. Braunscombe Hall verfügte über mehr Toiletten – wie er sie selbst Vic hatte nennen hören –, als es bei Duffy und seinesgleichen überhaupt Zimmer gab.

In dem, was die Immobilienmakler zum Wohnzimmer bestimmt hatten, was Vic aber als Lounge bezeichnete, stieß Duffy auf Lucretia. Sie lagerte halb seitlich auf dem Sofa, rauchte und las im *Tatler*. Auf einem niedrigen Messingtischchen, das Belinda vielleicht in Burma, mit noch größerer Wahrscheinlichkeit aber in Marbella aufgestöbert hatte, stand ein Glas mit wasserverdünntem Whisky.

»Wo sind die anderen?«

Lucretia wedelte mit der Hand in der Luft, was wohl bedeuten sollte, daß alle hier, Lucretia inbegriffen, keine Mühe hatten, sich selber zu beschäftigen.

»Was machen Sie da?«

Lucretia blickte hoch und sah ihn ruhig an. Sie wirkte außerordentlich gepflegt, als sei sie noch vor wenigen Sekunden von einem Haufen Schneidern, Lockenwicklern und Strieglern umtänzelt worden. Er wußte noch immer nicht, wie sie aussah, wenn sie lächelte. »Ich lese einen vergleichsweise guten Restaurantkritiker namens Basil Seal in einem Magazin namens *Tatler*. Ich nehme nicht an, daß das in ihren kulturellen Einzugsbereich gehört.«

»Nein.«

»Er bespricht ein Restaurant namens ›L'Escargot‹. Was halten Sie vom Essen im ›L'Escargot‹?«

Duffy mußte nachdenken. Er überlegte, ob das eine Fangfrage war. Schließlich sagte er so gleichmütig, wie es eben ging: »Letztes Mal war's ganz ordentlich.« Lucretia lächelte, bloß ein wenig. Er überlegte, wie sie wohl aussah, wenn sie noch viel mehr lächelte.

»Nur damit Sie wissen, in welchem Feld Sie sich bewegen – falls das Ihr schwächlicher Versuch sein sollte, mich anzumachen.«

»Klar. Aber ich wollte mich sowieso hinhauen.«

Lucretia kehrte zu Basil Blödel zurück, der in der *Wichser-Welt* über die ›Goldene Wurst‹ schrieb. Na schön, dachte Duffy. Das Komische an der Geschichte war, daß Lucretia sich reichlich frostig gegen ihn benahm, es ihm aber gar nichts ausmachte. Nach Damian war das immerhin eine Abwechslung. Und wenn sie Restaurants mochte, warum sollte er sie dann nicht mal mit zu Sam Widges nehmen, während sie darauf warteten, daß auf der anderen Straßenseite seine Wäsche geklaut wurde? Zweimal Brot, gebraten, Sam. Gernkommtsofort.

Duffy zog sich in sein Schlafzimmer zurück. Entgegen seinen Befürchtungen, was Belinda ihm wohl zumuten würde, war es ein ganz nettes Zimmer: Teppich, bequemes Bett, Gardinen, ein Stapel Magazine, nur etwa einen halben Kilometer bis zum nächsten Bad. Aber vielleicht war das genau der Witz: Belinda gab ihm das schlechteste Zimmer, und er hielt es trotzdem für schön – was bestätigte, was sie von ihm hielt. Egal, Belinda brauchte ihn vermutlich am allerwenigsten zu kümmern. Er trat ans Fenster, dessen Scheiben alle heil waren, öffnete es ein paar Zentimeter und schnupperte. Nein, davon hatte er heute schon reichlich genossen, dachte er, und machte den bleigefaßten Fensterflügel entschloßen zu.

In dem abgelegten kurzen Bademantel, den ihm Vic geliehen hatte, streckte er sich auf dem Bett aus und bewältigte das Magazin *Country Life* in knapp fünfundvierzig Sekunden. Auch davon mochte er den Geruch nicht: ein Foto, das ein perlentragendes feines Mädchen zeigte, das kurz vor dem stand, was Damian die ehelichen Wonnen genannt hatte; haufenweise Bilder mit feinen Möbeln; schließlich eine Seite mit Leserbriefen, in denen gefragt wurde, wie man seinen Igel am Weglaufen hindern konnte. Nach dem zu schließen, was Duffy verstand, hätte das Magazin auch in einer Fremdsprache geschrieben sein können.

Er lag auf dem Rücken und versuchte sich darüber klarzuwerden, was er von Angela hielt. Außer der Tatsache, daß sie offensichtlich nicht die Wahrheit sagte, wurde er sich nicht über viel klar. Warum sollte jemand ihren Hund töten? Hatte das etwas mit der Erpressung zu tun, die sie nicht zugab? Aber warum sollte die Leiche abhanden kommen? War der Hundemörder identisch mit dem Leichenräuber? Hatte das Ganze etwas zu tun mit dem mutmaßlichen Konsum illegaler Substanzen auf dem in Rede stehenden Anwesen, wofür allerdings keine eindeutigen Beweise vorlagen, Herr Richter, vielmehr handelte es sich nur um Hörensagen. Warum hatte ihm jemand die Luft rausgelassen? Das war doch eigentlich vollkommen überflüssig; man konnte das sogar als Provokation verstehen, als wollte jemand sagen: »Fick dich ins Knie, Duffy, mit deinem lächerlichen weißen Lieferwagen und deiner Alarmanlage, die nicht funktioniert.«

Und jetzt hatte sich auch noch das Besteck selbständig gemacht.

Auf Duffys Digitalanzeige war es ein Uhr, als er mit dem Tag abschloß. Vorher sollte er aber besser noch per Anhalter zum nächsten Klo. Er hatte Vic gesagt, er solle die Fußmatten abkoppeln und nur die Türen nach draußen gesichert halten, damit er, Duffy, wenn er wollte, im Haus herumschleichen und den Leuten nachspionieren konnte. Dennoch schlich er so vorsichtig über den türkisch gemusterten Teppich im Flur, als müßte er alle Meter mit einer Fußmatte rechnen. In seinem Mini-Bademantel kam er sich reichlich blöd vor; das Ding war aus königsblauer Seide, und auf dem Rücken spreizte ein großer Vogel, der wie ein Adler, nur noch schicker aussah, seine Schwingen. Er würde Vic fragen müssen, was das war. Die Kürze des Bademantels war auch viel offensichtlicher, als er erwartet hatte: Wenn er bei ihm schon nur bis dahin reichte, wohin reichte er erst bei Vic, der doch mindestens zehn Zentimeter größer war als Duffy? Vielleicht gehörten noch Hosen dazu, die er aber nicht geliehen bekommen hatte.

Als er aus dem herauskam, was offensichtlich eine Toilette war, weil es bei weitem feiner war als alle Klos, die er je benützt hatte, fühlte er sich wieder hellwach. Das Haus schien still zu sein; der da und dort angebrachten Lampen wegen konnte man sich aber zurechtfinden, wenn es sein mußte. Vielleicht ließen sie die Lampen die ganze Nacht an, um zu zeigen, daß sie reich waren. Man wachte dann mitten in der Nacht auf, sah den gelben Schein unter der Tür und dachte sich, ›Wie beruhigend, wir können es uns immer noch leisten, das Licht brennen zu lassen‹, und schlief dann glücklich weiter. Oder sie ließen das Licht möglicherweise an, um Seitenspringern den Weg zu ebnen.

Duffy entschloß sich, ins Wohnzimmer hinunterzugehen und sich das schicke Magazin zu borgen, das Lucretia gelesen hatte. Was Restaurants anging, hatte er offensichtlich noch einiges nachzuholen. Vorsichtig glitt er die Stufen hinunter. Alles mit Teppich ausgelegt: kein Wunder, daß Vic ihm gesagt hatte, er brauche keine Hausschuhe. So leise wie möglich, bloß weil ihm das ein Gebot der Höflichkeit schien, näherte er sich dem Wohnzimmer beziehungsweise der Lounge. Er griff sich den *Tatler* von der Glasplatte eines niedrigen Kaffeetischchens und verhielt dann. Du könntest es auch ein wenig schlauer anstellen, dachte er, legte das Magazin wieder hin, suchte nach der Zeitungsablage und blätterte so lange, bis er eine ältere Ausgabe fand. Ja, das war viel weniger durchsichtig.

Er wollte gerade wieder den Fuß auf die Treppe setzen, als er ein Geräusch zu hören meinte. Ja, unterdrückt, aber ein Geräusch. Er ging den Flur entlang, kam an der ehemaligen Geschirrkammer vorüber, wo die Staubsauger vor sich hin schlummerten, und betrat den ehemaligen Herrenbereich des Hauses. Als wollte er dieser toten Tradition beipflichten, hörte der Teppich genau hier auf und wurde von einem Kokosläufer abgelöst, der Duffys bloßen Füßen weniger schmeichelte. Autsch! Er stand auf einem Bein und rieb die linke Fußsohle an seiner rechten Wade. Dabei öffneten sich die unteren Hälften seines Bademantels, so daß er entblößt dastand wie ein exhibitionistischer Storch. Du hättest deine Unterhosen anbehalten sollen, Duffy. Ja, die Geräusche kamen aus dem Billardzimmer, keine Frage. Vorsichtig drückte er die schwere Tür auf und ging hinein.

Beim Snooker gab es viele Varianten, und Duffy kannte einige davon. Es gab auch relativ obskure, die nur von wiehernden Männern in bestimmten Londoner Clubs gespielt wurden und Duffy natürlich nicht vertraut waren. Doch das Spiel, das auf dem Tisch in Braunscombe Hall gespielt wurde, hätte man in keinem noch so obskuren Snooker-Handbuch gefunden. Unmittelbar vor Duffy stand eine samthosige Gestalt über das Kopfende des Tisches gebeugt und visierte die blaue Kugel an. Ihm und Duffy gegenüber saß Sally auf dem Tisch und hatte ihr Steißbein in eine der Taschen am Fußende gedrückt. Ihr Rock war zu einer bloßen Rüsche um die Hüften hochgerutscht; das eine Bein war gegen die Seitenbande, das andere gegen die Endbande gepreßt; so bildeten sie einen Winkel von neunzig Grad. Damit war selbst aus Duffys Entfernung klar erkennbar, daß Sally keinen Schlüpfer trug. Damit wurde auch ziemlich deutlich, wohin Damian die Kugel befördern wollte. Verschiedene frühere Versuche hatten sich an ihren Schenkeln totgelaufen. Sallys Gekicher erinnerte an eine Achterbahn. Sie hatte auch, wie Duffy nicht umhin konnte zu bemerken, ihre Schuhe anbehalten, die sich nun in das Tuch gruben.

Damian ließ die blaue Kugel mit einer roten in der Nähe von Sallys Schenkel karambolieren. Dank dieser Ablenkung sauste sie direkt ins Ziel. »In-off«, rief Damian, da gleichzeitig die weiße Kugel in der Tasche gelandet war.

»Uah, du hättest deine Kugeln vorher wärmen dürfen«, sagte Sally.

»So ein liederliches Weibsstück«, sagte er, holte sich die weiße Kugel zurück und bereitete den nächsten Stoß vor. »So ein liederliches Weibsstück.«

Duffy war sich klar darüber, daß beide seine Anwesenheit bemerkten und beide sie entschlossen ignorierten. Er wandte sich zum Gehen. Gerade als er die Tür hinter sich schließen wollte, hörte Duffy Damian murmeln: »*Scheußlich* dieser Bademantel.«

•

Vic hatte sich vorgestellt, daß Duffy einige Tage in Braunscombe Hall verbringen und so tun würde, als repariere er die Alarmanlage, wobei er ständig Augen und Ohren offenhielte. Das Problem war nur, daß Duffy, wenn er emsig alle möglichen Fußbodenplanken anhob, um die Drähte und Fußmatten zu überprüfen, nicht ohne weiteres Angela hinterhertappen konnte, damit sie keiner mit einem Sandsack niederschlug. Wenn er anderseits aber zuviel herumschnüffelte, sähe er nicht gerade tüchtig aus. Außerdem würde Vic ziemlich blöd dastehen: Erst holt er sich einen Kumpel von früher, der ihm eine fehlerhafte Anlage einbaut, dann, als das Ding versagt, holt er ihn wieder, um sie zu reparieren, und was tut der Kerl? Er spaziert wie ein Tourist im Haus herum und schlägt sich auf Vics Kosten den Wanst voll. Stell dir vor, ich habe gesehen, wie dieser Installateur um ein Uhr morgens den *Tatler* aus dem Wohnzimmer mitgehen ließ! So weit ist es mit England schon gekommen.

Duffy schätzte, daß er die Sache mit der angeblichen Reparatur so lange wie möglich aufrechterhalten mußte, um sich danach entweder was anderes auszudenken oder den Leuten die Wahrheit zu sagen. Immerhin war der Montag ein Bankfeiertag, und vielleicht waren die Gäste durch den Anblick von einem, der wenigstens dem Anschein nach arbeitete, schon zu beeindrucken. In der Schule hatte es immer geheißen, daß man jederzeit durch das ganze Haus laufen konnte, wenn man nur einen Zettel in der Hand hielt: die Lehrer nahmen einfach an, daß einen ein anderer Lehrer mit einem Auftrag losgeschickt hatte, und nie mußte man sich erklären. Duffy hatte es noch nie damit versucht; jetzt stellte er zu seiner Überraschung fest, daß es bereits genügte, mit nachdenklicher Miene, einem Stück Draht in der einen und einer Kombizange in der anderen Hand herumzulaufen, vielleicht gelegentlich stehenzubleiben und eine Mauer oder ein Fenster zu untersuchen, um alle davon zu überzeugen, daß man mit etwas Unergründlichem schwer beschäftigt war und auf keinen Fall gestört werden durfte, wegen der Konzentration. Vielleicht machten das Elektriker immer so.

Im Billardzimmer traf er auf Mrs. Colin, die einen dicken Industriestaubsauger hinter sich herzog. Er sah auf den Tisch und überlegte, ob das, was er in der Nacht gesehen hatte, nur ein verrückter, futterneidischer Traum gewesen war. »*Scheußlich* dieser Bademantel« – fiel ihm wieder ein. Er sah auf die kleine Gestalt von Mrs. Colin, die an dem riesigen stählernen Sauger zerrte, und fragte sich, warum man für Häuser dieser Größenordnung nicht eigene Modelle anfertigte. Als Kind hatten ihn auf den Spielplätzen immer diese Motormäher beeindruckt, auf denen die Stadtgärtner einfach saßen und herumfuhren; kein schweißtreibendes Geschiebe. Solche Staubsauger sollte man bauen. Er stellte sich Mrs. Colin vor, wie sie über die Teppiche und Parkettböden von Braunscombe Hall steuerte und einen gelegentlich aus dem Weg hupte.

»Mrs. Colin. Darf ich Sie etwas fragen?« Mrs. Colin stellte den Sauger ab und wartete. »Warum nennt man Sie Mrs. Colin?« Sie lächelte ihm zu, wandte sich ab, stellte den Sauger an und machte sich wieder an die Arbeit. Vielleicht war das ein Wink gewesen. Duffy setzte seine Erkundung des Hauses fort. Er drückte die Kellertür auf und ging die Betonstufen hinunter. Er hatte erwartet, daß es dort unten feucht sein würde, war es aber nicht;

statt dessen roch es trocken und muffig. Unter dem Haus erstreckten sich reihenweise Weinregale, in denen der Fast-Bürgermeister die Jahrgänge gelagert hatte, die zu genießen er nicht lange genug gelebt hatte. Vic hatte einen wenig zuversichtlichen Versuch unternommen, dem nachzueifern: In den beiden nächstgelegenen Stellagen befanden sich eine Kiste mit Vinho Verde und eine mit pinkfarbenem Champagner. Duffy nahm eine Flasche Champagner heraus und studierte das Etikett. Daneben an der Mauer hing ein uraltes Thermometer, das wahrscheinlich der Fast-Bürgermeister dort angebracht hatte, um allfällige schädliche Temperaturschwankungen zu überwachen. Duffy vermutete, daß Vics Weine nicht lange genug im Keller lagerten, als daß allfällige schädliche Temperaturschwankungen Folgen haben könnten.

In der Küche traf er Belinda in ihren wohlgefüllten Reithosen sowie Vic, dem er eine mögliche Verbesserung der Alarmanlage vorschlug, die sich am besten besprechen ließe, wenn sie auf die Terrasse hinausgingen, über den Rasen, weit weg vom Haus und aus der Hörweite aller anderen. Bevor sie gingen, fragte Duffy Belinda, ob sie im weiteren Verlauf des Tages ein paar Minuten für ihn abknapsen könnte.

»Tut mir leid, aber für elektrische Installationen bin ich nicht zuständig«, antwortete sie. Er sah sie an, als wollte er sagen, Komm schon Mädchen, du weißt doch, was ich meine. Sie erwiderte den Blick, als wollte sie sagen, Ich weiß genau, was du meinst, aber den konnte ich mir doch nicht verkneifen.

Draußen auf dem Rasen, wo keiner sie hören konnte, es sei denn, Jimmy hätte bereits ein Tunnelsystem als Teil seines Übungsgeländes gegraben und Abhörvorrichtungen eingebaut (was nie auszuschließen war), sagte Duffy zu Vic: »Du wirst mir mehr erzählen müssen.«

»Bitte sehr.«

»Warum fütterst du all diese Schmarotzer durch?«

»Duffy, paß auf, was du sagst, sonst schneidet dir mal jemand die Zunge raus und macht Pastete draus. Das sind meine Freunde, meine Gäste.«

»Belindas Freunde, deine Gäste.«

»Mag sein. Und wenn? Ich habe gern Leute um mich. Ich bin nicht arm. Überhaupt sollten wir uns Gedanken über Angela machen.«

»Sind sie ihretwegen da?«

»Nein, jedenfalls nicht alle. Also, Damian und Sally, die hab ich hergeholt, damit sie Angela auf andere Gedanken bringen.« Duffy überlegte, wo Angela blieb, wenn Damian und Sally am Snookertisch selber auf andere Gedanken kamen.

»Und Lucretia?«

»Sie ist eine Freundin von Angela. Sie ist oft hier. Ich nehme an, sie hilft ihr mit dem Hochzeitskleid . . . oder was die so machen.« Vic klang vage.

»Jimmy?«

»Oh, Jimmy ist eben . . . da. Er ist nicht die ganze Zeit hier. Er hat ein Camp im Wald.«

»Soll das ein Witz sein?«

»Nein. Er hat zwei oder drei Dörfer weiter ein Haus und ist manchmal hier, aber er hat dieses Camp, einen Schlupfwinkel, im Wald. Er ist gern dort. Erinnert ihn wahrscheinlich an seine Zeit bei der Armee.«

»Und von dort aus arbeitet er als Makler?«

»Ich glaube nicht, daß Jimmy allzu viele Häuser verkauft, um ganz offen zu sein«, sagte Vic.

»Und Taffy?«

»Ach, Taffy ist ein . . . Gast des Hauses.« Vic hörte sich nicht so an, als hätte er sich schon vollständig an den Gebrauch dieses Ausdrucks gewöhnt.

»Sicher ’ne nette Abwechslung, nachdem er Gast des Hauses in Maidstone oder in Wormwood-Scrubs war.«

»Du bist so unversöhnlich, Duffy.«

»Nein, ich meine nur, daß du bloß zwei und zwei zusammenzählen mußt, wenn du einen aktenkundigen Verbrecher beherbergst und dir plötzlich Löffel fehlen.«

»Für deine Verhältnisse ist das ja ein ziemlich feines Wort, Duffy, dieses ›beherbergen‹. Ich selber hab’s nie besonders leiden können. Und ich glaub auch nicht, daß Taffy groß dran interessiert ist, mein Besteck zu klauen. Bei seinesgleichen stiehlt man nicht, so heißt es doch.«

»Taffy gehört also zu deinesgleichen?«

»Duffy, ich will ganz offen zu dir sein. Ich kenne Taffy schon ziemlich lange. Ich kannte ihn schon, bevor er auf die Titelseiten kam. Und ich kann dir versichern, er hat sich geändert. Er ist resozialisiert.«

»Tatsächlich?«

»Allerdings. Und ich kann es dir gern beweisen: Er ist langweilig geworden.«

»Wie meinst du das?«

»Wegen dieser Soziologie, die er studiert hat, als er gesessen hat. Jetzt will er immer alles erklären. Früher hat er Sachen einfach geklaut, weil jemand anderer sie hatte und er sie wollte. Wenn man ihm heute eine Bank zeigt, in der der Tresorraum offensteht, wird er zuerst eine Geschichte der Wall Street lesen wollen, ehe er draufkommt, ob er sich bedienen darf.«

»Immerhin keine schlechte Verkleidung.«

»Du bist ein Zyniker, Duffy, das ist dein Problem. Ich hab ja schon immer gewußt, daß Bullen viel zynischer sind als Bösewichter. Ich wette auch, daß Bösewichter viel mehr für wohltätige Zwecke spenden als die Bullen.«

»Weil Bösewichter mehr einnehmen.«

Vic lachte. »Mit Taffy könnte ich nie über so was

lachen. Er würde immer gleich dies oder das beweisen wollen.«

»Wie lange ist er schon hier?«

»Ein, zwei Monate, glaub ich.« Duffy zog eine Augenbraue hoch. »Er hat's schwer im Moment, eine Arbeit zu finden. Du kannst dir ja gar nicht vorstellen, was für Vorurteile die Leute manchmal haben.«

»Paß bloß auf, daß ihm das hier nicht zur Gewohnheit wird. Nicht daß er dann nur noch in Landhäusern leben kann.«

»Das ist meine Sorge.«

»Und die deines Bankers.«

»Ich hab keine Schwierigkeiten, Duffy. Meinetwegen brauchst du dir nicht den Kopf zu zerbrechen.«

»Ist gut. Dann sag mir, wer welche Drogen nimmt.«

»Nikotin, würd ich sagen. Vielleicht auch etwas Alkohol.« Duffy wartete. »Ich weiß nichts, und ich frage auch nicht. Ich frage nicht, wer in wessen Bett schläft, und ich frage auch nicht, ob sie eine komische Sorte Tabak rauchen.«

»Überlassen eines Anwesens . . .« begann Duffy, als würde er ein Anklageverzeichnis verlesen.

»Leck mich doch, Duffy. Du bist da, weil ich dich bezahle, und nicht, um mich anzuzeigen, klar?«

»Klar. Dann also: Wer hat's mit Angela getrieben?«

»Ich hoffe Henry. Aber wie gesagt . . .«

»Das genügt, Vic. Wenn du sagst, daß du nicht fragst, dann heißt das ja nicht, daß du nicht trotzdem etwas weißt.«

»Stimmt.«

»Also?«

»Jimmy hat jahrelang sehr viel für Angela übriggehabt.«

»War er fertig, als sie sich mit Henry verlobt hat?«

»Schwer zu sagen.« Duffy gab ein ärgerliches Schnauben von sich. »Nein, es ist *wirklich* schwer zu sagen bei Jimmy. Ich kann mich erinnern, daß er danach tatsächlich längere Zeit in seinem Camp im Wald blieb. Aber ... schließlich war es auch ein schöner Sommer, und vielleicht gab es viele Kaninchen.«

»Du hast mich wirklich überzeugt. Sonst wer?«

»Sie ist herumgekommen, wie gesagt.«

»Damian, Taffy?«

»Glaubst du echt, daß Damian so herum ist? Taffy? Nicht, seit sie mit Henry verlobt ist, ich meine, das kann sie doch nicht aufs Spiel setzen.«

»Und du?«

»Duffy, was soll das, willst du mir schmeicheln?« Duffy wartete. »Kennst du noch die alte Juxkarte, die's am Meer gab? Zwischen zwanzig und dreißig: ein wilder Stier; zwischen dreißig und vierzig: ein Wilder; zwischen vierzig und fünfzig: will der? Nein, ich glaube, du müßtest erst die Karte sehen.« Duffy wartete immer noch. »Du meinst es tatsächlich ernst. Also, ich sage dir, wenn du Belinda hättest, dann bräuchtest du keine Angela, das kann ich dir flüstern.«

»Klar«, sagte Duffy. »Weiter keine Fragen an den Zeugen«, fügte er bullenmäßig hinzu, »aber bleiben Sie bitte in der Nähe und melden Sie sich, wenn Sie verreisen wollen. Und wenn Sie bitte Ihren Paß hinterlegen wollen.«

»Prost«, sagte Vic.

»Ach ja, und noch ein paar Fragen, wo wir schon dabei sind. Warum heißt Mrs. Colin Mrs. Colin?«

Vic grinste. »Als sie damals zu uns kam, gab es einen Burschen, auf den sie scharf war, jedenfalls war er scharf auf sie, und wir haben ihr immer gesagt ›Ab wann können wir Sie denn Mrs. Colin nennen?‹, und das blieb irgendwie an ihr hängen. Sie hat dann mit ihm Schluß gemacht – Einzelheiten haben wir nie erfahren –, und wir dachten irgendwie, wir sollten sie nicht mehr so anreden, aber als wir es versuchten, wurde sie böse. Komisch, nicht? Seitdem heißt sie Mrs. Colin.«

»Kapiert. Und noch was. Der Bademantel, den du mir geborgt hast. Was ist das für ein Adler auf dem Rücken?«

»Das ist kein Adler, sondern ein Phönix.«

»Wieder Heraldik?«

»Ja.«

»Ich glaube, Heraldik kapier ich nie.«

»Also der Phönix . . .«

»Brauchst du mir nicht zu erklären, Vic, ich will es gar nicht wissen.«

Duffy lief über den Rasen zurück, um das Haus herum und knirschte über den Kies zu den Stallungen. Das Fachwerk in elisabethanischem Stil war hier zwar nicht ganz so üppig, aber das Gebäude hatte für Duffy immer noch die Größe eines sehr großen Einfamilienhauses in einem Londoner Vorort, wo nur feine Leute wohnten. In den Stallungen von Braunscombe Hall lebten zwei Pferde, drei Autos sowie Mr. und Mrs. Hardcastle. Die Pferde waren am komfortabelsten untergebracht und sahen zweifellos Belindas sanftere Seite, soweit vorhanden; für die Hardcastles blieben aber immer noch zwei Zimmer oben, zwei unten und zum Parken so viel Platz, wie sie nur wollten. Duffy hatte Ron Hardcastle bisher noch nicht zu Gesicht bekommen, der dem Vernehmen nach als Gärtner, Mädchen für alles und als Stallbursche wirkte; Duffy bekam ihn auch jetzt nicht zu Gesicht. Mrs. Hardcastle öffnete auf sein Klopfen.

»Äh, ich überprüfe die Alarmanlage, und Mr. Crowther überlegt, ob man sie vielleicht auch auf die Ställe ausdehnen sollte. Hätten Sie etwas dagegen, wenn ich. . .«

»Stöbern Sie nur herum«, sagte Mrs. Hardcastle. »Ich muß gleich rüber zum Haus, um das Mittagessen zu kochen. Ron ist irgendwo unterwegs. Ich glaube nicht, daß wir was haben, was sich zu klauen lohnt.«

»Ja, ich weiß auch nicht, vielleicht ist es wegen der Pferde. . .« Duffy merkte, wie unglaubwürdig das klang. Vielleicht aber auch nicht: Die Pferde sollten vor möglichen Dieben beschützt werden, aber nicht Mr. und Mrs. Hardcastle. Ja, das wäre vermutlich nach Belindas Art.

Er marschierte um das Stallgebäude herum und paßte gut auf, daß er den Pferden nicht zu nahe kam. Pferde bissen einen gern. Sie hatten so halbe Türen, hinter denen sie wohnten, und lauerten im Stroh, bis man seine Nase hereinstreckte und nach ihnen suchte, und dann schnapp! – schon war man seine Nase los und womöglich das halbe Gesicht. Duffy schaute statt dessen in die Garage, wo er einen cremefarbenen Range Rover, einen roten MG und einen Datsun Cherry in einer seltsam lilanen Farbe vorfand, für die er keinen Namen wußte. Er lief weiter, bis er an die Hardcastle-Ecke des Gebäudes kam. Auch sie hatten diese zweigeteilte Tür wie die Pferde. Er langte nach innen und öffnete die untere Hälfte.

Ein hübsches kleines Haus: Küche und Fernsehzimmer unten, Badezimmer und zwei kleine Schlafzimmer oben. Duffy stöberte routiniert, das heißt, er hatte wenig Freude daran. Bei manchen Leuten machte es Spaß, die Wohnung zu durchstöbern: normalerweise bei solchen, die reicher waren als man selber oder ekelhaft. Ach, in so was stecken Sie das ganze Geld, das Sie mit Ihrer doppelten Buchführung auf die Seite gebracht haben! Und dann hob man wie mit der Zange ein scheußliches Gobelinkissen auf. Aber bei normalen Leuten oder armen Leuten oder netten Leuten gab es diese Freude nicht. Man konnte sich zu gut vorstellen, wie das wäre, wenn einem selber jemand alles durchfingerte. Duffy sah rasch in die beiden Schlafzimmer, ging dann nach unten und zur vorderen Tür hinaus. Für den Fall, daß ihn jemand vom Haus aus beobachten sollte, trat er ein paar Schritte zurück, betrachtete eingehend die oberen Fenster und das Dach und nickte dann. Er ging zur hinteren Seite und kam an einem gepflegten kleinen Küchengarten vorbei. Hinter dem Haus befanden sich ein Kohlen- und ein Holzlager und ein kleiner angebauter Schuppen. Duffy legte seine Hand automatisch auf die Klinke; die Tür war verschlossen. Genauso automatisch suchte er den Schlüssel. Für Schlüssel galt immer die gleiche Regel: Lag er nicht an der nächstliegenden Stelle, dann lag er an der daneben. Nicht unter dem großen Stein? Dann versuchen wir's mit dem kleinen. Oder, wie in diesem Fall, nicht unter dem großen Blumentopf? Schauen wir mal unter dem kleinen. Duffy hob den rostigen Schlüssel auf und öffnete die Tür zum Schuppen. Vor ihm waren die verschiedensten Gabeln, Spaten, Schaufeln und derlei Zeug aufgereiht, die man für Gartenarbeit brauchte, aber Duffy schenkte ihnen keine große Aufmerksamkeit. Er langte in den Hintergrund des Schuppens und deckte ein großes Stück Sacktuch ab, das über etwas Eckiges gebreitet war. So, so. Bisher hatte er Ron Hardcastle noch nicht gesehen, und vielleicht vermochte der auch wirklich seinen Asti von seinem Spumante zu unterscheiden; aber im Moment konnte Duffy nur feststellen, daß Rons Weinkeller zweimal so groß war wie der von Vic. Zwei Kisten Vinho Verde, um genau zu sein, und zwei Kisten von dem gleichen pinkfarbenen Champagner, für den auch Vic eine Schwäche hatte.

Er sperrte ab und meinte, im Augenwinkel eine vorsichtige Bewegung zu bemerken. Lässig schob er den Schlüssel wieder unter den kleinen Blumentopf, machte kehrt und schlenderte zum Ende des Gartens der Hardcastles. Ein kleiner Pfad verlief durch ein Stückchen Wald und wieder auf den Rasen zurück. Er folgte diesem Pfad, trat so vorsichtig wie möglich auf, lauschte und wünschte, er wäre bei den Pfadfindern gewesen. Als er das Rasenende erreicht hatte, setzte er sich auf eine Bank und lauschte weiter. Genau im richtigen Moment sagte er:

»Jimmy?«

»Verdammt, verdammt, verdammt.«

Duffy drehte sich um und sah Jimmy in etwa drei Metern Entfernung auf dem Bauch liegen. Er trug eine Tarnjacke und einen kleinen selbstgebastelten Hut, der aus Farnwedeln geflochten war. »Verdammt. Wann haben Sie mich entdeckt?«

»Ach, erst ganz zum Schluß. Ich glaube, da sind Sie mit einem Zweig, ähem, in Berührung gekommen oder so.«

»Oh. Aber wie haben Sie wissen können, daß ich das war?«

»Naja, entweder Sie oder der Würger von Boston.«

Jimmy, der noch immer im Farnkraut am Waldesrand lag, schien ernsthaft über diese zweite Möglichkeit nachzugrübeln. »Also, *der* hätte es nicht sein können«, sagte er schließlich und setzte sich neben Duffy auf die Bank. »Verdammt«, wiederholte er.

»Tut mir leid, daß ich alles verdorben habe.«

»Nein, das war schon richtig so. Wissen Sie was: Versuchen Sie doch mal, mir nachzuschleichen.«

»Heute lieber nicht, Jimmy. Ich muß die Alarmanlage reparieren.«

»Ja, stimmt. Haben Sie gefunden, was Sie gesucht haben?«

»Was ich gesucht habe?«

»Ja.« Oben rutschte Jimmys Platte weg, und unten

rutschte sein Kinn weg, aber die leicht vortretenden Augen dazwischen waren fest auf Duffy gerichtet. Der ist nicht ganz so behämmert, wie er aussieht, dachte Duffy. »Was Sie gesucht haben. In dem Schuppen.«

»Nein. Es sei denn, ich hätte einen toten Hund übersehen.«

»Ach so, ja.«

»Haben Sie nach ihm gesucht?«

»Nach wem?«

»Ricky.«

»Nein. Warum?«

»Ach«, sagte Duffy, »ich dachte mir nur, wenn wir ihn finden würden, also wir zwei, dann könnten wir ihn anständig unter die Erde bringen. Ist doch reichlich unfair, daß er zuerst umgebracht wird und dann auch noch verschwindet. Ich bin mir sicher, daß Angela das zu schätzen wüßte.«

»Verstehe«, sagte Jimmy. »Das könnte ich rauskriegen. In diesen Wäldern passiert kaum etwas, was dem alten Jimmy entgeht.«

Duffy nickte mit Verschwörerblick und war glücklich, daß Jimmy den Speck so rasch geschluckt hatte. Es hatte doch wenig Sinn, daß Duffy durch die Wälder trampelte und nach frisch aufgeworfenen Erdhaufen suchte und dabei von Brennesseln gepiesackt, von Schnaken gebissen und von Wespen gestochen wurde, wenn der alte Jimmy das alles für ihn machen konnte. Vielleicht war er als Gast in Vics Haus bereits von der Philosophie seines Gastgebers angesteckt: Alles in Lizenz vergeben, keine Arbeit selber machen, wenn sie irgendein Trottel für dich machen kann, und wenn es schiefgeht, tja, ein Trottel bleibt eben ein Trottel, nicht wahr?

»Angela ist wohl ziemlich fertig wegen dieser ganzen Geschichte«, sagte Duffy nach einer Pause.

»Großartiges Mädchen«, antwortete Jimmy, »großartiges Mädchen.« Duffy konnte nur rätseln, ob das nun als Antwort auf seine Frage zu verstehen war oder nicht.

»Sie, äh, Sie, äh, mögen sie offenbar sehr.«

»Ich habe sie jahrelang geliebt«, sagte Jimmy, »jahrelang geliebt. Armer alter Jimmy. Da war nichts zu wollen. Ihr Auto darf ich waschen, dafür bin ich grade gut genug. Nicht hell genug. Doch das macht Frauen nichts aus«, bemerkte er versonnen. »Auch kein Adonis. Doch das macht Frauen nichts aus. Kein Geld. Doch das macht Frauen nichts aus. Keine Karriere in Sicht. Doch das macht Frauen nichts aus. Ich vermute, was Frauen was ausmacht, ist die Kombination von allen vieren. Armer alter Jimmy.«

»Übel, übel«, sagte Duffy. Er überlegte, ob zum Autowaschen auch noch andere Pflichten gehörten. Beispielsweise schnell nach London zu sausen und ihr ein paar Sächelchen zu besorgen, die sie bei Laune hielten.

»Wird sie glücklich werden mit Henry?«

»Der hat Geld, der braucht keine Karriere«, sagte Jimmy ziemlich verbittert.

»Was ist dieser Henry für einer?«

Jimmy erwog die Frage eine Zeitlang und schaute über den Rasen zum See hinüber, der in der Ferne glitzerte. »Er ist in Ordnung, wenn man Leute seines Schlages mag«, sagte er endlich.

»Verstehe.«

Sie saßen noch eine Weile auf der Bank. Dann hatte Duffy eine weitere Idee.

»Sie können doch wahrscheinlich schwimmen?«

»Allerdings.«

»Vermutlich haben Sie auch Schnorchel und Flossen.«

»Allerdings.« Jimmy sah Duffy an und folgte dann dessen Blick zum See. »Genau. Ja. Gute Idee.« Er stand auf. »War ein nettes Palaver.«

»Äh, und Jimmy?«

»Ja?«

»Wir sind verschwiegen wie ein Muttergrab.«

Jimmy verschob seinen Abmarsch und drehte sich halb nach Duffy um. »Also ich frage mich manchmal, warum die Leute das immer sagen. Meine Mutter hat verdammtnochmal den *ganzen Tag geschwätzt.*«

In diesem Augenblick rief sie ein Gong zum Mittagessen. Während des gesamten Essens saß Duffy wie auf Nadeln. Wenn er zu Jimmy hinübersah, erwartete er fast, daß der ihren Plan, die Wälder und den See nach Rickys Leiche abzusuchen, hinausposaunen würde. Wenn er zu Lucretia hinübersah, fragte er sich, ob sein nächtlicher Vorsatz, feine Magazine zu lesen, um damit dann Lucretia zu beeindrucken, ernstgemeint gewesen war. Wenn er Mrs. Hardcastle sah, wie sie Damian eine weitere Flasche Vinho Verde brachte, überlegte er, ob das, was er gesehen hatte, das bedeutete, was er dachte, daß es bedeute. Und wenn er sah, wie Damian die Flasche bekam, wußte er nicht genau, was er empfand. Peinlichkeit? Ablehnung? Ekel? Und überhaupt: Was sagte ihm der kleine Vorfall in der vergangenen Nacht über Damians sexuelle Präferenzen? War sein kleines Spiel hetero- oder homosexuell, verriet es Geilheit oder Verachtung? Vielleicht nichts davon; vielleicht war es nur ein Moment der Ausgelassenheit, des Sich-lustig-Machens über Sex, daß Sex allenfalls so ernst zu nehmen sei wie Snooker. Er konnte ja versuchen, Sally auszuquetschen, bloß war die zu dem Zeitpunkt vermutlich zu bedröhnt gewesen, um irgend etwas wahrzunehmen.

Was immer Damian empfinden mochte, Peinlichkeit war jedenfalls nicht im Vordergrund. Als er Duffys Blick auffing, blickte er direkt zurück und sagte: »Bei der Gelegenheit, Sie denken doch an unser kleines Spiel heute abend?«

»Welches Spiel denn?«

»Sie haben mir ein, zwei Spiele versprochen.«

»Tatsächlich?«

»Ich dachte mir, das sei der Grund dafür gewesen, daß sie vergangene Nacht zu nachmitternächtlicher Stunde in Ihrem schrecklichen Bademantel durchs Haus geschlichen sind. Um vor dem großen Spiel noch ein wenig zu üben.«

»Das ist genaugenommen *mein* Bademantel«, sagte Vic.

»Ach du lieber Gott«, sagte Damian rasch. »Und wieder steht Damian mit beiden Beinen im Fettnäpfchen. Da fällt mir ein, daß ich schwören möchte, Ihnen steht er bei weitem besser, mein lieber Vic.«

»Sie könnten sich aus einem verschnürten Sack freischwafeln«, sagte Vic.

»Ich würde *kweifen«,* sagte Damian. »Kweifen, in einem fort nur kweifen.«

Nach dem Essen arbeitete Duffy in der Videothek, um dort die Fußmatte anzubringen – so war wenigstens ein Teil der Revision authentisch –, als er hörte, wie die Tür aufging. Er blickte auf und sah Sally. Sie war entweder noch immer besoffen vom Mittagessen oder begann schon recht früh mit den Aperitifs vor dem Abendessen; vielleicht mixte sie sich aber auch ihre ganz privaten Cocktails.

»Dachte mir schon, daß ich Sie hier finde«, sagte sie und fiel dabei halb aufs Sofa. »Muß mich nämlich entschuldigen.« Sie kicherte, als wären Entschuldigungen fast so lustig wie Witze. »Ich hab die Luft bei Ihnen rausgelassen.«

»Sie?«

»Ja. Tut mir leid, ja? War ja auch nicht meine Idee. Damian sagte, warum lassen wir ihm nicht die Luft raus, du nimmst die Reifen auf der Seite, ich die auf der anderen. Aber als ich fertig war, hatte er sich schon ins Haus verdrückt. Und sagte dann, er habe jemand kommen hören.«

»Warum haben Sie das gemacht?«

»Es hörte sich an wie eine prima Idee. Ein Spaß. Tut mir leid, ja?« Sie drehte den Kopf, und die schweren schwarzen Locken schlenkerten ihr übers Gesicht. Offensichtlich war ihr jetzt das Entschuldigen verleidet.

»Übrigens«, sagte Duffy und versuchte seine Stimme möglichst neutral zu halten, »übrigens würde ich beim nächsten Mal die Schuhe ausziehen.«

»Beim nächsten Mal? Ich mach's nicht noch mal. Das ist nicht mehr witzig. Außerdem wüßten Sie gleich, daß wir es waren.«

»Ich mein nicht den Wagen. Auf dem Snooker-Tisch. Die Absätze machen das Tuch kaputt.«

Sie machte eine Pause, dachte nach und erinnerte sich an die vergangene Nacht, als wäre die vor einem Monat gewesen. »Ach so, das.« Jetzt, wo sie wußte, worüber sie redeten, begann sie wieder zu lachen. »Beim nächsten Mal zieh ich sie aus. Uah, diese Kugeln waren vielleicht kalt.«

»So was sollten sie nicht machen«, sagte Duffy. Er hatte das nicht sagen wollen; hatte cool bleiben wollen. Es war ihm rausgerutscht. Aber es war nun mal seine Meinung.

»Ich mach, was ich will«, schmollte sie.

»Sie sollten . . . *ihn* so was nicht machen lassen.«

»Ach, Sie meinen, weil er mich dann nicht mehr achtet oder so?« Duffy grunzte. »Sie sind doch aus der Steinzeit, Sie, genau, ein Steinzeitmensch. Wie kommen Sie denn überhaupt darauf, daß ich geachtet werden will?« Das war nicht unbedingt, was Duffy sich gedacht hatte, aber was genau er sich gedacht hatte, wußte er selber nicht. »Macht doch Spaß«, fügte sie schon gelangweilt hinzu.

Duffy wurde sich klar darüber, daß es ziemlich egal war, was er diesem Mädchen sagte; lang würde sie es sich doch nicht merken. »Sie sollten nicht soviel trinken.«

»Macht aber Spaß«, antwortete sie.

»Aber nicht für die anderen.«

»Sie sind der erste, der sich beschwert, Mr. Steinzeit.«

»Und Sie sollten das Zeug nicht nehmen, das Sie da nehmen.«

»Macht aber Spaß«, sagte Sally, »Spaß, *Spaß*. Hier macht es keinen Spaß mehr. Sie machen mir keinen Spaß. Wie alt sind Sie überhaupt?

»Alt genug, um Ihr Bruder zu sein.«

»Dann kommen Sie mir bitte nicht mit dieser verfickten Vatertour!« Die letzten Worte schrie sie.

»Schön.«

Sally stürmte davon, und Duffy wandte sich wieder den Anschlüssen seiner Fußmatte zu. Er war deprimiert. Es war immer die gleiche Geschichte. Die gleiche Geschichte, ob man nun in Braunscombe Hall war oder in den Seitenstraßen Südlondons hinter einer Gesamtschule, wo die Verbrechensrate weit über dem Landesschnitt lag. Duffy war noch selber bei den Bullen gewesen, als das Problem der klebstoffschnüffelnden Kinder bekannt geworden war. Die Kinder steckten den Kopf in Plastiktüten und schnüffelten Lösungsmittel. Das klang schon reichlich blöd. Duffy hatte in den Zeitungen alles mitverfolgt. Vom Klebstoffschnüffeln bekam man Kopfweh, wurde an der Nase wund und schließlich völlig apathisch. In der Schule fiel man zurück, und zu Hause lief alles schief, weil man nur mehr einen Gedanken hatte: raus und den Kopf in eine Plastiktüte und die Sprühdose drücken. Und das war erst der Anfang. Am Ende stand die Überdosis Lösungsmittel. Man verreckte. Zehn-, zwölf-, dreizehnjährige Kinder, die tot auf der

Straße lagen, und sich das auch noch selber besorgt hatten. Duffy kapierte das einfach nicht. Man gab den Eltern die Schuld, den Lehrern, den Ladenbesitzern, die klug genug sein sollten, aber das Zeug dennoch an Süchtige verkauften, und schließlich gab man den Kindern selber die Schuld. Aber nach diesen ganzen Schuldzuweisungen begriff man das Problem genausowenig wie vorher.

Duffy hatte dahinterkommen wollen, und eines Tages traf er in einer Seitenstraße zwei Kinder, die nicht vor ihm weggelaufen waren. Er war kein Lehrer, er war kein Sozialarbeiter, und sie waren nicht alt oder nicht schlau genug, um den Bullen zu riechen. Er konnte sie fragen, warum sie das machten. Weil's Spaß macht, sagten sie. Wie denn? Ganz verschieden, sagten sie. Spaß machte es schon, sich drauf zu freuen: Nie wußte man, was die Plastiktüte hergeben würde, wenn man drin schnüffelte. Und was gab sie her? Ganz Verschiedenes, sagten sie. Manchmal sah man Dinge, zum Beispiel riesige Frösche, die über die Häuser hüpften, richtig irre. Und man konnte alle Stürme brausen hören, ohne daß einen fror, und man sah Farben, phantastische Farben, und man war gut drauf, einfach gut. Spaß machte das. Und dann, danach? Danach ist es nicht so gut. Man kommt wieder runter, und das ist nicht so gut. Aber dann gibt es ja immer ein nächstes Mal. Es macht Spaß.

Das ist das, was du nicht akzeptieren willst, dachte Duffy, aber du mußt es akzeptieren. Sie machen es, weil es Spaß macht, entweder hinter einem Zaun mit einer Plastiktüte im Regen oder in einem luxuriösen Klo, pardon, einer Toilette im Grenzgebiet Buckinghamshire/Bedfordshire. Für dich scheint es den Spaß nicht wert zu sein, du siehst, daß er das nicht wert ist. Für sie aber schon. Du kannst das Sucht nennen, wenn du willst, aber die andere Wahrheit läßt sich nicht verleugnen: Sie machen das, weil es Spaß macht.

•

»Belinda.«

»Halten Sie sie mal einen Moment.«

»Sie *halten*? Wo?«

»Nicht am Schwanz, Sie Blödel. *Da.*«

Duffy bekam eines der Metallstücke, an denen Leder hing, zu fassen, aber für seinen Geschmack war er damit dem Pferdemaul viel zu nahe; trotzdem hielt er fest. Jesusmaria, die waren vielleicht groß, so Pferde. Viel größer als in der Glotze. Vor ihm wölbte sich ein riesenhaftes Auge; eine gigantische Ader lief über die Schnauze; Lippen wie Sofakissen zogen sich zurück, um enorme gelbe Zähne freizulegen. Wofür brauchten sie eigentlich diese großen Hauer, wenn sie doch nur Gras fraßen?

»Danke«, sagte Belinda. Duffy hätte beinah den Kopf geschüttelt, um die Ohren freizubekommen. Hatte sie wirklich »Danke« gesagt? Hatte er doch mal was richtig gemacht?

Während er das Pferd festhielt – oder genauer gesagt, während er dastand und das Pferd netterweise beschlossen hatte, nicht wegzulaufen –, war sie abgestiegen und übernahm jetzt. Sie ging ihm voraus in den Stall und gab zu verstehen, daß sie miteinander reden könnten, während sie dem Pferd eine Abreibung verpaßte oder es schamponierte oder was immer es war, was man nach dem Reiten machte. Duffy stand ängstlich gleich neben der zweiteiligen Haustür des Pferds. Das war der andere Nachteil von Ställen: Sie stanken nach Pferdescheiße.

»Wie geht's Angela?«

»Gut.«

»Wie geht's Angela?«

»Sie nimmt etwas zuviel Antidepressiva. Es geht mit ihr ständig rauf und runter. Nachts kommt sie meist zu uns und schläft bei uns. Sie ist sehr apathisch. Und sie treibt kein bißchen Sport.«

»Sie schläft bei Ihnen?«

»Nicht so, wie Ihr perverses Gehirn sich das vorstellt. Da steht ein Bett – eigentlich ist es eher ein großes Kinderbett – in unserem Schlafzimmer, und wenn es ihr schlecht geht, kommt sie einfach rein, weckt uns meistens nicht einmal und klettert hinein. Am Morgen liegt sie da wie ein schlafendes Kind.«

»Meinen Sie, daß ...«

»... daß sie gefährdet ist, wie das bei den Ärzten heißt? Weiß ich nicht. Wir haben's ja schon zweimal nicht kapiert. Sie ist meine älteste Freundin – die älteste Freundin hier draußen –, aber ich habe nicht die leiseste Ahnung, was in ihr vorgeht.«

»Wer könnte sie denn Ihrer Meinung nach fertigmachen wollen?«

»Keine Ahnung.«

»Aber Sie glauben auch, daß da wer ist?«

»Möglich.«

»Hat sie – ich weiß ja nicht, ist jemand sauer auf sie?«

»Davon weiß ich nichts.«

»Ex-Freunde? Jemand, dem sie den Laufpaß gegeben hat?«

Belinda unterbrach ihre Pferde-Abreibung und lachte. »Den *Laufpaß* gegeben? Seit Jahren habe ich dieses Wort nicht mehr gehört. Sie meinen, jemand, mit dem sie nicht mehr vögelt?«

»Also, ich denke schon, es ist ein bißchen mehr als das.«

»Dem sie den Verlobungsring zurückgegeben hat, diese Tour?« Sie lachte wieder. »Nein, Angela hat keinem den *Laufpaß* gegeben.«

»Hat sie Geldsorgen?«

»Soweit ich weiß, hat sie noch immer genug.«

»Und wie steht's mit Henry?« Duffy hatte ihn bisher erst flüchtig gesehen, ein großer, quadratschädeliger Landadel-Typ mit Kleidern, in denen Duffy sich nicht einmal tot gezeigt hätte.

»Was ist mit Henry?«

»Na, ob sie zum Beispiel in ihn verliebt ist.«

»Ich hoffe, daß Sie mehr von Alarmanlagen als vom Fragenstellen verstehen. Den Laufpaß geben? Verliebt? Passen Sie mal auf, Duffy: Wenn Sie ein Mädchen sind, wenn Sie dreißig geworden sind . . . dreißig und noch was, sagen wir mal, und wenn Sie schon etwas aus dem Leim gehen und noch nie einen Verlobungsring am Finger hatten und der Knabe halbwegs vorzeigbar ist und eine Farm hat und aus einer alten Familie stammt: dann sind Sie verliebt.«

»So ist das also? Und wie ist das für den Knaben?«

»Ich weiß, worauf Sie hinauswollen. Cleveres kleines Mädchen und so. Wie das für den Knaben ist? Ganz einfach: Wenn Sie ein Knabe sind und dreiundvierzig und noch immer zu Hause bei Ihrer Mutter wohnen, die nicht so gern allein gelassen werden will, und wenn Sie bei den Gummistiefel- und Kopftuch-Mädchen nicht allzu große Erfolge einfahren konnten und wenn Sie keine nennenswerten Freunde haben und ganz überraschend dieses sexy Mädchen kennenlernen, das mit niemand verheiratet ist, das ein bißchen Geld auf der Seite hat und das nicht furchtbar viel dagegen einzuwenden hat, nach der Hochzeit bei Ihnen einzuziehen und unter einem Dach mit Ihrer Mutter zu hausen, und auch noch autofahren kann: dann sind Sie verliebt.«

»Ich glaube, ich hab's kapiert«, sagte Duffy. »Und dann bekommen sie viele, viele Kinder und leben glücklich bis an ihr selig Ende?«

»Ich weiß nicht, ob sie Kinder haben werden«, sagte Belinda. »Da müßten sie sich schon ranhalten, wenn sie das noch wollen. Und sie werden so glücklich leben wie alle anderen auch.«

»Und das heißt?«

»Das heißt, daß man es nie im voraus wissen kann. Nach einiger Zeit ist das nicht mehr eine Sache der Liebe, wie Sie sagen würden, sondern des Durchhaltevermögens.«

»Wie bei der Drei-Tage-Konkurrenz?«

Belinda blickte ihn erstaunt über den Pferderücken an. »Sehr gut, Duffy. Wo haben Sie denn von diesen Drei-Tage-Konkurrenzen gehört?«

»Muß im Fernsehen gewesen sein.« Er erinnerte sich an ein großes Landhaus irgendwo draußen und viele Männer mit flachen Mützen und Jagdstühlen. Überall standen Land Rover herum, Reiter fielen vor Wassergräben vom Pferd, und ein Kommentator sprach, als habe seine Zunge eine flache Mütze auf und werde von einem Jagdstuhl gestützt.

»Übrigens funktioniert meine Alarmanlage einwandfrei«, sagte er plötzlich. Er konnte es nicht leiden, daß diese Fehlinformation weitergetragen wurde.

»Ja. Klar. Vic hat mir Bescheid gesagt.«

»Dann laufen Sie doch nicht herum und erzählen jedem davon.«

»Ich dachte, wir müßten so tun, als ob?«

»Ja, aber doch wenigstens nicht so, als hätte es Sie nicht weiter überrascht, daß sie nicht funktioniert hat.«

»O.k.«

In diesem Augenblick hörten sie auf dem Kies ein lautes regelmäßiges Geräusch, eine Art Patschen, das sich ganz und gar nicht anhörte, als würde da jemand gehen. Belinda ging durch den Stall und stand zusammen mit

Duffy an der halben Stalltür. Da marschierte jemand über die Auffahrt. Jemand, der einen Taucheranzug trug, dazu Flossen an den Füßen und eine Maske vorm Gesicht. Jemand, der den Schnorchel unter den Arm geklemmt hatte wie ein Offiziersstöckchen. Jimmy. Er bemerkte Duffy und Belinda in der Stalltür, kam aber nicht aus dem Tritt. Statt dessen brüllte er: »Ponton-Spezialeinheit ... Au-genn ... *rechts!*« und ließ den Kopf schulterwärts schnellen. Als er an ihnen vorbei war, richtete er die Augen wieder nach vorn und verschwand über das stille Gras in Richtung See. Duffy wollte lachen, aber Belinda sah ernst drein. Vielleicht war es wirklich nicht lustig. Und vielleicht hatte sich der arme alte Jimmy wirklich etwas dabei gedacht. Wie stellt man es an, wenn man heimlich in einem See tauchen will? Indem man mit großem Trara in den See taucht. Vielleicht hatte er Sherlock Holmes gelesen.

»Und Taffy?«

»Was ist mit Taffy? Er ist ein Gast des Hauses.« Sie konnte das bei weitem gelassener sagen als Vic.

»Mrs. Hardcastle sagt, es sei Besteck verschwunden.«

»Duffy, erstens ist Taffy unser Freund, zweitens ist Taffy resozialisiert, und wenn Taffy drittens noch immer Lust zum Klauen hätte, würde er sich an den Range Rover halten oder das Haus oder sonstwas, aber bestimmt nicht an die Löffel.«

»Klar.« Es sei denn, er könnte es nicht loswerden. Es sei denn, er wollte nicht aus der Übung kommen. Nein, sehr wahrscheinlich war das nicht.

Duffy ging und dachte bei sich, daß Belinda nicht ganz so schlimm war, wie er gedacht hatte, ja, daß sie ein ganzes Stück weniger schlimm war, und machte sich dann auf die Suche nach Vic. Nachdem er die nötigen Angaben bekommen hatte, ging er hinter dem Haus los, duckte sich hinter die Hecke und arbeitete sich langsam zum Waldrand vor. Während er auf Zehenspitzen vorsichtig den Pfad entlangging mit der Befürchtung, daß alles, was nicht eindeutig eine Nessel war, eine getarnte Nessel sein mußte, dachte er über Taffy nach. Nur ein Gast des Hauses. Ruhig, höflich, ein wenig langweilig, redete gern über das Verhältnis des einzelnen zur Gesellschaft, sah aus wie einer, der am Wochenende Jazz spielte. Schön und gut, nur daß er die Gewohnheit hatte, Leute zusammenzuschlagen und Schließern mit Eisenstangen eins überzuziehen. Genau das machte natürlich seine gesellschaftliche Anziehungskraft aus. Es war ja bekannt, daß in Londoner Schickimickikreisen Schwerverbrecher gern gesehen waren, warum also sollten in ländlichen Schickimickikreisen nicht auch etwas weniger bedeutende Bösewichter willkommen sein, die einmal ein paar Wochen lang die Titelseiten geziert hatten? Wie sagte sein Gastgeber so schön? England war ein Land geworden, wo die Vics mit den Damians verkehren konnten und die Damians mit den Hugos auf du und du waren. Warum sollten dann nicht auch die Taffys vertrauten Umgang mit den Vics, den Damians und den Hugos pflegen? Außerdem ging es dabei nicht nur um soziale Mobilität. Verbrechen waren sexy. Das war eine weitere Wahrheit, die der Ex-Bulle Duffy nur mit Mühe akzeptieren konnte, auch wenn er wußte, daß er es mußte. Drogen machten Spaß, und Verbrechen waren sexy; nicht immer, aber doch oft genug. Man konnte von Verbrechern aus dem East End lesen, wie sie in Restaurants, über die Basil Blödel im *Tatler* berichtete, mit pinkfarbenem Champagner um sich spritzten. Man konnte von ehemaligen Sträflingen lesen – ja, er hatte welche gesehen –, die (wenn sie wirklich gewalttätige ehemalige Sträflinge waren, die die Leute wirklich erschreckten) bei den Mädchen schneller eingezipfelt hatten, als man seine Bohnen geschält hatte. Das war nicht fair, fand Duffy. Warum waren Bullen nicht sexy?

So konnte man den Bankfeiertag-Montagnachmittag natürlich auch verbringen. Der Pfad war plötzlich steiler, das Farnkraut dichter geworden. Vic hatte gesagt, daß es da einen Fleck gebe, wo der Pfad geradeaus weiterzugehen schien, wo Duffy aber in einer Buche eine kleine Kerbe und auf der linken Seite einen Pfad finden würde, den man sonst nicht wahrnähme. War das da eine Buche? War das eine Kerbe? War das da der Pfad? Wenn er doch nur bei den Pfadfindern gewesen wäre! Bevor die Woche vorüber war, würde er wohl noch ein paar raffinierte Knoten lernen müssen und wie man ein Feuer macht, indem man zwei Pfadfinderinnen aneinanderreibt.

Das hier schien es zu sein. Vic hatte gesagt, er müsse erst daran vorbeigehen und sich dann umsehen, sonst würde er es nicht bemerken. Ja, da war es. Selbst Duffy konnte würdigen, daß Jimmys Camp, obwohl nur zehn Minuten vom Haus entfernt, perfekt getarnt war. Die Blätter am Boden gaben unter ihm nach wie der Teppich bei feinen Leuten, und er näherte sich dem Versteck mit allergrößter Vorsicht. Aus einem Kinderbuch oder aus einem Film fiel ihm plötzlich ein, was für Fallen Indianer oder Afrikaner oder wer auch immer bauten: Urplötzlich gab der Boden nach, man stürzte drei Meter in die Tiefe und hatte einen zugespitzten Stab im Hintern. Man steckte dran wie ein Stück Fleisch an einer Kebabstange, bis die Eingeborenen auftauchten, Holz um einen herum aufstapelten und einen zum Abendessen verspeisten. Duffy! Duffy! Das genügt. Aber trotzdem erwog er, während er auf Jimmys Camp zuging, ob er sich nicht lieber einen langen Stock suchen und mit dem beim Gehen im Laub stochern sollte.

Genaugenommen handelte es sich weniger um ein Camp als um die Art Versteck, von dem aus man Vögel beobachtete, oder um eine Schlafstelle, wie sie ein besonders ordnungsliebender Soldat in einem Kriegsfilm sich für eine Nacht hergerichtet hatte. Dort, wo der Boden eine Senke bildete, war eine große Persenningplane über mehrere Pflöcke gespannt; auf das Dach waren Farn und anderes Zeug gehäuft. Im Moment sah das Versteck nicht übermäßig getarnt aus – vor dem Eingang war der Boden sogar ein Stück weit verkohlt, vermutlich von einem Lagerfeuer –, aber es sah auch so aus, als könnte es im Notfall bestens getarnt werden. Duffy pirschte sich seitwärts den Abhang hinunter an das Versteck heran, um es genauer in Augenschein zu nehmen.

Es war etwa zweieinhalb Meter lang und bestand aus zwei Räumen. Nicht daß es zwischen ihnen eine Unterteilung gegeben hätte; aber knapp zwei Meter des gesamten Raumangebots waren eindeutig als Schlafzimmer gedacht, während der Rest als Küche und Badezimmer diente. Am einen Ende war ein in eine Plastikplane gerollter Schlafsack angepflockt. Am anderen Ende fand Duffy einen kleinen Paraffinölkocher, mehrere quadratische grüne Büchsen und einen Spiegel. Er öffnete die Büchsen: Rasierzeug, Dosennahrung, einige Stücke Trockenfleisch, die in Alufolie gewickelt waren, sowie etliches Besteck. Allerdings handelte es sich nicht um das Besteck, das von Braunscombe Hall aus auf Wanderschaft gegangen war, sondern um eins der Messer-Gabel-Löffel-Sets, die in der Mitte durch eine Schraube zusammengehalten waren.

In einer Ecke des Schlafabteils, in der Nähe des Schlafsacks, befand sich eine weitere Reihe grüner Büchsen. Nachttischlektüre, dachte Duffy witzelnd. In der ersten Büchse fand er eine kleine Öllampe; in der zweiten ein großes Glas, das aller Vermutung nach Öl für die Lampe enthielt, und ein kleineres, das wie Brennspiritus roch; in der nächsten drei in Plastiktüten verpackte Ausgaben des *Playboy.* Er sah auf das Datum: Sie waren schon mehrere Jahre alt. Bei der vierten Büchse hätte er beinah den Deckel wieder draufgedrückt, kaum daß er ihn abgehoben hatte: Was ging ihn das eigentlich an? Na, man konnte ja nie wissen, ob es ihn vielleicht doch noch was angehen würde. Obenauf lag das Foto eines kleinen Jungen mit fliehendem Kinn; er trug eine Art Uniform, vielleicht war es die Jungschar. Als nächstes kam der Beweis, daß das Kind sich in fünfzehn, zwanzig Jahren kaum verändert hatte; jetzt steckte es in einer Erwachsenenuniform, einer Armeeuniform. Dann ein weit älteres Foto von einer Hochzeit: eine lächelnde Braut, ein ernster Bräutigam; dem Revers und den Frisuren nach mußte das kurz nach dem Krieg gewesen sein. Jimmys Eltern vermutlich. Drunter ein Bild, bei dem Duffy keine Schwierigkeiten hatte, das Objekt zu identifizieren: Angela, die mit großen Augen von der Kamera wegsah; ums Kinn herum sah es irgendwie nach Retouchen aus. Sichtlich eine Atelieraufnahme; Duffy drehte sie um, aber der Fotograf hatte kein Interesse daran gehabt, sich auf seinem Werk zu verewigen. Schließlich ein Zeitungsausschnitt, der Duffy verwirrte, bis er die Bildunterschrift las: Erst jetzt begriff er, daß es sich um eine Meldung aus der Lokalzeitung *Mail & Advertiser* über Angelas und Henrys Verlobung handelte. Er hatte das zunächst nicht kapiert, weil der Ausschnitt mit mehreren Dutzend runden Brandflecken übersät war. Brandflecken, wie sie am Ende eines Abends entstehen, wenn man nur eine vier Jahre alte Ausgabe des *Playboy* hat, mit der man ins Bett steigen kann. Duffy starrte auf das verstümmelte Foto und entdeckte einen weiteren Grund, warum es ihn beunruhigte: Die Brandstellen machten nicht nur Henrys Gesicht unkenntlich, sondern auch das von Angela.

Als er wieder aus dem Wald auftauchte, wo es ihm wunderbarerweise gelungen war, den Bärenfallen, Killerspinnen und Irokesen zu entgehen, schlenderte er zum Seeufer. Auf einen Wink hin kam Jimmy ans Ufer geschwommen. Er stand auf, das Wasser quoll ihm aus dem Taucheranzug, und er schob seine Brille hoch. Wenn sein Kopf ganz und gar in Gummi eingewickelt war, sah er eindeutig besser aus.

»Was von Ricky gesehen?«

Jimmy schüttelte den Kopf. »Nichts.«

»Vielleicht stellt er sich tot«, sagte Duffy.

»Ich kann so was nicht lustig finden.« Jimmy zog seine Brille herunter, richtete den Schnorchel neu, drehte sich um und stapfte wieder in den See.

»Nein, ist es vielleicht auch nicht«, murmelte Duffy vor sich hin.

Während er auf seinem Bett lag und auf den Gong zum Abendessen wartete, studierte er die Klatschseiten im *Tatler*. Miss Olivia Arschgesicht heiratete den Nobelmann Peregrine Pfriemimhintern; das Paar würde seine Wohnung auf dem Stammsitz Wallachsweiler nehmen, wo er vom ererbten Reichtum leben und sie ihm ein Schock lachender Kinder schenken würde, die nur in die teuersten Schulen paßten. Duffy sann müßig über den Scherz nach, den er gegenüber Belinda gebraucht hatte: Ehe als Drei-Tage-Konkurrenz. Vielleicht doch kein so schiefer Vergleich. Es begann mit dem Teil, wo die Pferde herausgeputzt wurden, um so gut wie möglich auszusehen. Wie hieß das gleich? Dressur, genau. Sie tänzelten auf Zehenspitzen herum, waren geschniegelt und gestriegelt und vollführten irgendwelche ausgezirkelten Übungen. Das entsprach der Phase des Hofmachens. Dann kam der Hauptteil, das Querfeldein-Rennen. Hier ging es nicht mehr um Zehenspitzengetrippel und guten Eindruck, sondern jetzt kam es aufs Laufen an oder den gemessenen Galopp, wie sich das wahrscheinlich nannte, dahin über freies Feld, und das machte Spaß und hatte was Befreiendes bis auf die Tatsache, daß es immer wieder so Hürden gab, die man überwinden mußte und von denen manche ganz schön hoch waren, und dann gab es so große schlammige Wälle mit Wasser untendran, und da war einem vielleicht auch bisweilen danach, seinen Reiter abzuwerfen, wenn es einem reichte. Aber er ging immer weiter, dieser Querfeldein-Teil, Kilometer für Kilometer. Am Ende war auch das vorbei, und sie führten einen wieder in den Stall, wo sie einem das Essen vorsetzten und man sich im Gefühl wiegen konnte, es gut gemacht zu haben – oder, wenn es nicht ganz so gut war, man habe zumindest seine Pflicht getan. Doch am nächsten Tag, wenn man eben alle viere von sich strecken wollte, holten sie einen wieder heraus und ließen einen über all die Hindernisse springen, obwohl man schon auf dem Zahnfleisch ging. Und das einzige, was bei dem Schauspringen herausschaute, waren Punktverluste. In diesem Abschnitt gewann man nie Punkte, man verlor nur welche.

War es so oder so ähnlich? Von außen sah es jedenfalls so aus. Duffy hatte es nie mit Heiraten versucht; die Drei-Tage-Konkurrenz hatte ihn nie gereizt. Natürlich hatte seine doch recht lange Phase des Schwulseins seine Chancen nicht gerade verbessert. Oder wenn er schon nicht ganz schwul war, dann, daß er sich auf beiden Straßenseiten umgetan hatte. War er je verliebt gewesen? Er war sich nicht sicher. Gut, wenn er sich nicht sicher war, dann konnte er auch nicht verliebt gewesen sein, oder? Er wußte noch, was das für ein Gefühl gewesen war, als er damals anfing, mit Carol rumzumachen; plötzlich schien er alles mögliche zu verstehen, und außerdem gab es jetzt immer etwas zum Abendessen. War das die Liebe? Vielleicht nannte man das so, weil man sich überlegte, daß man wohl nie was Besseres kriegen würde. Vielleicht hatte ihn Belinda mit Recht ausgelacht. In der wirklichen Welt heiratete man nicht aus Liebe, sondern weil einen jemand haben wollte, weil es da draußen jemand gab, der es mit einem aushalten konnte, und weil man draufging, wenn man's nicht tat. Vielleicht sollte er Carol anrufen.

Statt Carol anzurufen, blätterte er im *Tatler* ein paar Seiten zurück, bis er zur Restaurant-Kritik kam. Über was schrieb Basil Blödel diesen Monat? Duffy las die Seite mit wachsender Ungläubigkeit. Das sollte Arbeit sein? Der ging zu einem Idiotentreffpunkt – im vorliegenden Fall in eins von den drei Fischrestaurants in Chelsea –, spachtelte ordentlich was rein, nahm Lady Blödel noch mit, schrieb die Speisekarte ab, rang sich hie und da einen bescheidenen Scherz ab und tat so, als hätte ihm den Lady Blödel über den Fischgräten zugeflüstert, und trabte schon weiter ins nächste Restaurant. Und die Preise... Für das, was ein einziges Fischhäppchen in Chelsea kostete, bekam man bei Sam Widges sieben volle Abendessen.

Er ließ das Magazin fallen und pirschte sich zur nächstgelegenen Toilette vor. Dann ging er hinunter ins Wohnzimmer. Lucretia lagerte in ihrer gewohnten Haltung auf dem Sofa, ihr blondes Haar fiel wie ein Sturzbach hinten runter; Zigarette und Whisky mit Wasser waren in regem Gebrauch. Sie nickte Duffy ausdruckslos zu. Er ließ sich auf einem Stuhl ihr gegenüber nieder und ertappte sich zu seiner Überraschung bei einem Räuspern. Fast ebenso überraschend war für ihn, was er als nächstes sagte.

»Die Sauce im ›Poison d'Or‹ ist doch recht gut.«

»Wie?«

»Die Sauce im ›Poison d'Or‹ ist doch recht gut.«

»Was?«

»Die Sauce. Wie die so Safran reintun.« (War das richtig gesagt?) »Ganz prima.«.

»Wo soll das sein?«

»Im ›Poison d'Or‹.«

»So«, sagte Lucretia forsch, »und jetzt sprechen Sie mir nach: *Poisson. Poisson.*« Während sie diese Wörter aussprach, öffneten sich ihre Lippen und kamen auch wieder zusammen auf eine Weise, die Duffy wirklich sehr, nun ja, ganz prima fand.

»Poison.«

»*Poisson. Poisson.*«

»Poison.«

Lucretia schenkte ihm jenes halbe Lächeln, das ihn wünschen ließ, er könnte sie dazu bringen, ihm einmal die vollständige Ausgabe zu schenken. »Versprechen Sie mir eins: Gehen Sie nie in ein französisches Restaurant und verlangen Fisch. ›Poison‹ heißt nämlich ›Gift‹, ja?«

»Versprochen.« Er sah sie an. »Wie war ich?«

»Sie sind komisch, wissen Sie das? Sehr komisch.«

Hieß das was Gutes bei ihr? Wie auch immer, Duffy kam sich bei diesem Mädchen jetzt ein bißchen weniger deplaziert vor. Er war drauf und dran, ihre Unterhaltung weltmännisch auf Gegenstände von allgemeinerem Interesse zu lenken – zum Beispiel, ob sie Pferde mochte und schon mal in einem Sherpa-Lieferwagen gesessen habe –, als es vor der Tür lebendig wurde. Jimmy kam ins Zimmer gestürzt mit tropfnassen Haaren, aber wenigstens nicht mehr im Taucheranzug, baute sich, mit dem Rücken zu Lucretia, zwischen ihnen auf und zwinkerte Duffy heftig zu.

Nach etwa einem Dutzend dieser Gesichtsverrenkungen hatte Duffy endlich begriffen.

»Äh, entschuldigen Sie mich bitte, Lucretia.« Schweigend winkte sie ihn als entlassen hinaus.

Aufgeregt führte ihn Jimmy ums Haus zu einem Stück Unterholz am See. Dort, neben einem abgelegten Taucheranzug und zwei Flossen, lag ein blauer Plastikwäschesack, aus dem ein Schwanz ragte. Die Griffe waren zusammengebunden.

»Mußte die Schnur kappen«, sagte Jimmy. »War vermutlich um einen Stein gebunden oder was. Den konnte ich nicht auch noch mit raufbringen.«

»Große Klasse«, sagte Duffy und klopfte Jimmy kräftig auf die Schulter. Das war nicht unbedingt ein Ausdruck oder eine Geste, die Duffys Art gewesen wären, aber er glaubte, Jimmys Sprache sprechen zu müssen. Der Schnorchler strahlte und begann detaillierter als unbedingt nötig zu erklären, wie er den See mit Markierungen am Ufer in Abschnitte eingeteilt und wie er dann mit jedem Abschnitt, den er untersucht hatte, eine Markierung entfernt hatte. Duffy hörte sich alles an und wiederholte am Ende: »Große Klasse.«

»Ange wird sich freuen, was?«

»Ganz bestimmt sogar, Jimmy. Aber vielleicht sollten wir es ihr nicht sofort sagen.«

»Oh.« Sein Gesicht verrutschte, was bei dessen Form nicht weiter schwer war.

»Ich hab mir da nämlich was überlegt.«

»Klar.« Jimmy schien Duffys Idee schon zustimmen zu wollen, bevor sie ihm überhaupt erläutert worden war, als verdiente jeder, der sich etwas überlegt hatte, ganz automatisch Respekt und Gehorsam.

»Die Sache ist doch die, daß jemand Ricky in den See geworfen hat, weil sie nicht wollten, daß Angela ihn begräbt. Vielleicht wollten sie auch nicht, daß wir ihn uns gründlicher anschauen. Und egal wer es getan hat, er kann nicht weit sein. Wenn wir also allen davon erzählen, dann kann das gleiche noch mal passieren. Ricky würde schon wieder Gassi gehen. Nur diesmal für immer.«

Jimmy nickte zögernd. »Und?«

»Also, ich würde vorschlagen, daß wir ihn erst mal an einem sicheren Ort unterbringen. Bis wir uns überlegt haben, was wir mit ihm anstellen.« Duffy hatte sich schon überlegt, was er anstellen würde.

»Wo gibt es einen sicheren Ort?«

»In meinem Wagen zum Beispiel.«

»Ist der sicher?«

»Es steht doch DUFFY SECURITY außen drauf, da müßte er auch sicher sein.«

»Hat er eine Alarmanlage?«

»Nein, das allerdings nicht.«

»Gut also, dann überlasse ich ihn Ihrer Verantwortung.«

Jimmy sammelte den Taucheranzug und die Schwimmflossen auf. Duffy klatschte ihm noch mal anerkennend auf die Schulter, dann machte Jimmy sich auf zum Haus. Mit dem Wäschesack in einer Hand arbeitete sich Duffy verstohlen um Braunscombe Hall herum, bis er die Auffahrt erreichte und sie in einer Entfernung von zwei Dritteln des Wegs vom Haus zu den Steinkugeln mit dem Salamander obendrauf überquerte. Dort ließ er Ricky in einem Graben liegen. Er trabte zum Haus zurück, stieg in seinen Wagen und fuhr die Auffahrt hinunter. Nach zehn Minuten, länger als nötig gewesen wäre, kehrte er zurück. Ricky war sicher untergebracht, aber Ricky war nicht hinten im Wagen.

Als er zurückkam, war der Gong schon verklungen, und alle saßen um den Refektoriumstisch herum.

»Sie haben schon mal geübt?« fragte Damian.

»Hä?«

»Sie haben hübsche Muster auf dem Billardtuch arrangiert, um sich auf unsere nächtliche Begegnung vorzubereiten?«

»Nein, ich habe den Wagen kontrolliert.«

»Es erstaunt mich immer wieder«, sagte Damian, dem schon wieder sein Trick gelang, den gesamten Tisch anzusprechen und dabei Duffy auszuschließen, »mit welcher Verbissenheit sich die Unterschichten auf Snooker gestürzt haben.«

»Und warum?« fragte Vic. Er wußte, wann Damian mit der naheliegendsten Frage befeuert werden mußte.

»Gut, daß Sie das fragen. Weil es so elitär ist. Ich meine, man stelle sich vor, manche Kugeln sind doch tatsächlich wertvoller als andere. Die schwarze ist immer sieben Punkte wert, die pinkfarbene immer sechs, während die armen roten nur je einen Punkt zählen. Das ist, wie wenn einige Leute mehr Geld haben als andere, und zwar nicht nur vorübergehend, sondern immer. Ich wette, wenn wir hier in *Rußland* wären«, sagte er emphatisch, »dann wären *alle* Kugeln rot und alle wären nur je einen Punkt wert. Das wäre Ihnen wahrscheinlich lieber, was, Duffy?«

»Es wäre dann kein so gutes Spiel«, antwortete er. Laß dich nicht reizen von ihm, dachte er; laß dich von ihm nicht reizen, jetzt nicht und auch später nicht am Billardtisch.

»Aber es wäre doch demokratischer, nicht wahr?«

»Darum geht es nicht, denke ich«, sagte Duffy.

»Er geht nicht hoch«, warf Lucretia ein.

»Das ist Ihr Problem, Schätzchen, nicht meins«, sagte Damian. Sally kicherte darauf heftig, und Jimmy blickte verständnislos.

An diesem Abend nahm auch Henry am Dinner teil, und Duffy konnte ihn sich zum erstenmal richtig ansehen. Er war kräftig, quadratschädelig und fleischig, hatte große rote Hände und einen Mund, der in den Winkeln abfiel; er sah einem direkt ins Gesicht, wenn man ihn ansprach, schien aber doch etwas reserviert. Er trug eine Farmerjacke mit Karos, die groß genug waren, daß noch ein Blinder mit dem Krückstock darauf Schiffchen-Versenken hätte spielen können, und aus seiner Brusttasche wallte ein gelbes seidenes Taschentuch; die gleiche gepunktete Fliege biß sich noch immer mit dem gleichen Musselinhemd. Er sagte nicht viel, auch nicht zu Angela, obwohl er sich, wenn sie sich an ihn wandte, langsam in ihre Richtung drehte und sie irgendwie wohlwollend anstrahlte. Duffy dachte, daß er haargenau zur Gummistiefelbrigade paßte; wahrscheinlich war Angela deswegen eine um so erfreulichere Überraschung für ihn gewesen. Angela wiederum schien in seiner Gegenwart ruhiger zu sein: sie war weder aufgeputscht noch apathisch, sondern mehr oder weniger normal, so normal also, wie sie überhaupt sein konnte.

Gelegentlich richtete Damian eine Bemerkung an Henry, als wollte er damit versuchen, ihn ins Gespräch einzubeziehen. »Haben Sie heute wieder einen Haufen Schafe desinfiziert, Henry?« fragte er munter, worauf Henry antwortete: »Dazu ist es nicht die rechte Jahreszeit. Schafe werden ..« Doch bevor er Damian erläutern konnte, wann man Schafe desinfizierte, war sein Gesprächspartner schon bei: »Dann haben Sie heute Fasan gejagt?« Und während Henry zu der Erklärung ansetzte, daß er auch das nicht getan habe, war Damian längst zu einem anderen Thema weitergeflattert.

Duffy kam das ein wenig unfair vor, und er wandte sich deshalb einmal an Henry mit einem gutgemeinten

»Haben Sie eine große Farm, Henry?«, aber Henry durfte nicht antworten. »›Wie viele Hektare haben Sie?‹ lautet die bessere Formulierung, Duffy«, fuhr Damian dazwischen, »aber das ist ohnehin eine langweilige Frage, weil außer Ihnen jeder die Antwort darauf kennt; also stecken Sie sich die Frage sonstwohin, warten Sie, bis Sie mit Henry allein sind, und fragen Sie ihn dann. Ich denke, in das Tischgespräch sollten möglichst viele einbezogen werden.«

»Sind Sie immer so?«

»Wie denn? Wie?« Damian war gespannt.

»Führen Sie sich immer wie der letzte Arsch auf?«

»Ah, ooooh«, stöhnte Damian. »Getaroffen. Ein Dolchschatoß mitten ins Herz. So was von pointierter Formulierung, so was von pointiert.«

»Das genügt, Kinder«, sagte Vic.

Nach dem Essen versuchte Damian, alle dazu zu bewegen, dem Braunscombe-Hall-Snooker-Finale beizuwohnen, aber etwas an seiner scherzhaft übertriebenen Begeisterung – »Kommet zuhauf, ihr Maiden, und lauschet dem zarten Klacken der Kugeln« – schien die anderen abzuschrecken. Vic und Belinda gingen zu Bett; Angela ebenfalls; Taffy verzog sich, weil er im Fernsehen eine Sendung sehen wollte, in der unter der Leitung einer Rabbinerin die Frage diskutiert wurde, ob der Mensch aus freiem Willen Böses tue; und Lucretia verschwand ohne weitere Erklärung. Duffy war davon etwas enttäuscht. Aber vielleicht würde sie ihm bei ihrem nächsten Besuch in der Stadt zusehen, wenn er bei den Western Sunday Reliables im Tor stand; Fußball mochte sie wahrscheinlich.

Es blieben also nur Henry und Sally, die, jeder in einer Ecke des pinkfarbenen Chintzsofas, Zeugen wurden, wie Duffy – ohne irgendwelche großartigen Tricks, nur mit einem leichten Rechtseffet – das Braunscombe-Hall-Snooker-Finale in drei Gewinnsätzen eröffnete. Als Damian eine kleine Wette anbot, erwiderte Duffy: »Ich hätte gedacht, ein Sieg wäre Ihnen Befriedigung genug.« Als Damian mit Sally zu plaudern anfing, stellte Duffy den Antrag, daß etwaige Unterhaltungen sich ausschließlich auf das laufende Spiel und nicht etwa darauf beziehen sollten, ob Petronella Pfefferfressers Pokerparty nun am Dienstag oder am Mittwoch stattfinden würde. Als Damian seinen Würfel blauer Kreide auf dem Rand stehenließ, deutete Duffy das als Verstoß gegen die Etikette und bat ihn, sie vor dem nächsten Stoß zu entfernen. Duffy gab sich äußerst cool, aber er spielte auch sehr vorsichtig, weil er vermutete, daß Damian zu den Spielern gehörte, die sich, wenn's hart auf hart ging, selber erledigten.

Sally wollte ins Bett; sagte sie jedenfalls, aber vielleicht brauchte sie nur etwas Nachschub; Damian führte da schon zwei zu eins. Ungeachtet der Tatsache, daß Angela inzwischen schon eineinhalb Stunden allein im Bett liegen mußte, blieb Henry unerschütterlich auf dem Chintzsofa hocken. Duffy holte sich das vierte Spiel, indem er Damian snookerte, d.h., die Stoßkugel so plazierte, daß die Zielkugel durch eine andere Kugel blockiert war, doch im fünften Spiel lag Duffy ständig zurück. Am Ende brauchte er Blau, Pink und Schwarz, um zu gewinnen, und der versuchte Sicherheitsstoß auf Blau ließ die weiße Kugel sanft in die mittlere Tasche rollen. »In-off«, rief Damian, was Duffy nun schon zum zweiten Mal von ihm zu hören bekam. Zum Zeichen seiner Niederlage steckte Duffy sein Queue in den Ständer. »Das muß ich gleich Sally erzählen«, sagte Damian. »Ich möchte mit Verlaub ein bißchen protzen gehen.«

Während des ganzen Spiels hatte Henry schweigend dagesessen. Seiner Miene war nicht zu entnehmen, ob er dem, was da vor sich ging, folgen konnte oder nicht. Jetzt stand er auf, nahm das längste Queue aus dem Ständer, legte die weiße Kugel wieder auf den Tisch und sagte: »Ich glaube, Sie bleiben nicht lange genug unten, wenn Sie stoßen.« Er imitierte den kleinen Ruck, mit dem Duffy nach einem Stoß jeweils den Kopf hochriß und der ihm als Begleiterscheinung nur zu vertraut war; Duffy zuliebe machte Henry den gleichen Stoß zweimal, wobei die Blaue das Loch gleich um mehrere Zentimeter verfehlte, wenn er es mit Duffys besonderem Kopfrucken versuchte, während er sie, ohne auch nur den Rand des Lochs zu berühren, versenkte, wenn er mit seiner eigenen festzementierten Kopfhaltung spielte. Danach versenkte er eine schwierige, weit vom Loch entfernte pinkfarbene Kugel und schickte ihr die schwarze hinterher, indem er sie über zwei Banden in der Tasche am anderen Ende des Tisches versenkte.

»Sie sind sehr gut«, sagte Duffy. »Sie spielen wohl oft.«

»Billard. Von Kindesbeinen an Billard mit Paps. Snooker hab ich nie wirklich gespielt. Für Paps war Snooker degeneriert.«

»Ein Spiel für Halbstarke«, kam ihm Duffy zu Hilfe.

»Nein, nicht deswegen. Eher, weil das Spiel selber bestimmt, wie lange es dauert. Für Paps war Billard ein Spiel für Gentlemen, weil die Spieler seine Dauer bestimmten. Natürlich auch raffinierter.«

»Noch was außer dem Kopfrucken?« frage Duffy.

»Ich würde sagen, Sie halten das Queue zu weit hinten. Kleine Kerle machen das oft so. Der Unterarm hängt damit nicht vertikal genug herunter.«

»Und sonst?«

»Beim ersten Spiel hätten Sie mehr rangehen sollen. Das erste Spiel ist entscheidend.«

»Ich weiß nicht. Ich bin rangegangen.«

»Je nun.«

Sie saßen auf dem Sofa, und Duffy überlegte noch immer, was Henry hier unten verloren hatte. Es ging auf halb zwölf.

»Wie geht's Angela?«

»Gut.«

Warum sagte das bloß jeder zu ihm? »Es geht ihr gut.« Hielten sie ihn denn für bekloppt? Oder sollte das heißen, er möge sich bitte um seinen eigenen Kram kümmern?

»Die Geschichte mit Ricky muß sie ganz schön fertiggemacht haben.«

»Ricky war ein wunderbarer Hund«, sagte Henry, ohne die Frage eigentlich zu beantworten.

»Hat er Angela gehört oder Ihnen, oder Ihnen beiden?«

»Nein, er hat ihr gehört. Das heißt, er hat allen hier gehört. Alle mochten ihn gern. Auch Sally hat ihn sehr gemocht.«

»Sally?«

»Ja doch, sie ist mindestens so oft mit ihm spazierengegangen wie Ange. Wahrscheinlich noch öfter.«

»Damian?«

»Für mich ist Damian nicht der Typ, der einen Hund spazierenführt.«

»Klar.« Es gab eine Pause. Der Abend lief langsam aus. »Ja, ja«, sagte Duffy zu Henry gewandt, indem er einen kumpeligen Polterabend-Ton anzuschlagen versuchte, »ja, ja, in wenigen Wochen wird es ernst, dann laufen Sie in den Hafen der Ehe ein. Wurde auch langsam Zeit, möcht ich meinen.« Duffy überlegte rasch, ob er seine neue Theorie von der Ehe als Drei-Tage-Konkurrenz ausbreiten solle, aber das kam ihm vielleicht doch nicht so passend vor, und sowieso würde es zuviel Zeit erfordern.

Henry reagierte eine Zeitlang überhaupt nicht, lächelte dann vage und stand auf. »Je nun, Mutter ruft.« Ohne erkennbaren Grund patschte er Duffy auf die Schulter, schüttelte ihm dann die Hand und grinste dabei ununterbrochen. Duffy blieb allein im Snooker-Zimmer zurück, wo er noch ein paar Stöße probierte und sich beizubringen versuchte, daß doch nichts dabei sei, wenn Henry, statt bei seiner Freundin zu bleiben, zu seiner Mutter heimging.

Beim Frühstück am nächsten Morgen machte Duffy, wie mit Vic verabredet, ein größeres Trarara darum, daß er nach London müsse, um Werkzeug und Einzelteile für die Alarmanlage zu besorgen, die im Grenzgebiet Buckinghamshire/Bedfordshire nun mal nicht zu haben waren. Er würde möglicherweise abends zurück sein, vielleicht aber auch nicht. Eines mußte er unbedingt mitbringen, dachte Duffy beim Überqueren der Kiesauffahrt, seinen eigenen Bademantel. Nicht daß er sich Damians wegen Sorgen machte. Es wäre ohnehin bei weitem klüger, Damian zu vergessen. Drei zu zwei. Verdammte Kacke. Wenn er nur im letzten Spiel nicht so ehrgeizig gewesen wäre, die rote Kugel auf so weite Distanz versenken zu wollen, worauf diese Wackelnase gleich zweiundzwanzig hatte einsacken können. Vielleicht brauchte er einfach mehr Übung. Das wär's doch. Vielleicht sollte er in London mal den Profi in seiner Gegend anrufen und sich einmal so richtig schlagen lassen.

Er umrundete lässig seinen weißen Sherpa und sah ihn sich dabei gründlich an. Zumindest hatte sich Sally letzte Nacht nicht zurückgezogen, um auch bei den andern beiden Reifen die Luft herauszulassen. Er untersuchte das Schloß und die Fuge zwischen den Flügeln der Hintertür daraufhin, ob jemand sie mit einem Metallgegenstand aufzuwürgen versucht hatte. Keinerlei Anzeichen.

Damit hatte sich wenigstens eine Befürchtung als unbegründet erwiesen: daß Jimmy ausplaudern würde, daß er Ricky gefunden hatte. Der Sherpa sprang beim zweiten Versuch an, und Duffy fuhr mit einem tiefen Seufzer der Erleichterung ab. Vielleicht sollte er die Fenster herunterdrehen, ordentlich fluchen, im Radio den schlimmsten Discoschrott anmachen und sich beim nächsten Autobahnimbiß was Rechtes zu essen reinpfeifen, so was, von dem Basil Blödel gleich Lady Blödel vollkotzen würde.

Zunächst aber mußte er Ricky bergen. Zwei Minuten östlich von Braunscombe Hall fuhr er von der Straße herunter und einen stillen Weg entlang, der noch von letzter Nacht die Spuren seiner Reifen trug. Blaues Plastik war eine recht auffällige Farbe, deshalb hatte er Äste und haufenweise Farnkraut obendrauf gehäuft. Eine derart perfekte Tarnung, daß er es beinahe übersehen hätte. Wenn du so weitermachst, Duffy, verdienst du dir noch die Waldläufermedaille. Er hob den Wäschesack auf und packte ihn hinten in den Wagen. Ricky hatte bereits einen Geruch entwickelt, und am Schwanz fielen ihm die Haare aus. Duffy überlegte, ob er unterwegs anhalten und sich einen Hamburger mit extra viel Zwiebeln drauf bestellen sollte, damit es in seinem Wagen wenigstens halbwegs angenehm riechen würde.

Zu Hause in seiner Wohnung führte er mehrere Telefongespräche. Es gab keine bestimmte Adresse, an die er sich hätte wenden können – das Branchenbuch half in solchen Fällen kaum –, aber schließlich spürte er jemand aus seiner Vergangenheit auf, jemand aus der Gerichtsmedizin, der immer ein wenig nebenher gearbeitet hatte. Danach fuhr er zu einer Adresse in Kensington in der Nähe des Naturhistorischen Museums und gab dort den Wäschesack ab. Er erkannte Jim Pringle sofort, mußte aber auch feststellen, daß Jim die Haare fast ebenso schnell ausgingen wie Ricky.

»'tschuldigung wegen dem Geruch«, sagte Duffy.

»Du solltest was dagegen machen, Duffy. Das wird sonst schlimme Folgen haben für dein Gesellschaftsleben.«

»Alles klar.« Jim war immer so. Dem war es wurscht, was er zu wem sagte. Vielleicht war er deswegen immer um die längst fällige Beförderung herumgekommen. Nach all den Jahren mußte er immer noch Wäsche annehmen.

Duffy erläuterte sein Anliegen, bat Jim, Ricky nicht zu sehr zu verunstalten für den Fall, daß man ihn der trauernden Witwe zurückerstatten müsse, und hinterließ mehrere Telefonnummern. Als er gerade gehen wollte, sagte Jim: »Soll er gleich ausgestopft werden?«

»Hä?«

»Ausgestopft und präpariert. Ich könnte dir einen Inklusivpreis machen. Wo wir ihn doch ohnehin aufschneiden müssen ...«

»Jim, ich melde mich noch deswegen.«

»Wär aber billiger, wenn ich's jetzt schon wüßte.«

Zurück in der Wohnung öffnete er den Kühlschrank, um festzustellen, ob Carol den Fisch mit der kalorienarmen Soße gegessen hatte. Nein. Dann mußte sie die Pizza gegessen haben. Nein. Was hatte sie dann gegessen? Wo? Mit wem? Sie hatte sich wieder mit diesem Robert Redford und diesem Paul Newman und diesem Steve McQueen getroffen ... Nein, der war tot, mit dem konnte sie nicht im ›Poison d'Or‹ gegessen haben. Duffys Hirn fuhr mal wieder voll auf der gewohnten, leicht paranoiden Schiene ab. Moment mal, Rechte, die er sich herausnahm, die hatte sie auch ... Ja, schon. Und wenn du nichts sagen mußt, dann muß sie auch nicht ... Ja, schon. Und wenn es für dich überhaupt nichts Ernstes ist und die Beziehung kein bißchen beeinträchtigt, dann gilt für sie doch dasselbe... Ja, schon. Ich will doch nur wissen, warum sie den Fisch mit der kalorienarmen Soße nicht gegessen hat.

»Du hast den Fisch nicht gegessen«, sagte er ziemlich schroff, als Carol hereinkam.

»Ich hab eine Affäre mit Paul Newman, stimmt's?«

»Warum hast du den Fisch nicht gegessen?«

Carol war müde. Es war eine lange Schicht gewesen, und dann noch dieser Mittags-Alki. Man sollte eigentlich denken, daß Tagessäufer etwas weniger blau wären als Abendsäufer; daß sie auch weniger streitsüchtig wären. Aber das waren sie nicht, und sie hatte sogar über Funk Hilfe holen müssen. Sie machte das nicht gerne, schon gar nicht auf einer belebten Straße. Sie schlenzte die Schuhe weg und ließ sich aufs Sofa fallen. »Sind schließlich deine Regeln, Duffy«, war alles, was sie sagte. »Küßchen?«

Klar, Küßchen. Waren ja auch wirklich seine Regeln. Sie sollten vielleicht alles noch mal durchsprechen. Das hatten sie seit Jahren nicht mehr gemacht, schien es ihm. Aber darauf hatten sie sich geeinigt. Früher einmal hatte es Erklärungen gegeben und Offenheit und Nein-machnur, aber das hatte nicht funktioniert. Dann hatte es Diskussionen gegeben und Regeln – mit der wichtigsten Regel: keine Diskussionen. Hatte das besser funktioniert? Duffy küßte Carol ein zweites Mal, und sie gähnte, wenn auch höflich, und er praktizierte ein Hühnerfrikassee aus dem Kühlschrank in den Mikrowellenherd.

»Und wie geht es dem alten Vic?«

»Vic selber geht's gut. Wie 'ne Made im Speck. Keine Ahnung, wo der sein Geld her hat.«

»Hat nie einer kapiert. Und was macht die kleine Miss Tits?«

»Belinda. Schwer auf Pferden drauf. Und sehr etepetete, wenn man ihr so was sagen würde. Man kann sagen, daß sie ihr Vorgebirge hinter sich gelassen hat.«

Carol lachte. »Daran hast du den ganzen Weg hierher gearbeitet.«

Was stimmte. »Du kennst mich zu gut«, sagte er.

»Es kann nicht schaden, wenn man dich zu gut kennt, Duffy.«

Er hielt den Kopf gesenkt und stocherte in seinem Essen. Schmeckte komisch für seinen Geschmack. »Meinst du, die Soße könnte eine Spur mehr Würze vertragen?«

»Könnte was?«

»Ob du meinst, daß die Soße eine Spur mehr Würze vertragen könnte?«

Jetzt mußte Carol wirklich lachen. Viel mehr als vorhin über seinen Witz. Sie stand auf, ging zum Kühlschrank und kam mit der Ketchupflasche zurück. »Hier kommt ein Schuß Rot. Dann schmeckt's gleich anders.«

»Möchtest du je in ein richtig teures Restaurant gehen?«

»Wenn du mich ausführst.«

»In Chelsea gibt es ein paar prima Fischrestaurants.«

»Duffy, ich habe das Gefühl, das Protzen hat auf dich abgefärbt.«

Er grunzte. »Von wegen protzen: Die sind größtenteils zum Kotzen. Das ist vielleicht 'ne Mischung, sag ich dir. Und was passiert, ist auch recht bunt gemischt: tote Hunde, gestohlene Löffel, Erpressung, was allerdings jeder abstreitet, und ein bißchen Drogen, was ebenfalls jeder abstreitet. Meine Hauptaufgabe besteht darin, jemand unter die Haube zu bringen.«

»Wollen sie denn nicht heiraten?«

»Doch, doch.«

»Wo ist dann das Problem? Sind die Ringe zu teuer?«

»Nein. Also ... nein.« Das war auch eine Regel. Daß man nicht zuviel Arbeit mit nach Hause brachte. Carol befolgte diese eine Regel immer. Duffy konnte das weniger gut. »Gestern hab ich beim Snooker verloren. Drei zu zwei. Mit der blauen Kugel. Das Problem ist, daß mein Kopf ...« Carol lächelte, aber Duffy merkte es nicht. Ohne eigens – oder auch nur ganz allgemein – dazu aufgefordert zu sein, erzählte er ihr jedes einzelne Spiel, beschrieb die entscheidenden Stöße, schilderte die Spielweise seines Gegners, überlegte laut, wo er sich vertan haben könnte. Einmal murmelte sie »Klingt ganz danach, als hättest eigentlich du gewinnen müssen«, aber die Ironie davon entging ihm, und er erklärte, wieder bis ins hinterste Detail, warum es sich in der Tat mehr oder weniger so verhielt.

Er packte eine Reisetasche, schaute zweimal nach, ob sein Frotteebademantel, der bis gut unters Knie reichte, auch wirklich mit eingepackt war, und stellte sie für den nächsten Morgen neben die Wohnungstür. Wie sich dann herausstellte, war das klug gehandelt. Sie gingen früh zu Bett, aber Carol war völlig erschöpft von ihrer Begegnung mit dem Betrunkenen und vielleicht auch von Duffys epischem Bericht über sein Snooker-Spiel mit Damian. Sie lag von ihm abgewandt, ein Haufen dunkler Locken auf dem Kissen, gerade noch erkennbar im orangen Schimmer der Straßenlampe, der durch den Vorhang drang. Duffy hatte sich auf einen Ellbogen gestützt und lächelte ihr im Dunkeln zu, als das Telefon klingelte.

»Schwing deinen Arsch hierher, Duffy, aber sofort.« Es war Vic.

»Was ist los?«

»Angela ist verschwunden.«

5. Gelände

Wer war ihm lieber, die Tagesraser auf der M1 oder die Nachtraser? Das war, wie wenn man Carol fragte, ob sie mit aggressiven Betrunkenen lieber in einer belebten Einkaufsstraße aneinandergeriet oder in einer verlassenen Sackgasse, die nur von einer Natriumfunzel erleuchtet war. So viel machte das auch nicht aus. Duffy nahm Teil an der zweiten Hälfte der 24 Stunden von Le Mans, während der die Irren genauso dicht aufeinander und genauso schnell fuhren und andauernd gähnten, derweilen das Radio einen Discjockey mit joghurtweicher Stimme ausspie, und erst wieder wachgerüttelt wurden, wenn sie mit dem Kopf gegen das Steuer krachten. Er blieb bei seinen neunzig Stundenkilometern, genau wie am Tag, nur daß er jetzt auf die Kriechspur abgedrängt wurde. Das gab einem zu denken.

Vic stand in der Vorhalle, als Duffy ankam. »Wo warst du denn?« grunzte er, um dann leiernd hinzuzufügen: »Guck doch mal, was du wieder mit meinem Kies angestellt hast!«

»Habt ihr sie gefunden?«

»Nein.«

»Seit wann ist sie verschwunden?«

»Keine Ahnung.«

»Was soll das denn heißen?«

»Wir wissen nicht, seit wann sie verschwunden ist. Keiner hat sie verschwinden *sehen.*«

»Wann hast du sie zum letzten Mal gesehen?

»Beim Mittagessen.«

»Wann kam sie nicht mehr?«

»Zum Abendessen.«

»Hast du jemand angerufen?«

»Nur Henry. Um festzustellen, ob sie bei ihm ist. War sie aber nicht. Er ist hier.«

»Wer hat sie als letzter gesehen?«

»Alle. Beim Mittagessen.«

»Schon die Polizei angerufen?«

»Du kennst mich doch.«

»Gut, dann durchsuchen wir das Haus.«

»Haben wir schon.«

»Dann suchen wir eben noch einmal.«

Sie ließen Sally, Damian und Belinda bei ihren harten Drinks in der Küche. Vic, Henry, Jimmy, Taffy und Lucretia begannen die Suche im Weinkeller des Fast-Bürgermeisters. Sie schauten in alle Ecken und Winkel, die Platz genug boten für Angela, dann in alle, die Platz genug boten für die Hälfte von ihr. Duffy dirigierte die anderen fünf, und zusammen hoben sie Sofas hoch, kippten Betten um, stiegen auf Stühle, um oben auf Schränke zu sehen, räumten schwere Industriestaubsauger beiseite und öffneten sogar – man mußte logisch vorgehen, auch wenn es lächerlich war – alle Standuhren. Um vier Uhr morgens stand fest, daß Angela sich nicht im Haus befand – es sei denn, sie wäre die ganze Zeit hinter ihnen hergeschlichen. Die anderen wollten es gut sein lassen, doch Duffy bestand darauf, daß sie weitermachten und auch die Nebengebäude untersuchten. Einmal, weil sie es ohnehin früher oder später tun mußten, zum anderen, weil dies etwas war, wovon er etwas verstand, und daß Lucretia ihm dabei zusehen würde, war ihm alles andere als ungelegen.

Sie drängten die Pferde auf die Seite und stocherten in

ihrem Nachtlager herum. Sie stöberten in der Garage und schauten in den Kofferraum jedes Wagens. Sie klopften Mr. und Mrs. Hardcastle wach, die das ohnehin schon waren, und durchwühlten unter Entschuldigungen deren gesamtes Anwesen. Im sich überkreuzenden Licht der Taschenlampen untersuchten sie das Kohlen- und das Holzlager. Sie kamen an den Verschlag im Garten.

»Ist da offen?« fragte Duffy ein wenig barsch. Er hatte Vic nicht davon unterrichtet, daß Ron Hardcastle bei Weinen genau den gleichen Geschmack hatte wie sein Arbeitgeber, und er war sich auch nicht sicher, ob das jetzt der geeignete Moment dafür war, doch es war unvermeidlich.

»Der Schlüssel ist da unter dem Blumentopf«, sagte Ron. »Nein, unter dem kleinen.«

Duffy öffnete den Schuppen und fuchtelte mit seiner Taschenlampe herum. Spaten und Gabeln wie gewohnt sowie eine rechteckige Erhebung, die mit Sackleinen bedeckt war. Vic stand neben ihm, als er das Sackleinen wegzog. Drunter waren sechs säuberlich gefüllte Holzkisten mit frischgepflückten Äpfeln.

Viertel vor fünf wurde der Himmel hell, und von Angela hatten sie noch immer keine Spur. Als sie über den Kies zurückgingen, sagte Duffy zu Vic: »Hol die Bullen.«

»Ich fürchte, es bleibt mir nichts anderes übrig«, erwiderte Vic.

Sie versammelten sich alle in der Küche, wo Sallys und Belindas Aufmerksamkeit nach wie vor der Whiskyflasche galt. Vics Ansprache war kurz und präzis. »Wir haben sie nicht gefunden. Ich hole jetzt die Bullen. Die Bullen werden das Haus noch mal durchsuchen. Sollte jemand von euch etwas haben, was die Bullen eurer Ansicht nach besser nicht sehen, dann schlage ich vor, es jetzt verschwinden zu lassen. Des weiteren möchte ich vorschlagen, daß wir alle gleichzeitig hier rausgehen, damit keiner auf die Idee kommt, sich über den anderen unschöne Gedanken zu machen.«

Stühlerücken. Belinda fragte: »Ihr habt nichts gefunden?«

»Nein, eigentlich nicht«, sagte Vic. »Das heißt, doch, wir haben das Besteck gefunden.«

»Das Besteck?«

»Ja. Es war unter dem Bett von Mrs. Colin.«

Duffy erwischte Vic am Ellbogen, während die anderen weggingen. »Wenn du die Bullen anrufst, dann sag ihnen, sie sollen am besten gleich einen Taucher mitbringen.«

•

Kriminalinspektor Vine hatte kein gutes Bankfeiertag-Wochenende verbracht. Die Rosen hatten geschnitten werden müssen, der Rasen schien um dreißig Zentimeter geschossen zu sein, die Kinder wollten ins Freibad gefahren werden, und das Kricketfinale, das so ziemlich das einzige gewesen war, worauf er sich gefreut hatte, fiel wegen Regens aus. Er war richtig froh, als er wieder ins Büro mußte, und es gab schlimmere Aufgaben, als nach einer verschwundenen Frau zu fahnden. Die behaupteten, sie hätten das Haus durchsucht, es sogar zweimal durchsucht, aber schließlich waren das nur Amateure, und so nahm er sich Wachtmeister Willey mit, um ihnen zu zeigen, wie Profis so was machten.

Ob es sich tatsächlich um eine verschwundene Frau handelte, war für Kriminalinspektor Vine erst mal noch nicht entschieden. Manche Leute unternahmen lange Spaziergänge und vergaßen einfach, auf die Uhr zu sehen. Manche Leute hatten Streit. Manche Leute spielten

Verstecken. Manche Leute wollten sehnsüchtig vermißt werden. Diese Frau war ja nicht einmal unter dieser Adresse gemeldet, und die Bewohner dieser Adresse – allem Anschein nach ein sonderbarer Haufen, selbst in Anbetracht der Morgenstunde nach einer durchwachten Nacht – hatten sich nicht einmal die Mühe gemacht, an Miss Angela Brutons offiziellem Wohnsitz nachzusehen. Sie sagten bloß, sie hätten dort angerufen, aber es sei keiner rangegangen, und nachdem ihr Auto nach wie vor in Braunscombe Hall stand, sie aber andererseits nicht als passionierte Spaziergängerin bekannt war, hätten sie eben vermutet ... Es war immer das gleiche mit der Bevölkerung, sie stellten immer Vermutungen an. Und deshalb fuhren Kriminalinspektor Vine und Wachtmeister Willey und der Verlobte der fraglichen Person zu deren Cottage. Sie klopften eine Weile, fragten dann bei den Nachbarn und drückten schließlich ein Hoffenster ein. Nein, nach Ihnen, Wachtmeister. Wachtmeister und Kinder zuerst, sage ich immer.

Aber da war sie nicht, und am späten Vormittag stand für Kriminalinspektor Vine dann fest, daß die fragliche Frau etwas nervös veranlagt war, wie man so sagte, was, normal ausgedrückt, nichts anderes hieß, als daß sie völlig durchgeknallt war und sich jederzeit umbringen könnte. Deshalb versenkte sich gegen halb zwölf an einem ansonsten schönen Vormittag der Polizeifroschmann in den See, und Kriminalinspektor Vine begann sich der langweiligen Pflicht der Zeugenvernehmung im Haushalt zu entledigen. Er wußte genau, daß die jeweiligen Zeugen sich entweder völlig überrascht darüber zeigen würden, daß Miss Angela Bruton verschwunden war, oder völlig überrascht darüber, daß sie nicht schon viel früher verschwunden war.

Während er die Filipina befragte, die sich beständig an

die Gurgel faßte und von irgendwelchen Löffeln faselte, an denen der Kriminalinspektor nicht das geringste Interesse hatte, kam ein untersetzter Kerl mit breitem Gesicht und einem ausgewachsenen Bürstenhaarschnitt herein.

»Einen Moment noch, Sir, wenn Sie so gut sein wollen.«

»Duffy, West End Central. Da war ich jedenfalls mal. Jetzt Freiberufler.«

»Dann schießen Sie schon los.«

Der Eindringling nickte der Filipina zu, die damit entlassen war. Duffy ärgerte sich, daß er nicht schon viel früher draufgekommen war. Er war nicht draufgekommen, weil diese Möglichkeit ein recht düsteres Menschenbild voraussetzte. Aber genau auf dieses Menschenbild war er geeicht worden – und deshalb ärgerte er sich über sich.

Kriminalinspektor Vine steckte den Kopf aus der Tür und bat Wachtmeister Willey, der draußen stand, dafür zu sorgen, daß im Wohnzimmer jeder so lange warte, bis er an die Reihe komme, und daß er niemand in die Videothek lassen solle, wo Vine seine Verhöre führte. Dann schlichen er und Duffy sich durch die Terrassentür hinaus, deren einer Flügel nach wie vor repariert werden mußte, und gingen über die Terrasse davon.

Vine, ein rundlicher junger Mensch mit sandfarbenen Haaren und einem dunklen Schnurrbart, war in den Wäldern sichtlich besser zu Hause, als Duffy es je sein würde. Stumm folgten sie dem Pfad, der durch das dichter werdende Farnkraut anstieg. Diesmal wußte Duffy, wann die Kerbe in dem Baum zu erwarten war, und drehte sofort links ab. Er mußte nicht mehr an dem Versteck vorbeilaufen und sich dann umdrehen, um es zu entdecken. Diesmal bahnte er sich mit Bestimmtheit seinen Weg einen brennesselbewachsenen Hang hinunter, bis er und Kriminalinspektor Vine gegenüber dem niedrigen Eingang zum Lager anlangten. Was sie sahen, ließ sie sofort losstürzen.

Sie lag mit dem Gesicht nach unten auf einer Plane und hatte eine Packpapiertüte über dem Kopf. Die Handgelenke waren ihr auf dem Rücken zusammengebunden, die Fußgelenke ebenfalls gefesselt. Um sicherzustellen, daß sie sich nicht umdrehen könne, war sie mit beiden Ellbogen an kurzen Pflöcken, einer Art Heringen, festgebunden, die man in den Boden geschlagen hatte. Während sie sich ihr näherten, machte sie in ihrem Hals ein Geräusch, das die beiden zumindest von der schlimmsten Befürchtung erlöste. Die zweitschlimmste Befürchtung löste sich nicht auf: Der Rock war über den Hintern hochgezerrt, die Strumpfhose bis zu den Knien hinunter; sie war von der Hüfte bis unter die Oberschenkel vollkommen nackt.

»Schon gut. Das wird schon wieder, wir haben Sie gefunden. Alles in Ordnung. Ich bin's, Duffy. Wir haben Sie gefunden.« Es war gar nicht so wichtig, was man sagte, es kam nur auf den richtigen Ton an. Duffy faselte, und neben ihm faselte Kriminalinspektor Vine, zwei Sturzbäche bedeutungsloser Tröstungen, während sie die Schnur lösten, von der die Packpapiertüte locker festgehalten wurde, dann den Knebel und die Augenbinde abnahmen und die Fesseln durchschnitten. Sie verharrte eine Zeitlang blinzelnd, während die beiden Männer ihr die Handgelenke rieben, dann richtete sie sich auf, und der Rock rutschte wieder nach unten, und als Duffy flüsterte »Komm, zieh die Strumpfhose hoch«, tat sie wie geheißen. Aber sie sah keinen von ihnen an, und sie antwortete auch nicht, als Kriminalinspektor Vine sie vorsichtig fragte, ob sie wisse, wer ihr das angetan habe.

Sie halfen ihr auf die Beine, und sie stand so wackelig da wie ein neugeborenes Tier. Nachdem der Kriminalinspektor sich in Jimmys Camp einen ersten Überblick verschafft hatte, machten die drei sich auf den Weg. Zuerst wollte Duffy Angela um die Hüfte fassen, aber das wollte sie nicht; dann versuchte er ihren Arm zu nehmen, aber selbst dieses bißchen Körperkontakt schien ihr schon zuviel. Am Ende zogen sie einer hinter dem anderen durch den Wald; Angela ging stumm zwischen den beiden Männern. Einmal begann sie zu zittern, aber sobald der Kriminalinspektor sie berührte, hörte sie auf.

Sie traten aus dem sich lichtenden Farn und strebten über den Rasen dem Haus zu. Zuerst war nur ein Gesicht am Aussichtsfenster im Wohnzimmer, dann mehrere. Eines von ihnen tauchte plötzlich weg, und ein paar Sekunden später flog die Küchentür auf. Duffy und Kriminalinspektor Vine beobachteten, mehr überrascht als neugierig, wie Jimmy über die Terrasse, die Stufen hinab und über den Rasen lief und sich kopfüber in den See stürzte. Doch da ein Polizeifroschmann dort gerade Dienst tat, wurde Jimmy im Handumdrehen verhaftet.

Duffy ging zu den anderen im Wohnzimmer. Die würden jetzt alle noch ein wenig länger auf ihre Vernehmung warten müssen. Anderes hatte jetzt Vorrang. Kriminalinspektor Vine würde wahrscheinlich am nächsten Tag zurückkommen, aber bis dahin sollte keiner sich entfernen, ja? »Und bei einem menschlichen Rühren, Inspektor?« fragte Damian. »Für Witze ist das nicht der rechte Zeitpunkt, Sir«, erwiderte Vine.

Sie ließen Jimmy trockene Sachen anziehen, aber er sah noch immer durchnäßt und jämmerlich aus, als sie ihn mitnahmen. Angela folgte im roten MG von Mrs. Vic Crowther mit Belinda am Steuer. Sich in einem offenen roten MG Cabrio, und zwar mit dem ehemaligen

Fotomodell Belinda Blessing am Steuer, zur Polizei fahren zu lassen, um dort im Zusammenhang mit Entführung und Vergewaltigung vernommen zu werden, kam Duffy nicht gerade passend vor. Aber er wußte, wem das um so mehr zupaß kommen würde: der Boulevardpresse.

»Wir werden Probleme haben mit der Presse«, sagte Duffy. »Die werden sich auf die Geschichte stürzen.« Großes Haus auf dem Land, Mädchen vermißt, feine Leute, ehemaliges Seite-Drei-Mädchen, Vergewaltigung, der alte Gauner – Verzeihung, Unternehmer – Vic, der junge Gauner Taffy; was jetzt noch fehlte, waren Sex und Drogen, die sie allerdings auch ohne Teleobjektiv ausfindig machen könnten; und damit wäre alles beisammen. Jeder Nachbar würde einvernommen, jedes Gerücht genüßlich ausgekostet. Diese ganzen Kommentatoren, die alles auf »Wie weit ist es mit diesem Land gekommen?« reimten, hätten für die nächsten paar Wochen ein gefundenes Fressen.

»Ja. Aber vielleicht kann ich sie für ein, zwei Tage hinhalten«, sagte Vic und ging aus dem Zimmer.

Schweigen. Irgendwie erwartete Duffy, daß die erste direkte Frage von Lucretia kommen würde. So war es auch. »Woher wußten Sie, wo Sie suchen mußten?«

»Was, das Camp?« Die Lüge fiel ihm leichter, da Vic nicht im Zimmer war. »Ach so, davon hat Jimmy mir erzählt. Jedenfalls in Andeutungen. War nicht so schwer zu finden.«

»Nein, das meine ich nicht. Wie sind Sie auf Jimmy gekommen?«

»Ich hab gar nicht unbedingt an Jimmy gedacht. Nur an Orte, an denen sie sein könnte. Man könnte es vielleicht Berufsinstinkt nennen«, fügte er hinzu, was sich sehr professionell anhörte.

»Glauben Sie, daß Jimmy es getan hat?«

»Tja«, sagte Duffy. Er wußte nicht genau, ob es taktisch klüger war, Jimmy gegenüber fair oder unfair zu sein. »Vorläufig wissen wir nicht mal, *was* wer auch immer getan hat. Auf dem Weg hierher hat Angela nichts gesagt, und drum können wir nur Vermutungen anstellen. Es sah allerdings ziemlich danach aus, als wäre etwas vorgefallen, das muß ich zugeben.« Noch mehr danach aussehen können hätte es, wie sich Duffy eingestehen mußte, nur dann, wenn sie den Kerl wirklich dabei erwischt hätten, wie er sich eben den Reißverschluß am Hosenlatz zuzog. »Und Vine hat ein wenig gestöbert, als wir da oben waren. Jimmy hatte so Büchsen. Mit so Sachen drin.« Er sah Henry an, als er fortfuhr. »Zum Beispiel ein Verlobungsfoto von Ihnen und Angela aus der Zeitung. Es hatte lauter Brandflecke. Wie von einer Zigarette.«

Henry antwortete nicht. »Das Komische war, daß er nicht nur Ihr Gesicht verbrannt hatte, sondern auch das von Angela.«

Henry wedelte mit seiner Hand ungläubig hin und her. »Ich verstehe das alles nicht.«

»Ach, komm schon, Henry«, sagte Lucretia. »Man nennt es Eifersucht.«

»Er hat mir nie gesagt, daß er auf mich eifersüchtig sei.« Bei Henry hörte sich das an, als wäre damit das Problem erkannt und gelöst. Er nahm sein faltiges Taschentuch aus der Brusttasche und schneuzte sich laut.

»Das tun sie auch nie«, erläuterte Lucretia. »Das tun sie nie. Das ist ja der Witz dabei.«

»Aber ich hab sie ihm doch nicht ausgespannt. Er ist ein … er ist ein … Freund.« Offenbar hatte Henry kein treffenderes Wort zur Hand.

»Henry, *jeder* hat sie ihm ausgespannt.« Damian mußte wegen Lucretias Betonung kichern; was sie wiederum ärgerte. »Nein, nicht *das*. Ich wollte bloß sagen, daß jeder mehr Chancen bei ihr hatte als Jimmy. Selbst der Milchmann hatte mehr Chancen.«

»Der Milchmann hat bei jedem mehr Chancen, wenn du mich fragst«, grinste Damian.

»Dann war das nur zufällig damals gerade ich? Aber warum hat er nicht *mir* etwas angetan, wenn er doch in Ange verknallt war?«

»Vielleicht ist das gerade der Witz«, sagte Lucretia. »Es hätte Sie treffen können, es hätte irgendeinen treffen können, wenn auch nicht unbedingt den Milchmann. Aber es ging immer um sie. Ange war immer da. Und das hat der arme alte Jimmy wohl nicht mehr verkraften können.«

»Der arme alte Jimmy«, äffte Sally sie ärgerlich nach. »Und was ist verflucht nochmal mit der armen alten Ange?«

»Er hat sich in letzter Zeit allerdings etwas seltsam betragen, würde ich mal sagen«, sagte Henry.

Lucretia widersprach. »Nicht seltsamer als sonst, wenn du mich fragst.«

»Was hat er gestern in dem Taucheranzug gemacht? Alle haben ihn gesehen, aber herumgelaufen ist er, als wäre er Der Unsichtbare.«

»Er hat nach Ricky gesucht«, sagte Duffy.

»Nach Ricky gesucht? Der spinnt doch.«

Duffy zuckte die Schultern. Er hatte nicht im Sinn zu gestehen, wer Jimmy dazu veranlaßt hatte. »Mir kommt das gar nicht so komisch vor. Wenn man in jemanden verknallt ist, dann denkt man wahrscheinlich auch, daß dessen Hund ein anständiges Begräbnis verdient hat.«

»Ja, der alte Jimmy ist wohl so einer.« Damian witterte wieder eine Gelegenheit, die anderen zu ärgern. »Ich kann ihn mir so richtig vorstellen, wie er an einem regengepeitschten Hang steht und vor einem feuchten kleinen Grabstein zu den Klängen des Zapfenstreichs salutiert. Ricky: Nie mehr wird sein Schwanz uns wedeln.«

Henry räusperte sich. »Es kommt der Tag, Damian, an dem Sie jemand ganz fürchterlich verprügeln wird.«

»Wenn es nur schon soweit wäre«, seufzte Damian, »wenn es nur endlich soweit wäre.« Henry rückte Damian um etwa zwei Handbreit näher, worauf dieser aufschrie und mit einem Satz hinter dem Sofa war. »Ich hab's nicht so gemeint. Lieber Hund. Liebes Hundi. Wau, wau.« Sally kicherte, und Vic bewies perfektes Timing, als er genau in diesem Moment ins Wohnzimmer zurückkam.

»Sie tun, was sie können«, sagte er, woraufhin sich Duffy fragte, ob die Provinzzeitungen Vic auch als »ortsansässigen Unternehmer« beschrieben, und falls es so wäre, was sie sich unter seinen Unternehmungen vorstellten. »Im Augenblick können die Bullen sagen, daß es nichts zu berichten gibt, weil sie gar nicht wissen, ob es irgendein Vergehen gegeben hat.« Klar, dachte Duffy, stundenlange Fesselung im Freien ist zur Zeit einfach die große Mode unter den feinen Leuten.

»Wie wär's mit ein paar Spielen vor dem Mittagessen?« schlug Damian vor.

»Ich glaube, ich hab die ganze Nacht nicht geschlafen«, sagte Duffy.

»Übrigens wegen dieser Zigaretten-Brennlöcher auf dem Foto«, sagte Lucretia. »Jimmy raucht nicht. Und noch etwas verstehe ich nicht.« Duffy wünschte sich, Lucretia hielte die Klappe. Sonst schien keiner groß nachzudenken, was ihm zupaß kam. »Wenn Jimmy Ricky umgebracht hat, warum hat er dann nach der Leiche gesucht?«

»Weil er spinnt.« Das war Henrys Vorschlag.

»Nein, nein, mein lieber Watson«, sagte Damian. »Merken Sie denn nicht, daß er es getan hat, um den Verdacht von sich abzulenken? Wer würde ihn je als Mörder verdächtigen, wenn er selber die Leiche gefunden hat?«

»Toll«, seufzte Sally in aufrichtiger Bewunderung.

»Nur eins paßt nicht.« Lucretia hatte wieder einen Einwand. »Er hat sie nicht gefunden. Die Leiche. Wenn er sie versteckt hätte, dann müßte selbst Jimmy wissen, wo er suchen muß, sollte man denken.«

»So arg viel bringt es auch wieder nicht, wenn wir das jetzt alles durchgehen«, meinte Vic. »Warum gönnen wir uns nicht eine Pause und essen einen Happen zu Mittag?«

Die Frauen und Damian gingen voraus. Duffy wandte sich Henry zu. »Haben Sie noch den Billardtisch Ihres Vaters?«

»Selbstverständlich.«

»Also, Sie mögen es ja lächerlich finden, aber da ich hier nun mal für ein paar Tage festsitze – ließe es sich machen, daß Sie mir ein paar Stunden geben, heimlich natürlich? Dann könnte ich diesen Damian mal wirklich fertigmachen.«

Henry grinste, schaute kurz ernst drein, grinste dann wieder. »Nun, es hängt wohl auch ein wenig von Mutter ab. Und von Ange. Aber mir würde es Spaß machen.«

»Dann müßten Sie ihn nicht verprügeln.«

»Aber ich habe große Lust, ihn zu verprügeln.«

»Ich auch. Aber ich fände es ganz schön, wenn er noch nebenher eine reinkriegen würde.«

Trotz Vics Mahnung, daß das viele Reden einen auch nicht weiterbringe, schien es kein anderes Thema zu geben. Henrys Anwesenheit verhinderte, daß eingehender über das spekuliert wurde, was genau seiner Verlobten widerfahren war, doch Wesen und Laufbahn des Täters wurden erschöpfend besprochen. Jimmys berufliches Ansehen als Immobilienmakler war nicht gerade gewaltig; genaugenommen war kein einziges Haus bekannt, das er je verkauft hätte. Sein weniger als bescheidener Erfolg bei Frauen war offenbar in zwei Grafschaften wohlbekannt. Seine Mutter war früh gestorben, und sein Vater hatte ihn schwer unter Druck gesetzt. Die Armee hatte ihm wirklich gefallen, aber er nicht der Armee. Er war ein Verlierer, ein Schlappschwanz, und mit fünfunddreißig war ihm das alles einfach über den Kopf gewachsen.

»Da ist noch etwas, was ich nicht verstehe«, sagte Lucretia. Halt bloß dein schönes Maul. »Wenn Jimmy schlau genug war, nach Rickys Leiche zu fischen, um uns alle auf eine falsche Fährte zu locken, warum war er dann so dumm, gerade dann wegzulaufen, als die Polizei Ange aus seinem Camp herunterbrachte?«

»Weil er spinnt«, sagte Henry.

»Ah.« Lucretia hatte die Frage an Damian gerichtet, der kurzfristig in Fahrt kam. »Die Psyche eines Kriminellen gleichet fürwahr einem Labyrinthe. Aber vielleicht ... mein lieber Taffy?« Damian reichte die Frage an den Mann in Schwarz mit dem dreieckigen Oberkörper weiter.

»Na schön«, begann Taffy. »Er sah aus, als wollte er weglaufen, nicht wahr?«

»Ja«, antworteten verschiedene mit unterschiedlichem Nachdruck.

»Ich habe mich mit diesem Problem nämlich mal länger beschäftigt. Manchmal, sagen die Psychologen, bedeutet Weglaufen nicht das, was es zu sein scheint. Weglaufen bedeutet nicht Weglaufen. Weglaufen heißt in Wirklichkeit, man will gefaßt werden.«

»Wäre es da nicht einfacher, an Ort und Stelle zu bleiben, wenn man gefaßt werden will?« Lucretia schüttelte ihr blondes Haar in einer Art und Weise aus dem Gesicht, die zumindest höfliche Zweifel anzeigte, wenn nicht gar, daß Taffy der größte verdammte Trottel sei, dem sie in letzter Zeit zugehört habe.

»Nein, nicht unbedingt. Es braucht diesen Akt der symbolischen Flucht, auf die die symbolische Wiedereingliederung in die Gesellschaft folgt.«

»Sie meinen weglaufen und gefaßt werden?«

»Wenn Sie es so laienhaft ausdrücken möchten. Sie müssen nämlich wissen, daß der Delinquent sich nicht sehr von uns unterscheidet, die wir hier um den Tisch sitzen.« Von *dir* unterscheidet er sich jedenfalls nicht im geringsten, dachte Duffy. »Der Delinquent ist immer auf der Suche nach seinem Platz in der Gesellschaft. Nur daß er manchmal ungewöhnliche Methoden anwendet.« Zum Beispiel mit Eisenstangen auf andere Leute eindreschen. »Aber was er in Wahrheit anstrebt, ist die Wiedereingliederung, oder vielmehr die Eingliederung, deren er noch gar nie teilhaftig geworden ist.« Duffy sah zu Vic hinüber; er fragte sich, ob Vics Umzug ins Grenzgebiet Buckinghamshire/Bedfordshire eine symbolische Flucht auf der Suche nach einer symbolischen oder tatsächlichen Wiedereingliederung gewesen war.

»Jimmy ist also in den See gelaufen«, sagte Lucretia, als sei sie knapp bei Taffys Gedankengängen mitgekommen, »weil das eine Art öffentlicher Darstellung war, die eine heftige Reaktion auslösen würde, die er bewußt vielleicht gar nicht gewollt hat, die ihm aber endlich das einbringen würde, nach dem er sich sein ganzes Leben – seit er als Kind zurückgewiesen worden war – im stillen gesehnt hatte.«

»So in etwa«, bestätigte Taffy.

»Ich glaube, er hat es getan, weil er spinnt«, wiederholte Henry stur.

Nach dem Mittagessen gingen Duffy und Vic hinaus auf die Terrasse, wo sie die gefährliche Luft schnupperten.

»Schön, diese roten Blumen«, sagte Duffy höflich.

»Ja, das sind wirklich schöne rote Blumen«, erwiderte Vic, »aber ich weiß auch nicht, wie sie heißen. Aber sie sind voll mit so großen Hornissen oder was.«

»Hummeln«, erklärte Duffy entschieden.

»Bienen.«

»Wespen? Polypen?«

»Du mußt immer wieder deine kleinen Scherze machen bei diesen ganzen Geschichten, nicht wahr?«

»Was machst du wegen Mrs. Colin?«

»Mrs. Colin? Hab ich mir noch nicht überlegt. Ich würde sagen, das ist Belindas Sache. Sie muß wahrscheinlich entlassen werden. Schließlich ist das doch wohl das Mindeste, wenn man Leute beschäftigt, oder nicht?«

»Keine Ahnung.« Und wenn es das war, dann konnte Vic die Hardcastles auch gleich fortschicken. Duffy überlegte, wann er Rons Leidenschaft für pinkfarbenen Champagner erwähnen sollte; er überlegte auch, wo Ron das Zeug hingeschafft hatte. Er konnte es ja nicht alles weggetrunken haben in der kurzen Zeit. »Vielleicht könntest du mir dafür ein, zwei Tage geben.«

Vic grinste. »Bist du denn sicher, daß du so was schaffst? Der Fall der verlorengegangenen Löffel, die ohnehin im Besitz der Täterin aufgetaucht sind, welche zum Ende der übernächsten Woche gekündigt hat. Ich meine, ich weiß nicht so recht, ob das deinem Niveau entspricht.«

»Ich dachte, ich könnte es Jimmy anhängen.«

»Ja, und gib ihm gleich auch noch einen Strafzettel für

falsches Parken. Eigentlich weiß ich gar nicht so recht, warum du immer noch hier bist, Duffy.«

»Kriminalinspektor Vine hat doch angeordnet, daß alle hierbleiben sollen. Und von dir krieg ich Tagessätze.«

»Tagessätze?«

»Den Gentleman bindet sein Wort.«

»Könnten diese roten Dinger da Salbei sein?«

»Garantiert. Außer natürlich, wenn sie kein Salbei sind.«

»Genau.«

Mrs. Colins Dachkammer wirkte sehr kahl; ob sie das immer war oder ob Mrs. Colin bereits damit begonnen hatte, Sachen in ihren Koffer zu packen, konnte Duffy nicht entscheiden. Es gab ein kleines Kruzifix über dem Bett, an einer Wand einen Spiegel, einen Stapel Magazine, die Mrs. Colin aus dem Papierkorb unten gerettet hatte, und ein gerahmtes Farbfoto mit Leuten in Davao, die anläßlich eines Geburtstagsfestes San-Miguel-Bier tranken.

»Darf ich ...?« Duffy blieb an der Tür stehen. Mrs. Colin hatte geweint, aber sie winkte ihn herein und deutete auf einen kleinen bemalten Korbstuhl aus der Vorkriegszeit. Duffy wußte nicht, ob sie es für richtig hielte, wenn er die Türe schloß, oder nicht; er zögerte erst und machte sie dann entschlossen zu. Ja, das war wohl die richtige Methode. »Mrs. Colin«, begann er, und es war eine Aussage, keine Frage, »Sie haben die Löffel nicht gestohlen.« Sie sagte nichts. »Ich glaube nicht, daß Sie die Löffel gestohlen haben.« Es sei denn, es handelte sich um eine symbolische Geste, mit der sie die Wiedereingliederung in die Gesellschaft erreichen wollte; aber dann würde Duffy einfach in seinen Wagen steigen und wegfahren. »Ich kann Ihnen sagen, warum Sie es nicht getan haben«, sagte Duffy. »Weil das nicht Ihre Art ist. Weil Sie so was nicht tun. Und weil einer, der so was tut, bekloppt sein müßte, wenn er sie unter dem eigenen Bett versteckt.«

»Man hat sie gefunden«, sagte Mrs. Colin. »Sie haben sie gefunden. Ich muß gehen.«

»Sind Sie glücklich hier?«

»Ja. Glücklich hier.«

»Wie kommen Sie mit Mr. und Mrs. Hardcastle zurecht?«

»Oh, sehr nett.«

»Sie sind nicht... Ich weiß ja nicht, eifersüchtig auf Sie?«

»Eifersüchtig?«

»Ja, eifersüchtig.« Warum auch nicht, das war ja offenbar der Tagesgeschmack. »Die glauben nicht, daß Sie zuviel arbeiten? Die glauben nicht, daß Sie bei Mrs. Crowther zu beliebt sind?«

»Nein. Sie sind normal. Mrs. Crowther, die ist nett.«

»Was war das für ein Streit, den Sie mit Nikki hatten? Warum hat sie Sie angeschrien?«

»Ach, sie ist ein wenig verzogen, Miss Nikki. Nein, das ist normal. Ich habe sie nur im Videozimmer erwischt, wo sie sich etwas angesehen hat, das sie sich nicht ansehen darf, und da habe ich sie rausgeschickt. Das ist schon ein paar Tage her, aber sie ist mir immer noch böse deswegen.«

»Und Jimmy?« Immerhin hatte er Vic versprochen, es nach Möglichkeit Jimmy anzuhängen.

»Mr. Jimmy, was hat er getan?«

»Das wissen wir noch nicht.«

»Mr. Jimmy, das ist ein *Gentleman*«, sagte sie nachdrücklich. »Er hilft mir manchmal.« Vielleicht könnte Jimmy ein Geschäft machen aus dem Entwerfen von Staubsaugern, auf denen man herumfuhr, überlegte Duffy, und Mrs. Colin könnte die PR-Arbeit übernehmen.

Vielleicht könnte er das; in sechs, sieben Jahren, wenn er wieder herauskam.

»Mrs. Colin, wenn ich etwas für Sie täte, würden Sie dann auch was für mich tun?«

»Ich tue sowieso etwas für Sie. Was wollen Sie? Ihre Schuhe sind nicht allzu sauber.«

»Nein, macht nichts, ich mag sie so. Aber hören Sie zu, laufen Sie nicht einfach weg oder so. Weil nämlich die Polizei mit allen von uns noch sprechen will, glaub ich jedenfalls.«

Kaum hatte er die Polizei erwähnt, griff Mrs. Colin schon zu ihrem Taschentuch. »Nein, nein, Mrs. Colin. Wegen Jimmy. Sie werden mit Ihnen über Jimmy sprechen wollen.«

»Mr. Jimmy, das ist ein Gentleman«, sagte Mrs. Colin.

»Natürlich.«

Ob Jimmy nun tatsächlich ein Gentleman war, blieb das ganze Abendessen ein heftig umstrittener Gesprächsgegenstand, und die Spekulationen hatten freie Bahn, sobald Henry nach einem Telefonat mit Kriminalinspektor Vine die Erlaubnis erhalten hatte, heimzugehen und sich um seine bejahrte Mutter zu kümmern. Angela und Belinda waren gegen sechs zurückgekehrt; mit einem starken Drink, einem Essen auf einem Tablett, einem tragbaren Fernseher und einer Glocke, mit der sie nach Gesellschaft klingeln konnte, war Angela ins Bett verbracht worden; jetzt gab Belindas Bericht von dem, was sich auf der Wache ereignet hatte, den Dingen einen neuen Schub.

Erstens einmal hatte Angela nicht sehen können, wer sie angefallen hatte. Irgendwann am Nachmittag, wann genau wußte sie nicht, als sie am Waldrand entlangspazierte, war sie von hinten überfallen worden. Eine Hand schloß sich über ihrem Mund, an der Kehle hatte sie ein Messer, das sie nicht sehen und nicht beschreiben konnte. Sie leistete keinen Widerstand, als sie verschleppt und geknebelt wurde und man ihr die Augen verband. Kräftig, das war alles, was sie über den Mann sagen konnte, er war kräftig. Seine Hände konnte sie nicht sehen, bildete sich ein, ein Stück grünlichgelben Ärmels gesehen zu haben, könnte das aber nicht beschwören. Nein, den Mann, der sie zu Jimmys Camp marschieren ließ, konnte sie beim besten Willen nicht identifizieren. Das waren ihre Worte. Woher sie dann gewußt habe, daß es ein Mann gewesen sei? Das hätte dann aber eine unglaublich starke Frau gewesen sein müssen. Und eine Frau hätte das nicht tun können, was im Camp geschah.

Das war der zweite Punkt, jener, der zum wesentlichen Teil der Diskussion führte. Angela war nicht vergewaltigt worden. Ein aufrichtiger Seufzer der Erleichterung war zu hören, als Belinda diese Information weitergab; und in seinem Kopf hörte Duffy die Stimme von Mrs. Colin – »Mr. Jimmy, das ist ein Gentleman.« Angela war die letzten Meter gezerrt, dann auf etwas geworfen worden, was sich nicht wie der Boden anfühlte und dann als Zeltplane herausstellte. Sie hörte Hammergeräusche ganz in ihrer Nähe. Sie versuchte nicht um sich zu treten oder aufzustehen oder sonst etwas zu unternehmen, weil sie wußte, wie hoffnungslos ihre Lage war; und sie dachte auch, daß das vielleicht genau das war, was der Kerl von ihr gewollt hätte. Nach ein, zwei Minuten stellte sie fest, daß ihre Ellbogen straff an dem festgebunden wurden, was vorhin in den Boden geschlagen worden war. Irgendwas Zusätzliches wurde ihr über den Kopf gestülpt. Ihre Knöchel wurden zusammengebunden – sie versuchte dagegen auszuschlagen – und ihre Strumpfhose heruntergezogen. Als ihr Rock bis zur Taille hochgeschlagen wurde, lag sie einfach da und erwartete das Schlimmste. Sie erwartete Schlimmeres als das Schlimmste. Dann geschah erst einmal nichts, obwohl sie glaubte, entfernte Geräusche zu hören, vielleicht ein Tasten oder Wühlen. Nach etlichen Minuten spürte sie etwas, ein Knie möglicherweise, sich an die Außenseite ihres rechten Schenkels drücken, und kurz danach tropfte etwas Feuchtes über ihre Hinterbacken. Regen war es nicht. Was danach kam, war warten, frösteln, die Angst vorm Ersticken und Überlegungen, ob jemand sie finden würde, und Überlegungen, was wohl geschehen würde, wenn sonst jemand, jemand der sie nicht retten wollte, auf sie stieße.

Am Tisch herrschte Schweigen. »Was ich echt nicht verputzen konnte«, sagte Belinda, »war, wie dieser verfickte Polizist sie immer wieder nach ihrem Höschen gefragt hat.«

»Ich dachte, für so was haben die weibliche Polizisten.« Wieder so ein unangenehmer Job für die Polizeibeamtin Carol Lucas, dachte Duffy.

»Schon, aber hier draußen in der Provinz sind wir ein wenig zurückgeblieben.« Belinda ließ ihrem Sarkasmus freien Lauf. »Die hatten da so ein Lehrmädchen, ich weiß auch nicht, die hatte zwar eine Uniform, aber ich glaube nicht, daß sie älter war als siebzehn, und Ange wollte natürlich nicht mit ihr reden, weil sie genau wußte, daß sie anschließend sowieso mit dem Inspektor das Ganze noch mal durchzumachen hätte, und deshalb hat sie gleich nach ihm gefragt.«

»Ganz schön tapfer.« Damian wirkte ausnahmsweise etwas gedämpft.

»Aber was ihn am meisten zu interessieren schien, war der Verbleib ihres Höschens. ›Er hat ihnen die Strumpfhose heruntergezogen. Können Sie mir sagen, was mit Ihrem Höschen geschehen ist?‹ Sie sagte, daß sie keine

Höschen, sondern nur eine Strumpfhose trage. Der Kerl war unglaublich, ich hatte das Gefühl, dem ging einer ab dabei. ›Was ist mit Ihrem Höschen geschehen?‹ – fing der danach wieder an. Als ob Jimmy ihr Höschen gestohlen hätte, und wenn sie seine Taschen durchsuchten, könnten sie es finden und ihn deshalb einsperren, oder als ob Ange eine Nutte wäre, weil sie in einer Strumpfhose, aber ohne Höschen herumlief, und deshalb bloß das gekriegt hat, was sie eh verdiente.«

Nein, so war das nicht, dachte Duffy; aber er sagte nichts. Man mußte fragen, und man mußte die Frage wiederholen. Das Höschen zu klauen war völlig normal – vorausgesetzt, man war jene völlig anormale Person, die Angela schon alles andere angetan hatte.

»Sind doch alles Perser, die Bullen«, bemerkte Sally.

»Na, na«, sagte Damian, »ich bin mir ganz sicher, daß es irgendwo auch ein paar richtig liebe gibt.«

»Warum hat er das getan?« fragte Lucretia plötzlich. »Warum hat er sich an ihr nur einen runtergeholt? Warum hat er sie nicht vergewaltigt?«

Eine Weile sagte keiner was. Duffy erinnerte sich an die vier Jahre alten *Playboy*-Nummern in der grünen Büchse. Vielleicht mochte er das am liebsten, und mit einem richtigen Menschen war es sogar noch besser als mit einem Magazin. Vielleicht hatte er trotz all der Brutalität, die vorausgegangen war, ganz einfach nicht den Mumm, es nun ganz durchzuziehen und sie zu vergewaltigen. Vielleicht wollte er ihr auf eine seltsame Weise zeigen, daß er sie liebte. Auf eine zugegebenermaßen schon sehr seltsame Weise.

»Vielleicht kann uns Taffy dabei weiterhelfen«, sagte Damian boshaft.

»Sexualstraftäter konnte ich noch nie begreifen.« Taffy schüttelte gemessen den Kopf. »Sie sind anders als die gewöhnlichen Delinquenten. Sie sind drinnen immer sehr zurückgezogen.« Für Duffy war das die Untertreibung des Jahrzehnts. Wenn Sexualstraftäter sich nicht zurückzogen, war ihre Lebenserwartung reichlich kurz. Sie kriegten es ab von den Aufsehern, und sie kriegten es ab von den anderen Sträflingen. Jeder dachte, das hätte meine Freundin, meine Tochter, mein kleiner Junge sein können. War es vielleicht nicht, hätte aber sein können. Peng. Dreckiger Perverser.

»Vielleicht geht es bei alledem um Demütigung«, versuchte Lucretia ihre eigene Frage zu beantworten. »Das heißt es doch jeweils. Vielleicht dachte er, das sei die größere Demütigung. Im Sinne von: Ich hätte dich vergewaltigen können, aber das bist du noch nicht einmal wert. Klingt das plausibel?«

»Klingt plausibel«, sagte Belinda. »Da ist nur eins, können Sie sich vorstellen, daß der alte Jimmy so denkt?«

»Wer weiß schon, was im Kopf des alten Jimmy vorging.« Vic wirkte bekümmert. »Ich überleg mir schon die ganze Zeit, vielleicht hätte ich ihn doch seine Übungsgelände bauen lassen sollen. Damit er sich abreagieren kann irgendwie.«

»Ist sie eigentlich je mit ihm, na ja, ausgegangen?« fragte Duffy.

Damian kicherte, sein Gesicht strahlte. »Ist das nicht komisch, daß man von ›ausgehen‹ spricht, wenn man eigentlich ›drinbleiben‹ meint.«

»Nein«, sagte Belinda. »Sie hat nie mit ihm kokettiert oder dergleichen. Er war immer zur Hand, in seiner Art ganz nützlich, könntest du das bitte dorthin schieben, Jimmy, so Sachen, aber sie ließ ihn nie in ihren Ausschnitt sehen oder so was.« Nicht wie ein erfahrenes Seite-Drei-Mädchen das vielleicht angestellt hätte.

»Er wußte also die ganze Zeit, daß es aussichtslos war?« Das jedenfalls hatte Duffy von Jimmy zu hören bekommen, aber wenn es um Liebe und Sex ging, war den Leuten ja nie zu trauen.

»Anzunehmen. Keiner hat sich je gesagt: ›Wenn Ange mit Sowieso bricht, dann gibt es ja immer noch Jimmy‹. Keiner wäre je auch nur auf eine solche Idee gekommen.«

»Vielleicht hat das ihm so zu schaffen gemacht«, sagte Vic.

»Also hört mal, und was ist mit Ange?« Das war Sally, die richtig heftig wurde. »Ich meine, dieser Jimmy ist doch für 'n Arsch, wenn ihr mich fragt. Aber was ist denn jetzt mit Ange?«

Ange hatte ihre Aussage offenbar vor Kriminalinspektor Vine und in Gegenwart von Belinda und der Polizeibeamtin gemacht, die dafür angeblich nicht alt genug war, hatte dann gesagt, sie könnten anderntags wieder mit ihr reden, wenn sie es wünschten, und darauf Belinda gebeten, sie nach Hause zu bringen. Mit »nach Hause« meinte sie vermutlich Braunscombe Hall. Sie sagte kein Wort auf dem Weg dorthin, weinte aber auch nicht.

»Du lieber Gott.« Belinda sprang plötzlich vom Tisch auf und lief nach oben. Alle anderen mußten etwa den gleichen Gedanken haben; sie sahen einander nicht an und warteten einfach. Eine Tür knallte, und man hörte, wie Belinda fluchte. Dann Stille, in der keiner so recht wußte, was er tun sollte. Nach ungefähr einer Minute konnte man Belinda langsam die Treppe herunterkommen hören. Das Schweigen hielt an; man begann sich zu fragen, wer schuld sein könnte.

»Du lieber Gott«, sagte sie. »Alles in Ordnung. Du lieber Gott, das war vielleicht ein Schock. Sie war nicht in ihrem Schlafzimmer. Sie ist in dem Kinderbett. Sie schläft tief.« Sie wandte sich ihrem Ehemann zu. »Mal früh ins Bett, Vic? Sie braucht uns vielleicht.«

»Klar, Bel.« Vic warf seine Serviette vornehm auf den Tisch, ein Tick, den er sich erst vor kurzem angewöhnt hatte.

Als die anderen sich höflich erhoben und dem Beispiel ihrer Gastgeber folgten, erhaschte Duffy Lucretias Blick. Als sie allein waren, sagte sie: »Ich hoffe, Sie wollen sich nicht über Restaurants unterhalten.«

Er grinste kurz. »Wo ist Henry?«

»Zu Hause. Bei Mama.«

»Kapier ich nicht. Seine Freundin ist verschwunden, wird beinah vergewaltigt, und er ist zu Hause bei seiner Mama. Verstehen Sie das?«

»Allerdings«, sagte Lucretia. »Sie kennen Mama nicht.«

»So schlimm ist das?«

»Und Sie kennen Angela nicht.«

»Was weiß ich denn nicht von ihr?«

»Na, daß Anges USP darin besteht, daß sie das mit Mama versteht.«

»Was ist USP?«

»Verzeihung. Unique Selling Proposition. Einzigartiges Verkaufsargument. Ich war mal in der Werbung«, erläuterte sie.

»Er hängt also am Schürzenband?«

»Was heißt da hängen, der ist doppelt festgezurrt.«

»Und damit wird Angela zurechtkommen, wenn sie verheiratet sind? Nein, sagen Sie nichts, ich hatte schon von Belinda eine Vorlesung über das Wesen der Liebe.«

»Und die wäre?«

»Na, daß Liebe nur heißt, daß man mit jemanden zurechtkommt.«

»Hab ich es hier mit einem Romantiker zu tun?« Jetzt neckte sie ihn; das merkte er.

»Weißnich. Blumen und so was liegen mir nicht besonders.«

»Damit hat es auch nichts zu tun«, sagte Lucretia bestimmt.

»Ach so, na ja, dann bin ich vielleicht einer. Aber Essen bei Kerzenschein liegen mir auch nicht so.«

»Ist das um sieben Ecken herum eine Einladung zum Abendessen?« Diesmal klang sie weniger spöttisch. Meinte sie es ernst, oder versuchte sie ihn nur aus der Reserve zu locken, um sich dann weidlich über ihn lustig zu machen?

»Weißnich.« Er konnte sie eigentlich nicht zum Essen ausführen, wenn er das so gut wie nie bei Carol machte. Oder doch? Warum hatte Carol den Fisch mit der kalorienarmen Soße nicht gegessen? Dieser immer wiederkehrende Scherz, den sie machten, daß Carol mit Paul Newman und Robert Redford ausgehe: Man machte nicht immer dieselben Scherze, wenn es nicht einen ernsthaften Grund dafür gab, oder? Und das mit dem Fisch hatte sie nicht erklärt. Vielleicht... Vielleicht... Dann merkte er, daß Lucretia den Blick auf ihn gerichtet hatte. Er fragte sich, wieviel von alledem sie hatte lesen können.

Sie ließ sich nichts anmerken. Statt dessen gab sie sich Feuer und sagte: »Zurück zum Thema.«

»Sie sehen sich vor der Hochzeit nicht so oft, weil das unter feinen Leuten so Brauch ist.«

»Wer hat Ihnen das denn gesagt?«

»Damian.«

Lucretia lachte. »Also diesmal hat Ihnen Damian die zensierte Fassung erzählt. Was wahrscheinlich daran liegt, daß er die unzensierte gar nicht kennt.«

»Und die wäre?«

»Sie wissen, was die Leute so machen?«

»Wie bitte?«

»Das eine, was die Leute so machen. Wenn sie allein sind. Leute verschiedenen Geschlechts. Zwei zusammen. Was die dann machen.«

War er errötet? Er räusperte sich und sagte: »Kapiert.«

»Sie haben es nicht getan.«

»Was?«

»Wirklich. Sie haben es nicht getan. Angela hat es Belinda erzählt, und Belinda mir. Mädchen unter sich. Und zwar sprechen wir von so was, wenn wir darauf warten, daß Sie und Taffy den Portwein austrinken und mit dem Witz über die Nonne mit den großen Titten fertigwerden.«

»Aber ... aber ...« Aber Angela gilt doch als jemand, der sofort zur Sache kommt, hatte er sagen wollen; in Anbetracht der Umstände schien das aber nicht der angemessene Ausdruck zu sein.

»Eben. Henry«, sagte sie mit der nachdrücklichen Betonung eines Dozenten, »spart sich für die Ehe auf.« Irgendwas an der Art, wie sie den Satz aussprach, ließ Duffy vermuten, daß der Ausspruch ursprünglich von Henry kam und von Frau zu Frau getreulich weitergereicht worden war.

»Jesusmaria.«

»Eben. Ihr seid ein ziemlich merkwürdiges Völkchen, ihr Männer, das kann ich Ihnen gratis mitgeben.«

»Wie lange sind sie denn miteinander ausgegangen?«

»Was in diesem Fall nicht heißt, ›zusammen dringeblieben‹. Vielleicht ein Jahr.«

»Hmm. Aber wenn es, wie man so sagt, zwei zum Tango-Tanzen braucht, braucht es auch zwei, um keinen Tango zu tanzen.«

»Das ist ziemlich komisch ausgedrückt, aber ich glaube, ich weiß, was Sie meinen.«

Eine Pause. Duffy war sich nicht sicher, ob er sich auf gefährlichem Terrain bewegte. »Wußten Sie schon«, sagte Lucretia, »daß Pferde, Spitzenpferde, die Rennen laufen, keinen Sex haben? Man läßt sie nicht. Wenn sich dann herausstellt, daß sie gut laufen und daß sie sich für Züchtungen eignen würden, werden sie als Zuchtpferde verkauft. Doch zu dem Zeitpunkt haben sie meistens vergessen, was sie nie gelernt haben. Man muß ihnen dabei zur Hand gehen.«

Also, wenn das bei Henry der Fall ist, dachte Duffy, dann ist Angela sicher genau die Richtige, um ihm zur Hand zu gehen. Er hustete. »Meinen Sie, daß Basil Blödel ein guter Restaurantkritiker ist?«

»Er ist nicht schlecht.«

»Scheint mir ja ein verdammt einfacher Job zu sein.«

»Einfach nur sagen, daß irgendwo Safran drin ist.«

»Genau. Also dann ... gute Nacht.«

Lucretia entließ ihn mit einem Wink. Wenn es denn möglich war, jemanden mit einem Wink zu entlassen, ohne dabei unfreundlich zu wirken, dann beherrschte sie das. Oder Duffy machte sich einfach was vor. Er überlegte, was der mit der Nonne mit den großen Titten für ein Witz sein mochte. Er würde Taffy fragen müssen.

Er lag auf seinem Bett und dachte noch einmal über die Ereignisse der letzten vierundzwanzig Stunden nach. Sie ergaben keinen Sinn, außer man hielt sich an die Theorie vom Psychopathen. Der war ein gängiges Phänomen in amerikanischen Serienkrimis im Fernsehen, aber weit weniger häufig im wirklichen Leben. Die Theorie hatte den Vorteil, daß sich alles mit ihr erklären ließ: Jimmy, nur als Beispiel, legte einen toten Vogel auf Angelas Schwelle, brachte ihren Hund um, schob Mrs. Colin ein paar Löffel unter, verstaute vier Kisten Wein im Schuppen der Hardcastles, versteckte den Hund, fand den Hund, entführte Angela, fesselte sie, wichste sich an ihr einen ab, und rannte, als die Polizei kam, in den See. Er hatte auch die Luft aus Duffys Reifen gelassen, und Sallys Geständnis war erfunden. Und warum machte der alte Jimmy das alles? Weil er ein Psychopath war. Und was war die Definition von einem Psychopathen? Einer, der das alles machte. Perfekt.

Es gab natürlich Zeiten bei der Polizeiarbeit, in denen man sich zuweilen nach einem Psychopathen sehnte – besonders einem von der Sorte, die jedes, aber auch jedes Vergehen gestanden, das man ihnen unter die Nase rieb. Willfährige Psychopathen waren sehr hilfreich, wenn es galt, die Verbrechensstatistik zu bereinigen. Obwohl es natürlich auch einfachere Methoden gab, um die Buchführung etwas aufzupolieren, falls es einem darauf ankam.

Am nächsten Morgen, als sie zumindest theoretisch noch immer unter Hausarrest standen und auf die Rückkehr von Kriminalinspektor Vine warten sollten, beschloß Duffy, daß es an der Zeit sei, im kleinen was zu erledigen. Ohne großen Ernst bei der Sache tat er so, als müßte er ein Stück Draht in der Alarmanlage überprüfen, als er Nikki den Korridor entlangkommen sah. Sie blieb stehen, sah zu ihm hoch, und ehe sie noch den Mund aufmachen konnte, sagte er: »Ich würde ja so gern dein Tänzchen sehen, Nikki.«

»Ich habe gemeint, du willst nicht. Taffy will nicht. Taffy sagt immer, er hat was zu tun.«

»Ich möchte es so gern sehen. Kannst du es überall vorführen?« Sie sah zweifelnd drein. »Kann ich mir aussuchen, wo du es mir zeigst?«

»Also gut.«

»Die Sommerlaube. Jetzt, wo ich gewählt hab, bist du dran mit Wählen: Entweder sitze ich auf der Veranda, und du tanzt im Gras, oder du tanzt auf der Veranda, und ich setze mich ins Gras.«

Sie dachte darüber nach, während sie über den Rasen zu dem pagodenähnlichen Gebäude gingen, das zu Zeiten des Fast-Bürgermeisters weiß bemalt, unter der Schirmherrschaft von Izzy Dunn mit psychedelischen Streifen versehen worden, aber jetzt unter dem Patronat der Crowthers in einem schlichten hellen Zinnoberrot gehalten war. Nikki entschied sich für die Veranda und schritt sie der Länge nach ab, als wolle sie im voraus ihre Sprünge messen. Während Duffy sich ins Gras hockte, erklärte sie ziemlich feierlich, daß sie bisher noch keine Ballettstunden gehabt habe, daß das, was er sehen werde, also kein »richtiger« Tanz sei, sondern etwas, das sie selber erfunden habe. Auch die Musik war ihre Erfindung; zumindest hoffte Duffy, daß nie jemand für das Aufschreiben der Jauchzer und Heuler und kleinen Tralalas bezahlt worden war, mit denen sie ihren Tanz begleitete. Was das Ballett selber betraf, so fand es Duffy gar nicht mal schlecht, wobei er sich eingestehen mußte, daß er von Tanz nicht das geringste verstand. Sie schien recht anmutig zu hüpfen und sich zu drehen; freilich konnte man auch nicht behaupten, daß er ganz und gar bei der Sache gewesen wäre.

Als Bewegungslosigkeit und Stille aus der Veranda anzeigten, daß Nikki mit ihrer Darbietung zu Ende war, erhob er sich und klatschte ihr stürmisch Beifall. Sie nahm es wie eine Primaballerina, verbeugte sich mit allem Drum und Dran, worauf Duffy schnell ein bißchen Löwenzahn und ein paar Gänseblümchen aus dem Gras zusammensuchte, sie zu einem Bouquet zusammenstellte und sich dann schüchtern auf die Bühne zu bewegte, um den Strauß zu überreichen. Mademoiselle knickste dankbar. Er trat zu ihr auf die Veranda.

»Sehr schön, Nikki, sehr schön. Ich glaube, die Ballettstunden werden dir kein bißchen Schwierigkeiten machen.«

Während er noch redete, war er hinter ihr ans Fenster getreten. Er lehnte sich zurück und preßte die Handfläche gegen die Scheibe. Dann trat er vor und heuchelte große Überraschung. »Sieh dir das mal an, Nikki.« Sie drehte sich um und untersuchte auf seine Aufforderung hin den kompletten Satz Fingerabdrücke, der sich auf dem schmutzigen Glas abzeichnete. »Na, wer die wohl gemacht hat?« Nikki zuckte mit den Schultern und lachte dann, als Duffy ihre Hand nahm und so tat, als wolle er sie in die breite Spanne der Abdrücke einpassen.

»Ich war mal Polizist, weißt du«, sagte er. »Wenn jemand in diese Sommerlaube eingebrochen wäre, dann wären wir gekommen, und ein Mann mit einer Bürste und speziellen Pülverchen hätte alle Türrahmen und Fensterrahmen untersucht. Und wenn die hier zum Beispiel nicht da wären« – er wischte seine Abdrücke mit dem feuchten Zipfel seines Taschentuchs weg – »dann könnten die Polizisten den Einbrecher trotzdem erwischen.«

»Wie denn?«

»Weil man Abdrücke hinterläßt, auch wenn man sie gar nicht sieht. Man hinterläßt die ganze Zeit Fingerabdrücke, auf allem, was man anfaßt. Auf dem Besteck zum Beispiel, auf Messer und Gabel. Du kannst sie vielleicht nicht sehen, aber sie sind dennoch drauf.«

»Wie lange bleiben sie da?«

»Wochenlang«, sagte Duffy. »Wochen um Wochen.« Schweigen. Nikki hielt ihr Bouquet aus Löwenzahn und Gänseblümchen. Duffy kalkulierte den nächsten Satz sehr sorgfältig. »Mrs. Colin ist ganz traurig. Sie hat dich sehr lieb, Nikki. Sie wird dir nicht böse sein. Sag es einfach deinem Papi.«

Er konnte sehen, wie sich die Lippen des Kindes nach vorn schoben, dann runzelte es die Stirn. »Sie hätte mich Video gucken lassen sollen. Das ist nicht ihr Haus.«

»Nein, das ist nicht ihr Haus. Aber deine Mami hätte es doch auch so gemacht, wenn sie dich dabei erwischt hätte . . .«

Sie sagte nichts. Sie gingen über den Rasen zurück. Nach vielleicht einem Dutzend Schritten schob Nikki, die noch immer vorsichtig ihr Bouquet festhielt, ihre Hand nach oben in die Duffys. »Beim nächsten Mal ziehe ich mir Handschuhe an«, sagte sie verärgert. Gegen seinen Willen mußte Duffy laut herauslachen. Er lächelte immer noch, als die Explosion erfolgte.

Die Immobilienmakler, die im Auftrag Izzy Dunns tätig geworden waren, hatten sich nicht weiter bei den baulichen Feinheiten der Nebengebäude aufgehalten. Tatsächlich handelte es sich um ein architektonisches Mischmasch. Die beiden Ställe stammten noch aus der Zeit des Fast-Bürgermeisters; das Häuschen der Hardcastles, am anderen Ende des Komplexes, war etwa zehn Jahre später ohne größere Rücksicht auf stilistische Harmonie errichtet worden; und der mittlere Teil, dessen Entwurf nicht ganz unerwarteterweise einige Probleme bereitet hatte, war erst wenige Jahre, bevor Izzy Dunn eingezogen war, erbaut worden. Da es ein moderner und alles andere als stabiler Bau war – im Grunde nur eine horizontale und eine vertikale Außenhaut, die drei Autos vor dem Regen schützen sollten –, hatte die Gewalt der Explosion weder dem Haus der Hardcastles noch dem eigentlichen Stall direkt etwas anzuhaben vermocht. Sie waren nicht durch den Luftdruck als vielmehr durch das Feuer gefährdet.

Als Duffy ankam, schienen die Leute einfach nur zu gaffen: auf die aufgesprengte Garagentür, das Loch im

Dach, das lodernde Auto. Mrs. Hardcastle, die die Feuerwehr gerufen hatte, stand auf dem Kiesweg und klammerte sich an ihre Handtasche und das Fotoalbum von ihrer Hochzeit. Vic, der nach einem langen Gerangel mit Damian, der nicht vom Telefon weggehen wollte, ebenfalls die Feuerwehr gerufen hatte, stand kopfschüttelnd da. Taffy und Damian machten Gesichter, als warteten sie darauf, daß jemand endlich das Feuerwerk abbrennen würde. Belinda, die versuchte, zwei hysterische Pferde zu beruhigen, war die einzige, die etwas tat.

»Ist jemand da drin?« fragte Duffy. Kopfschütteln. Das Auto in der Mitte brannte noch immer heftig. Wenn der Range Rover auf der linken Seite auch noch Feuer fing, würde der ganze Stall brennen; wenn der MG Feuer fing, dann standen auch die Hardcastles auf der Liste der Obdachlosen. Duffy lief zu seinem Sherpa und setzte etwa zwanzig Meter auf dem Kiesweg zurück. Er hielt fünf Meter vom Feuer entfernt, stieg aus, öffnete die Tür hinten und holte das Abschleppseil heraus.

»Taffy«, schrie er, während er unter den Sherpa kroch, um das eine Ende des Seils zu befestigen. »Taffy«, rief er noch einmal. Erst gab es eine Pause, dann das Geräusch von Füßen, die über Kies liefen. Unter seinem Wagen liegend warf Duffy den Haken am anderen Ende des Seils seinem säumigen Helfer zu. »An die Achse, nicht an die Stoßstange«, schrie er. »Weiß ich«, kam die gereizte Antwort. Womöglich hatte sich Taffys Stimme in der Aufregung etwas überschlagen, vielleicht war er auch schnell in eine Samthose geschlüpft, die man bisher an ihm noch nicht gesehen hatte; sehr wahrscheinlich war das aber nicht. Duffy sprang in den Sherpa, zog den widerstrebenden Range Rover ins Freie, stieß rasch zum MG zurück, sah, wie Damian den Haken an der Achse einhängte, und zog auch diesen Wagen in Sicherheit. Dann sahen sie alle zu, wie der lila Datsun Cherry brannte. Nach vielleicht zehn Minuten, als die Flammen schon langsam erstarben, kam die Feuerwehr mit nutzlos läutender Glocke die Auffahrt hochgebraust und schleudernd vor der Veranda zum Stehen. Vic schüttelte den Kopf. »Guckt doch mal, was die wieder mit meinem Kies angerichtet haben!«

6. Schlafzimmer

Wer als letzte aus dem Haus kam, um zu sehen, wie die Feuerwehr den kaputten lila Datsun löschte, war dessen Besitzerin, Sally. Sie sah von Duffy zu Vic, von Vic zu Taffy, als bitte sie um die Erlaubnis zu kichern. Die kam aber nicht. Schließlich murmelte Damian, der an einer versengten Stelle auf seinem Samtjäckchen herumbürstete: »Schrecklich unzuverlässig, diese ausländischen Motoren«, und nun war es soweit. Sally war wieder ganz die entnervende alte, und nachdem Damian seinen überraschenden Anfall von Heldentum hinter sich hatte, verwandelte er sich ebenfalls so rasch wie möglich zurück.

»Ich werde mir neue Straßenkarten kaufen müssen«, kicherte Sally, die mal wieder das Allerlustigste seit dem letzten Allerlustigsten gesagt hatte.

»Das ist meine verdammte Garage«, sagte Vic, dem das alles weit weniger Spaß machte, »und beinah wären noch meine verdammten Ställe mit draufgegangen.«

»Tut mir leid«, sagte Sally. »Tut mir leid. Wenn nur … Wenn nur …« Sie war sich nicht einmal sicher, ob sie sich lang genug beherrschen konnte, um den ganzen Satz herauszubringen. »Wenn nur diese ausländischen Motoren nicht so schrecklich unzuverlässig wären.«

»Gut gemacht«, sagte Duffy zu Damian.

»Das mit der Achse hätten Sie gar nicht zu sagen gebraucht«, erwiderte er beleidigt. »Ich habe genügend Filme gesehen, in denen die Stoßstange einfach abkracht.«

»Genau. Ich hatte gedacht, Sie wären Taffy.«

Eine Pause erlaubte dem Ex-Sträfling sich zu erklären. »Ich habe eben solche Angst vor Feuer. Ich war kaum aus dem Kinderwagen-Alter, als ein Heizstrahler auf mich draufgefallen ist. Seitdem habe ich eine regelrechte Phobie.«

Und Moskau ist die Hauptstadt von Amerika, dachte Duffy. Komisch, daß heutzutage alle irgendwelche Phobien hatten. Da, wo er herkam, gab es keine Phobien. Wenn man heute etwas nicht tun wollte, dann hatte man einfach eine Phobie, die einen daran hinderte, es zu tun. Ich habe eine Phobie davor, im Bus auf dem Oberdeck zu sitzen. Ich habe eine Phobie vor Zigarettenrauch. Ich habe eine Phobie vor Sicherheitsgurten. Was sie damit sagen wollten, war, daß sie etwas nicht mochten. Duffy war nicht gerade wild auf Flugzeuge, aber er hätte sich doch nie auf eine Phobie hinausgeredet. Er würde allenfalls sagen, daß er furchtbaren Schiß vor ihnen hatte; er wußte einfach, daß er an Bord eines Flugzeugs so lange in die Hosen machen würde, bis es abstürzte, was es unweigerlich müßte. Für eine Phobie kam ihm dieses Gefühl nicht großartig genug vor. Vielleicht hatte Taffy auch noch eine Phobie, die ihn dazu trieb, andere Leute zu beklauen und ihnen Eisenstangen überzuziehen. O nein, Euer Ehren, mein Mandant ist alles andere als ein Krimineller, er hat bloß diese Phobie vor gesetzestreuem Verhalten. Ach so, na in diesem Fall gibt's drei Monate auf Bewährung. Und dann gab es da dieses feine neue Wort, das Duffy untergekommen war, diese Homophobie. Früher einmal hatten die Leute Vorurteile gegen Homosexuelle oder Schwule oder warme Brüder oder wie auch immer die Leute mit ihren Vorurteilen sie eben nannten. Heutzutage hatten die gleichen Leute keine Vorurteile mehr, sondern eine Homophobie. Duffy gefiel das gar nicht. Das klang allzusehr wie ein klinischer Begriff, zu sehr wie etwas, dem nicht abzuhelfen war. Und nachdem Sie ihn in den Unterleib getreten und ihm seine Brieftasche geklaut hatten, sind Sie auch noch auf seiner Brille rumgetrampelt? Ja, Herr Wachmeister, ich hatte da diesen Anfall von Homophobie. Furchtbare Sache, es kommt immer um diese Jahreszeit, kamma nix gegen machen, muß am Ostwind liegen oder so. Oh, und ich habe auch diese Phobie vor Verhaftung und Bestrafung und Gefängnissen. Schön, dann setz dich wieder auf dein Motorrad, Junge, und achte beim nächsten Mal besser auf den Wetterbericht.

»Ich fürchte, jetzt werden wir bald wieder die Jungs in Blau hierhaben, die überall rumkriechen«, sagte Vic, der eindeutig an fortgeschrittener Bullenphobie litt. »Wie wär's mit einem kleinen Happen zum Lunch, während wir darauf warten?«

Das war auch so eine Eigenart der feinen Leute, dachte Duffy, während sie ins Haus gingen. Die aßen so viel. Selbst jemand wie der alte Vic, der sich die Feine-Leute-Ausstattung erst vor kurzem zugelegt hatte und selber nach wie vor von einer ehrfurchtgebietenden Unfeinheit war, sprach die ganze Zeit von seinem Essen. Sie tranken viel, und sie aßen viel. Und schlimmer noch, sie machten sich schon vorher Gedanken darüber. Sie gingen nicht einfach aus zum Essen, sondern studierten erst Magazine, um zu wissen, wohin sie zum Essen gehen sollten. Sie aßen nicht einfach, wenn sie Hunger hatten oder wenn sie mal eben Zeit hatten, sondern sie hatten ehern feststehende Essenszeiten, die sie immer einhielten. Wenn man einen von denen foltern wollte, dann brauchte man nur zu sagen: »Wir wissen nicht, wann Essenszeit ist«, und schon quatschten sie alles aus, was man wissen wollte.

Die ersten zehn Minuten sah Duffy ziemlich streng zu

Nikki hinüber. Dies war wahrscheinlich eine psychologische Taktik, die vom Europäischen Gerichtshof als Verstoß gegen die Menschenrechte verurteilt worden wäre, aber sie funktionierte wenigstens. Nikki rutschte von ihrem Stuhl, lief zu Vic hinüber, setzte sich ihm aufs Knie und flüsterte ihm ins Ohr. Vic zog erst die Brauen hoch, dann nickte er, murmelte »Braves Mädchen« und schickte sie in die Küche, vermutlich um Mrs. Colin zu suchen.

Nachdem diese Taktik bei Nikki so gut angeschlagen hatte, übertrug er sie jetzt auf Sally und sah stirnrunzelnd zu ihr hinüber in der Hoffnung, es werde irgendwie bedrohlich wirken. Nach einer Weile merkte sie was und sagte: »Geht's Ihnen nicht gut?«

»Doch, doch«, sagte Duffy.

»Aber Sie haben so einen komischen Gesichtsausdruck.«

»Was meinen Sie denn, was passiert ist?«

»Was passiert?«

»Bei Ihrem Auto?«

»Keine Ahnung. Wahrscheinlich habe ich die Zündung nicht abgestellt oder so«, sagte sie reichlich lässig. Dann fing sie Damians Blick auf, und sie beide kicherten im Kanon: »Wenn nur diese ausländischen Motoren nicht so schrecklich unzuverlässig wären.«

»Schluß jetzt, Kinder«, sagte Vic.

»Ein Fehler in der Elektrik?« war Taffys Vorschlag. Wenigstens machte er für die Verbrennung des Autos nicht die Bösartigkeit der Gesellschaft verantwortlich.

»Wenn der Wagen gar nicht läuft?« sagte Duffy.

»Kann vorkommen.« Taffy war entschlossen, seine Hypothese aufrechtzuerhalten, und sei es auch nur, weil sie angegriffen wurde. »Es könnte z. B. ein Eichhörnchen hineingeschlüpft sein und ein Kabel durchgebissen haben. Man weiß ja nie.«

»Verhaften Sie die üblichen Eichhörnchen«, schrie Damian.

»Zigeunerinnen?« überlegte Belinda.

»Vielleicht war es... ein Sommergewitter?« Das kam von Lucretia.

Jesusmaria, dachte Duffy. Von wegen wie in einer anderen Welt. Oder vielleicht wollten sie nicht darüber nachdenken, bevor sie nicht mit dem Mittagessen fertig waren. Er jedenfalls hatte bereits genug gegessen. »Jesus«, sagte er heftig. »Eichhörnchen? Sommergewitter? Zigeunerinnen? Wenn es Eichhörnchen waren, warum explodieren dann nicht überall in der Gegend die ganzen Autos? Ich meine, immerhin ist das Dach weggerissen worden.«

»Und was ist Ihrer Meinung nach passiert?« Lucretia schien es nicht weiter übelzunehmen, daß ihre Hypothese zurückgewiesen wurde.

»Ich glaube, daß jemand eine Bombe druntergelegt hat.«

»Moment mal, wir sind hier doch nicht in Nordirland«, sagte Vic.

»Oder jemand hat es angesteckt, was aber nicht so leicht sein dürfte, außer dieser Jemand kennt sich sehr genau aus. Die Explosion käme dann vom Benzintank. Die Bullen können das relativ leicht klären. Die haben in diesen Dingen heutzutage sehr viel Übung.«

Duffys Erklärungsversuch wurde nicht besonders gut aufgenommen. Er wunderte sich, daß Sally keine weiteren Fragen stellte. Er versuchte es noch einmal mit seinem durchdringenden Blick.

»Wer würde denn meinem Auto so was antun wollen?« sagte sie, als sei sie dazu gedrängt worden; was ja auch der Fall war.

»Können Sie es uns sagen?«

»Keine Ahnung. Vielleicht einer, der in mich verliebt ist«, lachte sie. Eine heikle Stille entstand. Ja, so wie Jimmy in Angela verliebt war, dachten die meisten.

Die Feuerwehr zog ab, und die Polizei kam. Vielleicht kriegen wir auch noch den Notarzt, bevor der Tag vorüber ist, dachte Duffy. Genaugenommen wäre das Klappsmühlen-Auto angebrachter, was einige der Leute hier betraf. Sie konnten Taffy mitnehmen, um festzustellen, ob etwas gegen seine Phobie vor Heizstrahlern und allem weiteren zu machen sei. Sie konnten Damian mitnehmen, um festzustellen, warum dieser faule, entnervende Arsch ohne weiteres riskierte, daß sein Samtjäckchen versengt wurde, obwohl man ihn zu gar nichts aufgefordert hatte. Und ganz sicher konnten sie Sally unter die Lupe nehmen, um festzustellen, ob ihr eines Nachts im Schlaf die gesamte graue Masse aus den Ohren gekleckert war; vielleicht war ihr auch ein Eichhörnchen in die Nase geklettert und hatte ein paar Kabel durchgebissen – vielleicht war das der Grund. Und wenn sie schon dabei waren, überlegte Duffy, dann konnten sie auch gleich Lucretia untersuchen und ihm dann mitteilen, wie seine Aussichten waren, daß sie mit ihm ins Bett gehen würde.

Sie wurden angewiesen, in Rufweite des Hauses zu bleiben und die Anweisungen von Kriminalinspektor Vine zu erwarten. Nachdem Duffy Damians Angebot auf eine Partie Snooker mit verbundenen Augen abgelehnt hatte, spazierte er in den Garten hinaus, in der leisen Hoffnung, Lucretia zu treffen. Aber alles, was er fand, war Taffy, der mit einem dicken Buch auf einer Bank saß. Duffy hüstelte heftig, während er näher kam, weil er wußte, daß Sträflinge – selbst unglaublich geläuterte Ex-Sträflinge, die einem nicht mal die Schuppen vom Kragen stehlen würden – nicht gern beschlichen werden.

Sie fahren leicht aus der Haut, und das kann auch für andere schmerzhaft enden.

Taffy sah von seinem Buch hoch wie ein Oxford-Professor, der von einem Fensterputzer gestört wird. Hey, dachte Duffy, mach du jetzt nicht auch noch einen auf herablassend. So schnell bist du nämlich nicht die glitschige Stufenleiter hochgekommen. Ostentativ setzte er sich neben Taffy auf die Bank; ostentativ blieb Taffy bei seinem Buch. Duffy blinzelte auf den Titel. Taffy las *Theorien der sozialen Revolte.* Er konnte das, wie Duffy ebenfalls feststellte, ohne daß seine Lippen sich bewegten oder sein Finger den Zeilen entlangkroch wie ein Salamander.

»Ist es gut?« fragte er, nachdem er taktvoll gewartet hatte, bis Taffy ein Kapitelende erreicht hatte.

»Bißchen holzschnitthaft. Kaum vorstellbar, daß er je etwas von Laing gehört hat.«

»Erstaunlich, welche Bildungslücken manche Leute haben. Übrigens, wie geht der eine mit der Nonne mit den großen Titten?«

»Hä?« Taffy wandte sich ihm zum ersten Mal zu und schob dabei seine massigen Schultern ganz herum. Ihretwegen wirkte der Kopf so winzig, aber man verkniff sich ein Grinsen, weil einen seine Augen so unbewegt ansahen.

»Lucretia sagte, Sie erzählen ihn gern bei Portwein und Nüßchen.«

»Klingt ganz so, als wollte sie Sie verkohlen.« Taffy begann seinen Torso zum Buch zurückzudrehen, als könne er nur brustvoraus lesen.

»Machen Sie immer noch Ihr Krafttraining?« Taffy verhielt in seiner Bewegung. »Ich habe selber ein paar Gewichte«, fuhr Duffy fort und dachte dabei an die leicht angestaubten Hanteln, die sich in seinem Einbauschrank herumdrückten. »Die machen einen ganz schön fertig.«

»Nur, wenn man nicht fit ist. Man muß die Schmerzgrenze überwinden, das ist das ganze Geheimnis.«

»Ich fürchte, ich bin da noch nie drüber weg gekommen. Ich bin eigentlich Torwart.«

»Für einen Torwart sehen Sie ziemlich klein aus.«

Duffy schwatzte weiter. Er warf ständig Haken aus, aber keiner blieb hängen. »Vermutlich hätte ich mehr Training, wenn ich aufs Feld hinausginge. Snooker hält die Muskeln auch nicht unbedingt in Form. Selbst dann nicht, wenn man es so spielt wie Damian und Sally.« Taffy reagierte nicht. »Haben Sie sie einmal spielen sehen?«

»Nein.«

»Sie zieht ihr Höschen aus und sitzt in einer Ecktasche, und er versucht, die Kugel in der na-Sie-wissen-schon zu versenken.«

»Na, solange das die Pferde nicht scheu macht.« Taffy kehrte zu den *Theorien der sozialen Revolte* zurück. Duffy überlegte, wie man ihn aus der Reserve locken konnte. Brauchte offenbar ziemlich viel. Auch das eine typische Eigenschaft bei Ex-Sträflingen. Nachdem man jahrelang eingesperrt war, kam man entweder mit einem Temperament heraus, das einem beim geringsten Anlaß durchging und einen rasch wieder ins Loch brachte, oder man lernte, den Deckel draufzubehalten. Taffy behielt den Deckel so dicht drauf, daß man nicht mal ein Dampfwölkchen sah. Das brauchte viel Übung. Duffy stellte sich ihn in Maidstone oder sonstwo vor: jeden Tag Klimmzüge und Liegestütze in der Zelle, nachdenkliche Besuche in der Kirche und in der Bibliothek, eine ganz neue Höflichkeitsmasche den Aufsehern gegenüber – all dies, damit der Begnadigungsausschuß glaubte, daß er sich tatsächlich beruhigt und das ganze üble Zeug rausgeschwitzt habe. Manchmal war dies vielleicht sogar echt, aber die meisten Ex-Sträflinge täuschten ihre neuerworbene Gelassenheit nur vor.

Eines ihrer Hilfsmittel dafür war Spezialtabak. Immer und wieder, wenn es gerade keine königliche Hochzeit oder eine plauderfreudige Prominentenvöglerin als Aufmacher gab, wärmten die Boulevardblätter die alten Geschichten vom Drogenhandel in den Gefängnissen Ihrer Majestät auf: wie schrecklich es sei, daß Kriminelle selbst dann noch Verbrechen begehen könnten, wenn sie hinter Schloß und Riegel seien; daß der heroische Polizeispürhund Freddie (Bild oben) im Hintern eines Lebenslänglichen ein Milligramm Haschisch erschnuppert habe; und welche Hoffnung es für die Gesellschaft noch geben könne, wenn nicht einmal in unseren Gefängnissen Ruhe und Ordnung herrschten; und wenn Ihnen vor lauter Wörtern der Kopf rauchen sollte, dann blättern Sie doch einfach weiter und Sie finden die für diese Woche gekürte Nachfolgerin von Belinda Blessing, die mit ihren Titten aus der Zeitung heraus auf Sie losrüsselt. Jede dieser Untersuchungen endete unweigerlich mit der barschen Erklärung des Innenministeriums, daß man alle Anstrengungen darauf konzentriere, den Gebrauch verbotener Substanzen in Englands Gefängnissen zu unterbinden. Wie Duffy genau wußte, und wie auch die im Innenministerium wissen mußten, wenn sie nicht total verkalkt waren, wurden Drogenrazzien in den Gefängnissen Ihrer Majestät bisweilen recht flüchtig vorgenommen. Die Wärter wußten doch auch, daß der Sträfling, der einen dicken fetten Selbstgedrehten rauchte, weniger dazu neigte, von seiner Pritsche aufzustehen und mit einem eisernen Bettfuß im Anschlag zu warten. Früher hatte man den Gefangenen irgendwas in den Tee getan, um sie niederzuhalten. Wenn sich die Gefangenen heute selber was in den Tee, oder genaugenommen in die Zigaretten, taten, wer wollte sich deswegen den Arsch aufreißen? Angesichts der Überbelegung und der Langeweile konnte einen der Konsum von Drogen kaum überraschen. Die Wärter kamen auch drauf, daß, wenn sie so taten, als merkten sie nicht, daß der Tabak ein wenig seltsam roch, und die Sträflinge merkten, daß die Wärter es wohl wußten, aber nichts dagegen unternahmen, sie damit über ein ganz nützliches zusätzliches Kontrollmittel verfügten. Ich hab dein kleines Spielchen durchschaut, Junge, aber der Big Boss muß es nicht erfahren, solange du mir keinen Ärger machst. Aber auch nur irgendeine Schweinerei, und bevor du weißt, wie dir geschieht, hast du den Polizeispürhund Freddie so tief in deinem Arsch, daß nur mehr seine Hinterpfoten und die Schwanzspitze rausschauen. Kapiert Junge?

»Sie sind also auf Bewährung draußen?« fragte Duffy ruhig. Taffy klappte die *Theorien der sozialen Revolte* zu und drehte sich um. »Selbst wenn Sie mit dieser zerknautschten Kiste durch die Gegend fahren und Alarmanlagen einbauen, die nicht funktionieren, stinken Sie immer noch nach Bulle.«

»Ist doch normal«, sagte Duffy im Aufstehen. »Und wie kommen Sie darauf, daß ich bei Ihnen nicht den Knacki riechen würde?«

Kriminalinspektor Barry Vine, dem es so wurscht wie sonst was war, ob er nach Bulle stank oder nicht, hatte nicht vorgehabt, vor dem Spätnachmittag nach Braunscombe Hall zurückzukehren, aber er hatte auch nichts dagegen, früher zu kommen. Das war wenigstens eine Abwechslung vom ewigen Im-Kreis-Gehen mit Jimmy Beckford. Das meiste war leicht gewesen – bis auf den schweren Teil. Ja, dieses Camp im Wald gehörte ihm. Ja, alle Sachen im Camp gehörten ihm. Ja, er kannte die betreffende Frau schon lange. Ja, er hatte etwas für sie übrig. Nein, seine Gefühle wurden nicht erwidert. Wäre es übertrieben, Sir, wenn man sagte, daß Sie in sie verliebt waren, während ihr alle Ihre Aufmerksamkeiten egal waren? Nein, das wäre nicht groß übertrieben. Die Sache sei nur, sagte er, daß er es nicht getan habe. Wo hatte er sich zwischen Mittag- und Abendessen aufgehalten? Er war wohl auf dem Gelände gewesen, aber nicht einmal in die Nähe seines Camps gekommen; genauer gesagt, er hatte sich im Wald und auf dem Gelände auf der anderen Seite des Hauses aufgehalten. Er hatte Army-Spiele gespielt. Ich verstehe, Sir, und während Sie diese Army-Spiele spielten, haben Sie da jemand gesehen? Allerdings, er hatte Taffy und Vic und Belinda und Lucretia gesehen. Die würden doch diese Begegnungen bezeugen können? Nein, Begegnungen waren das nicht. Ich habe sie gesehen. Aber Sie wurden nicht gesehen? Genau, denn das ist der Witz bei Army-Spielen. Geräuschlosigkeit, Tarnung, solche Sachen. Gut, machen wir es einmal anders, Sir: Wenn Sie an meiner Stelle wären, würden Sie dann glauben, was ich da höre? Jimmy Beckford, der verhaftet, aber noch nicht angeklagt war, dachte lange Zeit über diese Frage nach, und seine Antwort hatte, als sie endlich kam, Kriminalinspektor Vine doch recht beeindruckt. Wenn Sie glauben könnten, wie sehr ich Angela liebe, dann wüßten Sie auch, daß ich es nicht getan haben kann. Barry Vine war Familienvater mit langjähriger Praxis, und er war ein Bulle; aber zu seiner Überraschung war er von Jimmys Worten seltsam gerührt.

»Nur so ein Einfall«, sagte Duffy.

»Und zwar?« Kriminalinspektor Vine hatte keine Vorurteile gegen Ex-Bullen, obwohl er wußte, daß die Art und Weise, wie sie zu ihrem »Ex-« gekommen waren, nicht immer ganz stubenrein war. Bisher war er noch nicht dazu gekommen, sich mit dem Burschen, der ihn zu Jimmy Beckfords Camp geführt hatte, richtig zu besprechen; immerhin hatte der dafür einiges gut.

»Sie werden ja in Jimmys Büchsen geschaut haben. Und das Bild aus der Zeitung mit den Brandstellen gefunden haben.«

»Wann haben Sie das denn gesehen?«

»Ich habe mich ein wenig umgesehen. Ich soll eigentlich die Alarmanlage reparieren.«

»Hat Jimmy in seinem Camp etwa eine Alarmglocke?«

»Das nicht gerade. Aber egal, ich dachte, Sie sollten wissen, daß Jimmy nicht raucht.«

»Ich weiß. Ich habe ihn gefragt.«

»Ah so.«

»Aber er gibt zu, das Foto angesengt zu haben. Mit einem Stück Holz aus seinem Feuer, sagt er. Also nicht ganz so, wie Sie dachten.«

»Aha.«

»Wir sprechen uns später noch.«

Duffy ging mit Vic auf die Terrasse hinaus. In der frischen, sauberen Brise, die leicht mit Rosen parfümiert war, mußten sie beide husten.

»Wenn ich bloß rauchen würde«, sagte Vic.

»Davon bleiben auch die Wespen weg.«

»Ja. Genau.«

»Sehnst du dich manchmal nicht auch nach den alten Zeiten, Vic?« Er meinte nicht bloß die alten Zeiten: auch die alten Plätze, die alten Gerüche, die alten Gaunereien, die alten Gauner. Duffy hatte genug Ganoven gekannt, und selbst wenn sie es zum großen Haus und zum Kajütboot, das unten im Jachthafen vertäut lag, gebracht hatten, selbst wenn sie groß genug waren, um einen Staatssekretär zu schmieren und einen Gaumen für feinen

Bordeaux zu entwickeln, hingen die meisten immer noch an einem ganz bestimmten Quadratkilometer ihres Territoriums. Irgendein anonymer Fleck in einer wuchernden Stadt glänzte in ihrer Erinnerung wie ein Dörfchen – mit seinem freundlichen Pfarrer (der wegen seiner Freundlichkeit mit Jugendlichen eingelocht wurde), seinem strahlenden Metzger (den man mit dem Daumen auf der Waage erwischte) und seinem pittoresken Dorfanger (der mit einem Bombenteppich von Hundescheiße belegt war). Aber in diesem »Dorf« hatten sie ihre Kindheit verbracht, hier hatten sie gelernt, die ersten Sachen zu klauen, und das rührte sie zu sentimentalen Tränen. Womöglich lebte ihre Mutter noch immer in der gleichen Straße, auch ein paar alte Kumpel, deren Karrieren nicht ganz so glanzvoll gewesen waren, traf man noch immer in den Sozialwohnungen, wenn sie nicht gerade eine Zeitlang bei Ihrer Majestät untergebracht waren. Vics besonderes Revier war ein kleines Stückchen Catford gewesen, das hinten von den Gleisen und der Hunderennbahn begrenzt wurde. Das war natürlich ganz bis zum Anfang zurückgegangen: Bevor Vic schließlich den großen Sprung ins Grenzgebiet Buckinghamshire/Bedfordshire gemacht hatte, hatte er ein paar Jahre in Lewisham verbracht; und als er Belinda kennenlernte, lebte er schon im noblen Blackheath, das neben allem anderen den Vorteil hatte, näher bei der Anwaltsfirma Laski & Lejeune zu liegen.

»Das Komische an den alten Zeiten ist«, philosophierte Vic, »daß sie einem damals gar nicht wie die alten Zeiten vorkamen.«

»Konnten sie auch nicht, oder?«

»Aber daran denkt man dann nicht. Man überlegt nicht, daß das einmal die alten Zeiten sein werden. Also nimm mal zum Beispiel heute: Irgendwann in der Zukunft wird man auf den heutigen Tag zurückschauen und sich sagen, das waren die alten Zeiten. Da wird man ganz schwindlig im Kopf davon.«

»Du bist zweifellos ein Schwerdenker«, sagte Duffy. Er schaute Vic an: ein stämmiger, rotgesichtiger Mann, der in seine späten mittleren Jahre kam und sich anzog, als wäre er noch nie auf dem Land gewesen, geschweige denn, daß er da je gelebt hätte. Duffy fragte sich, ob ihm Belinda je was wegen seiner Anziehsachen zu sagen versucht hatte. Man konnte ihn noch immer für einen halbwegs erfolgreichen Straßenhändler halten, einer, der es mit seinem Karren zu was gebracht hatte und es sich deshalb leisten konnte, jemand dafür zu bezahlen, daß er ihn Samstag nachmittags an seinem Stand vertrat, wenn er selber zum Fußball ging. »Siehst du manchmal noch was von der ersten Mrs. Crowther?«

»Ich bin mit ihr in Kontakt geblieben. Aber sag bloß nichts zu Bel.« Duffy versprach es mit einem Nicken. »Man kann sein Leben ja nicht einfach so zerreißen. Und dann hat sie doch jetzt diese Beine, weißt du.«

»Das tut mir leid, Vic.« Hatte sie nicht schon vorher Beine gehabt? Duffy erinnerte sich bei Bessie Crowther an sehr kräftige Beine; als er in den alten Zeiten mal eines Abends vorbeigeschaut hatte, um Vic zu verhaften, hatte Bessie mit einem dieser Beine versucht, Duffys Familienstand vom Rest seines Körpers abzutrennen.

»Hat was mit dem Kreislauf zu tun, sagen sie. Jedenfalls muß sie sich immer wieder untersuchen lassen. Sie lebt jetzt wieder in dem kleinen Haus, das wir gleich nach unserer Hochzeit gehabt haben. Ich bin es irgendwie nie losgeworden, und als wir auseinandergegangen sind, da habe ich ihr gesagt, daß sie da drin wohnen kann, wenn sie will.«

»Das weiß Bel wahrscheinlich auch nicht.«

»Daß ich das Haus immer noch habe? Nein, die würde platzen, wenn sie das hörte. Schau, es ist halt ein wenig kompliziert. Bel hat immer gedacht, daß unsere Ehe schon auseinander war, als wir uns kennenlernten. So war es auch, nur daß Bel es war, die uns auseinandergebracht hat, wenn du mir folgen kannst. Sonst wären Bessie und ich vermutlich immer noch zusammen. Ich bin richtig ausgerastet, als ich Bel das erste Mal gesehen habe. Aber ich bin auch nur ein Mensch; ich konnte Bessie nicht einfach so rausschmeißen. Immer wenn ich mal wieder nach London komme, führ ich sie aus wie in alten Zeiten: einen großen Sherry, Scampi und Pommes; das mag sie, und das kriegt sie auch.«

Muß eine schöne Abwechslung sein nach all dem feinen Pamp, den er hier kriegt, dachte Duffy. Und es klang ganz genau nach Vic: auf beiden Seiten der Straße zu spazieren, selbst in seinen Ehen. Vielleicht war das auch ein besonderer Kitzel, sich mit einem Küßchen von seiner zweiten Frau zu verabschieden, wenn er abzischte zu verbotenen Abendunterhaltungen mit seiner ersten Frau. Kam sich wahrscheinlich wie ein Salamander vor, der durchs Feuer ging oder so was.

Doch abgesehen davon, wie er mit seinen Ehen jonglierte, wie hielt er es mit seinen Finanzen? Zwei Anwesen, die Pferde, diese ganzen Hausgäste, das Personal. »Hast du immer noch die Waschsalons?« fragte Duffy plötzlich.

»Warum? Gibt's irgendwelche Beschwerden?«

»Nein. Das heißt, wo du davon sprichst... Nein, ist nichts.« Das war kaum von Bedeutung für das anstehende Problem. »Und die Videotheken?«

»Ich lebe von der Stütze, Duffy, was glaubst du denn?«

»Und die anderen, arbeiten die irgendwas?«

»Du meinst, ob sie mir Miete zahlen oder ob sie bloß das Haus besetzt halten?« Vic wurde langsam gereizt.

»Nein, bin nur neugierig. Diese Sally zum Beispiel. Von was lebt die eigentlich? Makelt sie auch Immobilien?«

»Das sind richtige Bullenfragen, weißt du das? Naja, vielleicht sind es auch nur Londoner Fragen. Hier bei uns auf dem Land stellen wir solche Fragen nicht. Willst du sie heiraten oder was?«

»Vielleicht«, sagte Duffy. Dann hätte sie nicht mehr so weit, wenn sie sich mal einen richtigen Spaß machen und ihm die Luft aus dem Sherpa lassen wollte.

»Ihr Vater hat gut Geld. Sie hat geheiratet, als sie ungefähr zwanzig war, und da auch etwas gekriegt. Sie macht auch so Kunst. Sie verkauft ab und zu mal 'ne Zeichnung, wenn du's genau wissen willst. Aber frag mich nicht, wieviel sie kriegt dafür, ich hab noch keine gekauft.«

»Es überrascht mich, daß sie überhaupt geradeaus zeichnen kann.« Daß sie überhaupt schon mal die Stifte findet.

»Das tut sie auch nicht. Man sagt dem irgendwie.«

»Wem?«

»Diesem Nicht-geradeaus-Zeichnen. Also, wenn man einen Hund malt, und der sieht dann aus wie ein Affe. In den richtigen Kreisen sagen die dem irgendwie, irgendwas Feines.«

»Aha. Und was ist mit Bel?«

»Was soll schon sein mit ihr? Willst du ihre Kontoauszüge kontrollieren?«

»Nein. Ich wollte nur wissen, ob sie sich auch nach den alten Zeiten zurücksehnt.«

»Ah so. Nach was, dem Modellstehen? Glaub ich nicht. Die ist mittlerweile ganz auf dem Pferdetrip. Und auf dem Muttertrip natürlich, mit unserer kleinen Nikki. Gratuliere übrigens, Duffy.«

»Wie bitte?«

»Gute Arbeit, das mit den Löffeln. Wirklich gut. Es gibt nichts Besseres, als einen Aufpasser, den du anstellst, damit er sich um einen deiner Hausgäste kümmert, und der es tatsächlich schafft, nachdem der Gast entführt und fast vergewaltigt worden ist, aus deiner eigenen Tochter das Geständnis herauszupressen, daß sie ein paar wertlose Löffel unterm Bett eines Dienstmädchens deponiert hat. Wie hast du das bloß geschafft, Duffy? Gummischläuche, Wasserbehandlung, Einzelhaft?«

»Schon kapiert. Ich hab ihr gesagt, daß ihre Fingerabdrücke überall drauf wären.«

»Diese alte Lüge?«

»Funktioniert immer noch.«

»Bei mir hat sie nie funktioniert.«

Duffy dachte an die Zeit zurück, als von Laski & Lejeune Drohanrufe kamen. »Nein, bei dir nicht. Wenn Nikki übrigens nach Handschuhen fragen sollte, würde ich an deiner Stelle deine Sachen wegpacken.«

»Und was haben wir bis jetzt in der Hand, Duffy? Wenn wir uns vom Baby-Kriminellen vielleicht ein, zwei Stufen aufwärtsbewegen?«

»Also, das Auto beweist doch, daß es nicht einfach nur Jimmy sein kann, oder?«

»Mal angenommen, daß es kein Eichhörnchen war.«

»Was anzunehmen ist. Wenn wir also der Meinung sind, daß Jimmy zu Recht eingelocht ist, haben wir noch etwas Zweites. Wenn wir uns nicht an die Jimmy-Theorie halten, haben wir wohl immer noch etwas Zweites. Es sei denn natürlich, wir haben zwei verschiedene Etwasse, die zufällig gleichzeitig auftreten.«

»Es geht nichts über klare Gedanken«, sagte Vic ironisch. »Du könntest das aufschreiben und in Zukunft nicht mehr Pfund, sondern Guineen kassieren.«

»Mit einem Extra-Briefkopf für die Rechnungen. Ich hab schon drüber nachgedacht, bin aber dann mit der Mehrwertsteuer nicht klargekommen. Der Punkt ist, wer ist der Bösewicht? Haben wir es mit Fremden oder haben wir es mit deinen vornehmen Hausgästen zu tun? Wie wär's beispielsweise mit der Paarung Angela und Taffy?«

»Was? Glaub ich nicht. Der arme alte Taff. Immer diese Verdächtigungen.«

»Also dann, du warst es doch, der Ricky in den See geworfen hat, nicht wahr?«

Das war perfektes Timing. Vic wollte gerade »Nein« sagen, als ihm einfiel, daß nur der eine, der ihn hineingeworfen, und der andere, der ihn herausgefischt hatte, wissen konnten, daß Ricky eine Zeitlang unter Wasser verbracht hatte. Deshalb unterbrach er sich, wechselte den Gang und sagte: »Wie? Heißt das, daß sie Ricky gefunden haben?«

Duffy lachte. »Ich glaube, Vic, du bist für dich selber genauso wenig überzeugend wie für mich.«

»Warum in aller Welt sollte ich so was machen?« wollte Vic, ganz der anständige Bürger, der nach Laski & Lejeune rief, wissen.

»Der Hund ist eins der schwierigsten Probleme in der ganzen Geschichte. Ich denke, ich habe einen Teil von dem Hund herausgebracht, aber längst nicht den ganzen.«

»Wo ist Ricky?«

»In London auf dem Seziertisch.«

»Jimmy hat ihn also gefunden?«

»Jimmy hat ihn gefunden. Das Problem war, wer hat ihn umgebracht und wer hat ihn ins Wasser geworfen? Warum sollte einer erst das eine machen und dann das andere? Warum hat er ihn nicht gleich von Anfang an ins Wasser geworfen, wenn er das gewollt hat? Der einzig logische Schluß daraus lautet, daß es zwei verschiedene Leute waren, die nichts miteinander zu tun haben. Jemand, der, wie wir einmal annehmen wollen, Angela fertigmachen wollte, und dann du.«

»Ich.« Das war keine Frage, auch nicht das Beharren auf seiner Unschuld, sondern eher ein Stichwortgeben.

»Keine Leiche, kein Verbrechen. Kein Verbrechen, keine Bullen. Ganz vernünftig, eigentlich. Die andere Seite ist natürlich: Keine Leiche, kein Verbrecher; kein Verbrecher, keine Gerechtigkeit. Bloß eine Frage der Prioritäten.«

»Wenn ich also Nummer zwei bin, wer ist dann Nummer eins?«

»Keine Ahnung. Weiß ich wirklich nicht.«

»Telefon, Mr. Duffy.« Es war Mrs. Colin, die ihn anstrahlte. Sie strahlte weiter, während er hinter ihr ins Haus und den Flur entlang ging. Sie sagte kein Wort, aber das war ja auch nicht nötig.

Als Duffy wieder in die ungesunde Luft hinausging, schüttelte er den Kopf. »Ich glaube, jetzt reicht's mir erst mal«, sagte er zu Vic. »Mein Kopf ist schon ganz durcheinander. Ich muß jetzt zu meiner Snooker-Stunde. Grüß den Kriminalinspektor von mir, wenn er nach mir fragen sollte.«

»Wer hat denn angerufen?«

»Und kannst du mir eine Krawatte leihen? Möglichst eine ohne viel Heraldik.«

Duffy fuhr die acht Kilometer nach Winterton House in konservativem Tempo. Auch außerhalb der M 1 war es gefährlich. Auf dem Land gab es einen Haufen Inzucht, das wußte er doch, und alle fuhren sie wie die Geisteskranken, ob sie es nun waren oder nicht. Vorsichtig bog er ein in die Auffahrt zu Winterton House, vorbei an Säulen aus echt verwittertem Stein. Für den Fall, daß

Henrys Mutter ihr Nachmittagsschläfchen hielt, knirschte er so leise wie möglich auf dem Kies. Im Aussteigen zupfte er die von Vic geliehene braune, immens breite Krawatte zurecht. Dieses ausgesuchte Detail seiner Kleidung war nicht nur höflichkeitsbedingt; es sollte ihm auch bei der Führung des Queues helfen. Er mußte leicht den Knoten streifen, wenn er das Queue im Stoß durchgleiten ließ, das vor allem mußte er sich merken.

Eine Frau unbestimmten Alters und Ranges öffnete die Tür und erklärte sich nach kurzer Diskussion bereit, ihn trotz seines Aussehens nicht zum Hintereingang zu schicken. Henry schien sich über sein Kommen zu freuen und streckte ihm seine große Hand entgegen.

»Schön, daß Sie angerufen haben. Mutter sagt, wir sollen nach dem Unterricht zu ihr rüberkommen. Tee ist um halb fünf im Wintergarten.«

»Haben Sie die Geschichte mit Sallys Auto gehört?«

»Mhm. Ange hat angerufen. Schrecklich. Bin nicht hingekommen, weil Mutter eine leichte Krise gehabt hat und ... außerdem hätte ich auch nicht helfen können.«

Winterton House war im Jahr 1730 erbaut und einmal von einem regelrechten, bezahlten und lange regierenden Bürgermeister von London bewohnt worden; es verfügte über einen Weinkeller mit ordentlich verstaubten Flaschen; nie hatte hier ein Rockstar gewohnt, der mit einer Feder im Hintern spielte; und das Billardzimmer war, obwohl es wenigstens ein Jahrhundert jünger war als das Haus selber, wie ursprünglich entworfen erhalten – eine stille Enklave aus Mahagoni und altem Leder, mit dem scharfen Geruch des Zigarrenrauchs vom Vortag. Duffy schnüffelte und tat, als fiele ihm gerade etwas ein.

»Sagen Sie mal, Henry, ist drüben in Braunscombe Hall drogenmäßig viel los?«

»Drogenmäßig?«

»Ja. Ob Drogen genommen werden. Sie wissen schon, was ich meine.«

»Ja, ich weiß, was Sie meinen. Allerdings bin ich mir nicht sicher, ob ich... ich... Woran erkennt man es denn? Ich glaube nicht, daß ich so was besonders gut erkennen würde. An wen denken Sie denn?«

»Nun, äh, ich kenne sie ja nicht so gut.«

»Ich glaube nicht, daß Ange so etwas tun würde«, sagte Henry. Henry zog die pflaumenfarbenen Vorhänge zu, zog die Hülle vom Tisch ab und deutete, während er sie faltete, zum Queueständer. Duffy plazierte eine weiße Kugel auf dem Tisch und ließ sie über die Banden einmal herumsausen. Dann machte er es gleich noch mal, diesmal in entgegengesetzter Richtung. Mit diesem hier verglichen, war der Tisch in Braunscombe Hall ein umgepflügter Acker.

»Ein wunderbares Stück, Henry.«

»Das ist ein Thurston von 1866. Seither bei ihnen im Kundendienst. Solchen Schiefer kriegt man heute nirgends mehr. Ein echtes Stück Wales liegt da drunter.«

»Neues Tuch?«

»Eigentlich schon fünf Jahre alt. Mutter meinte, das alte würde es bestens tun, weil es immer noch grün war, deswegen mußte ich es heimlich machen lassen. Gab einen kleinen Streit darüber. Ich hab ihr aber nicht gesagt, daß ich gleichzeitig die Banden erneuern ließ.«

Henry war ein ausgezeichneter Spieler; tatsächlich wirkte er über einen Snooker-Tisch gebeugt bei weitem entspannter, als wenn er aufrecht stand und sich normal gebärdete. Er war auch ein guter Lehrer, geduldig, aber bestimmt. Es war in erster Linie ein Auffrischungskurs; theoretisch wußte Duffy alles darüber, wie man unten bleiben sollte bei einem Stoß, ihn durchziehen, auch daß man seine Taktik seinen Fähigkeiten anzupassen hatte; er mußte nur ständig daran erinnert werden. Henry lag besonders viel daran, Duffys Haltung zu korrigieren. »Wenn Sie nicht richtig stehen, können Sie das Queue nicht richtig führen, und wenn Sie das Queue nicht richtig führen, haben Sie den Ball nicht unter Kontrolle.« Er machte es vor, und Duffy versuchte es ihm nachzumachen. »Daß die Füße parallel stehen, ist nicht so wichtig, solange Ihnen wohl dabei ist. Worauf es wirklich ankommt, ist, daß das Becken blockiert ist.« Duffy kapierte das nur langsam. »Also, passen Sie mal auf, stellen Sie sich auf und, pardon, bleiben Sie genau so stehen wie jetzt und, pardon, muß sein.« In der dämmrigen Atmosphäre dieses viktorianischen Herrensalons legte Henry die Hände auf Duffys Becken und zog vorsichtig daran, wie ein einfühlsamer Osteopath. Duffys Becken drehte sich und blockierte. Henry nahm seine Hände weg. Fühl dich wie zu Hause, murmelte Duffy in sich hinein.

Die Unterrichtsstunde endete um vier Uhr fünfundzwanzig, und Henry verschwand, um sich vor dem Tee mit Mutter die Haare zu kämmen. Duffy brauchte die seinen nicht zu kämmen. Statt dessen richtete er Vics breite Krawatte.

»Guten Abend, junger Mann. Was für eine unattraktive Krawatte«, sagte Henrys Mutter. Sie saß in einem Korbstuhl im Wintergarten und war von Pflanzen umgeben, die Duffy vielleicht so gerade noch nach einem Zehn-Jahres-Kurs in den Kew Gardens hätte identifizieren können.

»Es ist eigentlich gar nicht meine.«

»Warum um Himmels willen tragen Sie sie dann?« Sie war etwa achtzig, eine aufrechte, knochige Gestalt mit scharfen blauen Augen und kurzgeschnittenem weißem Haar; sie trug ein blaßgrünes Seidenkleid, von dem Duffy annahm, daß es ungefähr zehn Jahre vor seiner Geburt sehr teuer gewesen war, sowie pinkfarbene Turnschuhe. »Sie sind also der neue Billard-Partner meines Sohnes?«

»Er gibt mir Unterricht. Das nützt mir sehr.«

»Freut mich zu hören, daß ihm mal was liegt. Ich hatte immer den Eindruck, daß er für die meisten Dinge überhaupt nichts taugt.« Duffy blinzelte zu Henry hinüber, aber der reagierte nicht. Er kriegte das offenbar schon seit Jahren zu hören. »Und Sie wohnen drüben im Herrenhaus bei diesem Gauner, wie heißt er gleich?«

»Vic Crowther. Das ist eigentlich seine Krawatte.«

»Das überrascht mich nicht im geringsten. Die einzig interessante Frage dabei ist, ob er sie mit seinem eigenen Geld bezahlt hat.«

»Mutter!«

»Aber natürlich ist er ein Gauner. Einer wie er kommt doch nicht zu einem Herrenhaus wie Braunscombe, es sei denn, er ist ein Gauner; das ist doch nur logisch.«

Duffy hatte noch nicht heraus, ob Henrys Mutter so unhöflich war, weil sie zur feinen Sippschaft gehörte oder weil sie alt war oder ob es an der Kombination lag. Oder vielleicht hatte es mit keinem von beidem zu tun: Sie war einfach nur unhöflich, nichts weiter.

»Dann werden Sie auch dieses Mädel begutachtet haben, das Henry in Bälde zum glücklichsten Mann der Welt machen wird.«

»Angela. Ja.«

»Und was halten Sie von ihr?«

Was hielt Duffy von ihr? »Ich habe sie noch nicht näher kennengelernt.«

»Wie wunderbar diplomatisch Sie sind, insbesondere Ihrem Billard-Lehrer gegenüber! Sie ist offensichtlich neurotisch.«

»Mutter!«

»Das einzige, was ich nicht herausfinden konnte, weil

sie bei der Gelegenheit, da ich sie kennenlernen durfte, so überkandidelte Kleider trug, war, ob sie auch ein gebärfreudiges Becken hat. Haben Sie ihr Becken mal begutachtet?«

Duffy versuchte sich zu erinnern. »Ich glaube, es sollte funktionieren«, schlug er vorsichtig vor.

»Funktionieren? Funktionieren? Ich verstehe, was Sie meinen. Aber wird Henry in der Lage sein zu funktionieren?«

»Mutter, also wirklich.«

»Vielleicht wäre es am besten, wenn man das Geschlecht einfach aussterben ließe. Je nun«, sagte sie und schlug die pinkfarbenen Turnschuhe übereinander, »vielleicht kommt das Mädel sowieso in die Wechseljahre, noch bevor sie unter der Haube ist. Sie wollen ganz bestimmt noch eine Tasse Tee.«

»Ich brauche eine«, sagte Duffy.

»Wie ich höre, hat sie erst gestern wieder eine Krise gehabt?«

So nennt man das also, dachte Duffy. Er kam bei dieser Mischung aus Über- und Untertreibung einfach nicht mit. »Das stimmt, sie hatte eine kleine Krise. Jemand hat versucht, sie zu vergewaltigen.«

»Versucht? Wie weit ist es mit den Männern heutzutage schon gekommen! Als ich ein Mädel war, wäre es ihnen gelungen. Es ist ja ohnehin nur ein anderer Name für heiraten, nicht wahr?«

»Das weiß ich nicht. Ich hab's nie ausprobiert.«

»Was, Vergewaltigung oder Heiraten?«

»Keins von beiden.«

»Soso. Heißt das also, daß Sie wie mein Henry ein Hagestolz sind?«

»Mhm.«

»Sie sind doch nicht etwa einer von diesen Homosexuellen?« Sie sprach das Wort ohne sichtbares Mißfallen aus, obwohl sie es Silbe für Silbe betonte.

Duffy war die Erklärung zu kompliziert, er nickte deshalb und sagte: »Doch, doch.«

»Wie interessant. Wissen Sie, daß ich noch nie einen kennengelernt habe, der gesagt hat, daß er einer sei? Sie müssen noch einmal zum Tee kommen und mir erklären, was Sie da eigentlich machen. Ich habe mich immer gefragt, was wohin kommt. Natürlich nur, wenn Sie noch am Leben sind.«

»Ach, ich bleib schon am Leben.«

»Aber Sie sterben doch alle wie die Fliegen! Wie ich höre, gibt es diese neue Krankheit, die die Welt von den Hemdlüpfern, wie mein verstorbener Mann sie nannte, säubern wird. Ich hoffe, Sie empfinden den Ausdruck nicht als Beleidigung.«

»Ich halte das für etwas übertrieben.«

»Aber so steht es in der Zeitung.«

»Die Zeitungen sind voller Homophobie«, sagte Duffy. Warum auch nicht? Sie glaubt, ich sei nur ein gewöhnlicher Hemdlüpfer mit einer schlimmen Krawatte. Warum sollte ich ihr da nicht zeigen, daß ich ebenfalls ein paar schwierige Wörter draufhabe?

»Den Begriff habe ich noch nie gehört«, sagte Henrys Mutter. »Ich vermute, es handelt sich um einen höflichen Ausdruck dafür, daß man keine warmen Brüder mag.« Henry stand auf und setzte seine Tasse aufs Tablett. »Du wirst deinen Freund doch wieder mitbringen?« kam es zum Abschied aus dem Korbstuhl. »Ich brenne darauf, nach all diesen Jahren zu erfahren, was wohin kommt.«

Der Kies draußen vor Winterton House schien eine Nuance feiner zu sein als der drüben in Braunscombe Hall. Vielleicht gab es sogar *upper class*-Kies zu kaufen.

Vielleicht war Vics Kies einem Lkw unbemerkt von der Ladefläche gerutscht. »Sie ist ein Original, Ihre Mutter.«

»Ich weiß nicht, wie ich mich entschuldigen soll...« Henry schien beinah rot zu werden.

»Vergessen Sie's. Verglichen mit ein paar Leuten, die ich jetzt erwähnen könnte, ist sie wie ein frischer Luftzug. Aber wenn Sie sich entschuldigen wollen, können Sie mir noch eine Stunde geben. Ich glaube nicht, daß ich mir schon zutraue, Damian zu verprügeln.«

»Mit dem größten Vergnügen.«

•

Drüben in Braunscombe Hall hatte Kriminalinspektor Vine bereits für den Tag abgeschlossen. Innerhalb der nächsten zwölf Stunden mußte er Jimmy entweder anklagen oder ihn freilassen – nicht daß der Bursche besonderes Interesse an seinen Rechten gezeigt hätte –, und er mußte sich jetzt wohl ranhalten. Die Überreste von Sallys Datsun Cherry wurden mit einem Strick abgeriegelt, der kein Eichhörnchen abgeschreckt hätte. Als Duffy die Eingangstür öffnete, traf er auf Damian, der ihm mit dem Finger drohte. »Aber, aber. Aber, aber.«

»Hä?«

»Die Polypen. Sie sind nicht sehr zufrieden, die Polypen. Ein Polizist, der hat kein leichtes Los. Einfach abhauen und den Schauplatz des Verbrechens verlassen. Mußte ihnen erzählen, wie ich die Autos ganz allein gerettet habe. Während Tausende verzagten, habe ich sie mit bloßen Zähnen herausgezogen.«

»Ich wette, er hat's geglaubt.«

»Das ist ja das Problem. Er hat mir nicht mal geglaubt, als ich ihm die Wahrheit erzählte. Nur weil ich hübsch bin, dachte dieser gemeine Kriminalinspektor, ich wüßte nicht, was eine Achse ist. Sagte, ich müßte Sie beibringen, um meine heroischen Taten zu untermauern. Und wo waren Sie? Außer Landes geflüchtet, wie wir annehmen mußten.«

»Ich war . . .« Duffy bremste sich. »Also ich war beim Tee mit Henrys Mama.«

»Und Sie haben überlebt? Sie müssen Asbest auf der Haut tragen.«

»Nein, sie hat mir gefallen. Bin mir allerdings nicht sicher, ob ich mit ihr verheiratet sein könnte.« Damian blickte Duffy an, als wollte er sagen: Wer würde Sie denn überhaupt wollen? »Übrigens, was ist denn mit Henrys Vater passiert?«

»Tot umgefallen mit einem geplatzten Trommelfell, stelle ich mir vor. Keine Ahnung – das war alles lange vor Damians Zeit.«

Duffy kicherte. Wenn er an Henrys Mama dachte, verstand er ein wenig besser, warum die Architekten der feinen Leute einen Teil des Hauses für die Herren reservierten. Sie liefen weg, die Männer, das war es. Und die Henry-Mamas dieser Erde waren alle mit pinkfarbenen Turnschuhen ausgerüstet, damit sie ihnen hinterherlaufen und feststellen konnten, was wohin kommt. »Sie schien Henry ziemlich runterzumachen.«

»Ich glaube, das merkt der schon gar nicht mehr. Setzt nur diesen Blick auf – Sie wissen schon, wie bei einem halbwegs intelligenten Aberdeen-Angus-Stier – und gelegentlich ein kleines Lächeln, aber vermutlich ist er meilenweit weg.«

»Sie sind doch nicht etwa Schriftsteller, Damian?«

»Warum fragen Sie?«

»Weil Sie so Wörter benutzen, die sonst keiner benutzt.«

»Ach, ich versuche so dies und das«, sagte Damian auf eine Weise, die seinem Gastgeber alle Ehre gemacht hätte. »Ich habe gewisse ... Ambitionen.«

»Das hört man aber gern. Nein wirklich, gratuliere, Kumpel.« Duffy hatte das fast gar nicht ironisch gemeint; es war doch eine nette Abwechslung, daß jemand hier, wenn auch noch so vage, die Absicht äußerte, irgendwann einmal so etwas wie, naja, einen Beruf haben zu wollen. »Was hält sie denn von Henry? Und seine Heiratspläne?«

»Und sein*en* Heiratsplän*en*. Das ist natürlich umgeschlagen. Mindestens vierzig Jahre lang hat sie auf Henry eingeredet, daß er als einziger Sohn das Banner hochhalten müsse, aber als er zu guter oder schlechter Letzt ein Mädchen mit nach Hause bringt und sagt, das ist meine Zukünftige, schießt sie sich auf das Gegenteil ein.«

»Mag sie Angela nicht?«

»Ich glaube nicht, daß es viel mit Ange zu tun hat. Sie hält Henry einfach gern auf Trab. Und daß Ange kein Teenager mehr ist, gibt ihr wieder was zum Draufrumhacken. Sie sagt zu ihm, wofür er denn überhaupt heirate, wenn er mit ihr eh keine Zucht beginnen könne. Da könne er doch genausogut mit einem Mutterschaf ins Heu kriechen.«

»Hat sie das wirklich gesagt?«

»Hat jedenfalls Henry erzählt. Und wohlgemerkt, ihn schien es beinah zu amüsieren.«

»Kann Angela denn keine Kinder kriegen?«

»Spricht nichts dagegen. Jedenfalls weiß keiner etwas Gegenteiliges. Sie wird wohl noch ein, zwei unterbringen, bevor die alte Zugbrücke hochgeht.«

»Mich wundert, daß Henry seine Mama noch nicht umgebracht hat«, sagte Duffy. »Oder wenigstens ausgezogen ist.«

»Anscheinend haben sie das tatsächlich mal versucht. Haben ihn nach Argentinien verschickt – oder ins ›Argentinische‹, wie sie das nennen. Irgendein Onkel aus der

Corned-Beef-Branche vermutlich. Drei Wochen hat er es dort ausgehalten und dann das nächste Flugzeug genommen.«

»Muß schlimm sein in Argentinien.«

»Paar Spielchen vor dem Abendessen?« bot Damian an.

»Muß noch paar Sachen erledigen«, erwiderte Duffy. »Vielleicht in ein, zwei Tagen.«

»Ich kann es kaum erwarten.«

Damian zog ab zum umgepflügten Snooker-Tisch. Duffy spazierte ins Wohnzimmer, wo er auf Belinda traf, die *Pferd und Hund* las; neben ihr beugte sich Vic über *Tausch und Verkauf.* »Ich such nur nach einem guten Alteisenhändler für den Datsun.«

»Alteisen? Ist denn da überhaupt noch was dran?«

»Da bleibt immer etwas. Sally hat mir eben gesagt, sie stecke derzeit in einem finanziellen Engpaß, und drum will ich mal sehen, was ich für sie tun kann.«

»Sie benimmt sich aber gar nicht so, als habe sie einen finanziellen Engpaß.«

»Nein, das nicht.«

»Da gibt es doch so was Komisches, Altmodisches, was man Arbeit nennt«, sagte Duffy.

»Weißt du, das ist ja das Seltsame. Diese Kinder scheinen noch nie davon gehört zu haben.«

Belinda lachte. »Ihr zwei hört euch an, als hättet ihr schon lange, graue Bärte.«

»Ach was, Bel, du hast es ja selber gesagt. Über die Zeit, als du noch gearbeitet hast. Und wie schnell es sich in den paar Jahren verändert hat.«

»Schon«, sagte Belinda vorsichtig, da sie sich nicht ganz sicher war, ob sich das einfach so übertragen ließe.

»Wie meinen Sie das?« fragte Duffy.

»Als ich als Modell anfing, damals in den Siebzigern«

– bei Belinda klang das, als wäre damals noch Königin Victoria auf dem Thron gewesen –, »da habe ich mich ausbilden lassen. Ich habe 'ne Menge Geld dafür bezahlt. Gang, Körperhaltung, wie man die Kleider ins beste Licht rückt.« Und wie man die Dinger ins beste Licht rückt, die aus den Kleidern rausgeschossen kommen wie Züge aus dem Tunnel, ergänzte Duffy in Gedanken. »Sie wissen schon, von der Pike auf. Mannequinschule. Sogar Sprechkunde hatte, Verzeihung, absolvierte ich«, fügte sie grinsend hinzu. »Und dann bekam man seinen ersten Job, man wußte mehr oder weniger, worum es ging, was von einem erwartet wurde. Und selbst dann wurde man manchmal noch wie eine übereifrige Nutte behandelt.«

»Tatsächlich?« Duffy versuchte so ernst wie möglich zu klingen.

»Aber ja, verdammt. Ich war doch eins von den Modellen der neuen Generation. Ich war sozusagen echt. Sicher, es gab zu der Zeit noch ein, zwei andere, und ich will ihnen ja auch nichts wegnehmen, aber im wesentlichen war ich das. Die Glamour-Models davor waren irgendwie künstlich, wie Vanillesoße aus der Tüte. Die wollten beides zugleich haben – sich ausziehen und dabei so tun, als täten sie's gar nicht. Und dann wollten sie mich niedermachen. Rümpften ihre kleinoperierten Näschen und behaupteten, ich hätte nicht die ›klassische Karosserie‹. So hieß das bei denen. Nur weil sie so kleine hatten. Dreckschleudern.« Sie klang gar nicht mal unfreundlich, als hätte doch letztlich sie gewonnen, weil sie es zu einem großen Haus gebracht hatte.

»Ich mag Vanillesoße aus der Tüte«, sagte Vic. Belinda haute ihm spielerisch eine runter.

»Und heute?«

»Heute? Jesusmaria, heute glaubt doch jede, daß sie's kann. Sechzehnjährige kommen mit dem Zug aus Leeds und Bradford, wabbeln noch so richtig vom Babyspeck und reißen sich die Bluse vom Leib, kaum daß sie einen Fuß auf den Bahnsteig gesetzt haben. Die glauben, es geht ohne Arbeit. Die glauben, daß jede das kann.«

»Ob das Land vor die Hunde geht?« gab Duffy zu bedenken.

Grüblerische Stille. Belinda legte seufzend *Pferd und Hund* weg und strebte zur Küche. Vic wandte sich in vertraulichem Ton Duffy zu. »Übrigens, unser Kriminalinspektor ist sauer auf dich.«

»Hab ich gehört. Aber der kommt bestimmt wieder.«

»Ja, ich glaube, der ist gegangen, um Anklage gegen Jimmy zu erheben.«

»Ich wasche mich jedenfalls morgen hinter den Ohren für ihn.«

»Es könnte doch sein«, sagte Vic nachdenklich, »es könnte doch sein, daß Ricky eines natürlichen Todes gestorben ist und daß irgendein Rowdy, der zufällig vorbeikam, ihn durchs Fenster geschmissen hat.«

»Gibt's hier viele Rowdies?«

»Rowdies gibt's überall, Duffy. So, wie es im Land heute aussieht.« Wenn es sie natürlich gab, konnten sich die Rowdies mit den Vics gemein machen, die sich mit den Damians zusammenkuschelten, die den Hugos in den Hintern krochen. Und alle konnten sich an den Händen fassen und »Nehmt Abschied, Brüder, von der guten alten Zeit« singen.

»Würd ich nicht drauf setzen, Vic.«

Duffy merkte, in welche Richtung Vics Überlegungen tendierten, und bei jemand mit Vics Vorgeschichte war das nur normal. Sein Instinkt riet ihm, sich soviel wie möglich aus dieser Geschichte herauszuhalten. Wir haben eine Beinah-Vergewaltigung und ein explodiertes Auto, und die Bullen kriechen überall durch die Gegend –

warum sollte man ihnen da noch einen toten Hund vorwerfen? Natürlicher Tod, ein Rowdy, der zufällig vorbeikam, keine Leiche, die man vorzeigen müßte, damit war doch die Sache erledigt. Vic wollte Duffy damit wohl so diskret wie möglich nahelegen, die Geschichte mit dem Hund doch gar nicht zu erwähnen, wenn die Bullen ihm die Daumenschrauben ansetzten. Vielleicht wollte er Duffy aber auch die Würmer aus der Nase ziehen und herauskriegen, von wem Duffy am Nachmittag angerufen worden war.

Wenn nun aber Vic nichts davon hatte verlauten lassen, daß er Ricky im See verräumt hatte, dann konnte ihm Duffy seinerseits auch ein bißchen was vorenthalten; auch wenn er sein Geld von Vic bekam. Deshalb wiederholte er einfach: »Würd ich nicht drauf setzen, Vic«, und überließ Vic wieder seinem *Tausch und Verkauf*. Der Anruf hatte die Dinge etwas verändert; sie um ein gutes Stück verändert, und Duffy mußte sich seine nächsten Schritte genau überlegen. Er mochte den alten Vic, aber er wußte nicht recht, ob er ihm weiter trauen sollte. Wenn man Vic ein blutiges Messer zeigte, würde er es in den Geschirrspüler stecken und auf den Knopf drücken. Wenn man Vic eine zerstückelte Leiche zeigte, die, in braunes Packpapier geschnürt, auf sechs verschiedene Schließfächer verteilt war, würde er sagen, es sei schrecklich, auf welche neuen Ideen die Leute immer kämen, um sich selber umzubringen. Duffy verstand diesen Instinkt, aber er machte es einem nicht unbedingt leichter, außer Vic, der erst mal seine Ruhe hatte. Deshalb dachte sich Duffy, daß er ein paar Dinge noch eine Zeitlang für sich behalten sollte; ganz besonders das, was ihm Jim Pringle am Telefon erzählt hatte.

Alles hatte mit dem Hund begonnen. Der Hund bestand aus zwei Teilen (inzwischen wahrscheinlich aus mehreren, seit er sein Gastspiel auf Jim Pringles Seziertisch gegeben hatte). Den zweiten Teil des Hundes hatte Duffy gelöst; die Lösung des ersten Teils könnte sich gut als Schlüssel zu der ganzen Sache erweisen. Und so, wie der Hund zwei Teile hatte, mochte sich noch herausstellen, daß auch diese Sache zwei Teile hatte. Einen, sagen wir, mehr hausinternen und einen professionellen. Oder zwei hausinterne, die nichts voneinander wußten. Oder zwei professionelle... Die Rätselhaftigkeit der Kombinationsmöglichkeiten machte Duffy klar, wie weit davon entfernt er war, irgend etwas zu lösen. Er brauchte Hilfe. Zwei Arten von Hilfe sogar: hausinterne und professionelle.

Die hausinterne konnte von... na klar, von der Haushaltshilfe kommen. Mrs. Colin schrieb ihre vor kurzem erfolgte Errettung anläßlich der Geschichte mit dem verschwundenen Besteck zwei Gründen zu: der Macht des Gebetes und dem Eingreifen des Mannes aus London mit dem weißen Lieferwagen. Genaugenommen war es die Kraft des Gebetes, die den Mann mit dem weißen Lieferwagen ins Grenzgebiet Buckinghamshire/Bedfordshire geschickt hatte, auf daß er ihr helfe. Hätte jemand Mrs. Colin darauf hingewiesen, daß Nikki die Löffel tatsächlich erst nach Duffys Ankunft versteckt hatte, wäre das weder ihrem Glauben noch ihrem Sinn für Logik ein Problem gewesen. Der Herr wußte schon im voraus um Nikkis böse Absichten, und Duffy war die zeitige Antwort darauf; die Tatsache, daß er schon nach Braunscombe Hall gekommen war, ehe die Sünde begangen worden war, war überhaupt nicht von Belang. Sie ließ Mrs. Colin keineswegs an der Wirksamkeit des Gebetes, sondern allenfalls an der Verläßlichkeit des Mannes im weißen Lieferwagen zweifeln.

Mrs. Colins Zimmer war ebenso kahl wie bei Duffys

vorangegangenem Besuch. Das Einpacken und das kurz danach erfolgte Auspacken hatten den Anblick des Zimmers nicht beeinflußt; diese Arbeiten konnten nicht viel Zeit beansprucht haben. Mrs. Colin lächelte ein breites Lächeln, als Duffy an die angelehnte Tür klopfte, hereinkam und sich auf dem Bett niederließ. Es hätte mehrere Gelegenheiten für Mrs. Colin gegeben, Duffy gegenüber Worte des Dankes für ihre Errettung zu äußern, doch hatte sie die Angelegenheit nie erwähnt und tat es auch jetzt nicht; sie strahlte ihn einfach nur an. Vielleicht glaubte sie, daß eine Geste, ein Lächeln, wiederholtes Lächeln ihrer Dankbarkeit aufrichtigeren Ausdruck verliehen als ein paar Worte in einer fremden, unzuverlässigen Sprache; oder sie hielt Duffy einfach nur für den Ausführenden der himmlischen Hilfe, weshalb gesprochene Dankesworte gleichmäßig verteilt werden sollten zwischen Unserem Herrn und den geistlichen Schwestern der Kirche Unserer lieben Frau von den reuigen Sündern, wo für das Seelenheil derer gebetet wurde, die jenseits der Meere in Diensten standen.

»Mrs. Colin«, begann Duffy, »wir haben ein Problem.«

»Wir?« Mrs. Colin, die aufrecht auf einem Stuhl vor einem von Belindas abgelegten Schminktischen saß, war beunruhigt. Nicht schon wieder Probleme?

»Nein, nicht *wir.* Nicht Sie und nicht ich.«

»Ah.« Aber wenn er und sie es nicht waren, warum hatte er dann von »wir« gesprochen? Mrs. Colin fühlte sich in ihrer Ansicht bestärkt, daß das Gesicht wahrhaftiger als die Zunge spricht.

»Nein, ich meine die Probleme hier in Braunscombe Hall.«

»Probleme hier?« Meinte er noch mehr Probleme?

»Das Problem mit dem Hund, Mrs. Colin. Das Problem mit Miss Angela im Wald. Das Problem mit Miss

Sallys Auto.« Mrs. Colin nickte. Über *diese* Probleme wußte sie doch längst Bescheid. Warum erzählte er ihr Sachen, die sie bereits wußte? Warum kam er in ihr Zimmer, setzte sich auf ihr Bett, lächelte sie an und erzählte ihr Dinge, die ihnen beiden bekannt waren? Ein interessanter Gedanke durchzuckte Mrs. Colin, und sie lächelte zu Duffy zurück, nur diesmal etwas schüchterner. Er war untersetzt, hatte dunkle Haare und wirkte recht kräftig. Körperlich war er viel eher der Typ, den sie aus ihrer Heimat kannte; hier in diesem merkwürdig feuchten Klima keimten sonst nur blonde schmächtige Männer mit Sitzbauch und tropfender Nase. Das jedenfalls war Mrs. Colins allgemeiner Eindruck von der Rasse, in deren Mitte sie arbeitete. Vielleicht war dieser Mann mit seinem weißen Lieferwagen ...

»Es ist nämlich so, Mrs. Colin, daß mich Mr. Crowther um meine Hilfe gebeten hat. Ich soll ihm helfen herauszufinden, was passiert ist.«

»Der Polizist ...«

»Mr. Crowther ist für die Hilfe der Polizei sehr dankbar, und natürlich arbeitet er in jeder möglichen Weise mit ihr zusammen, aber er denkt, daß ich ihr mit meinem, also daß meine Spezialkenntnisse, daß ich ihr damit ...« Duffy kam ins Schwafeln, er merkte es genau.

»Mr. Crowther, zahlt er Ihnen was dafür?« Das war nicht die Frage, die Duffy erwartet hatte. Mrs. Colin blickte ihn scharf an. Einer der Seitenspiegel von Belindas ehemaligem Schminktisch lieferte Duffy gleichzeitig ihr Profil. Im Profil wirkte ihr Blick genauso scharf.

»Naja, schon irgendwie.«

»Und Sie wollen, daß ich Ihnen helfe, Ihnen Sachen sage?«

»Mhmm. Ich hätte gehofft ...«

»Dann müssen Sie mir was zahlen.«

»Verzeihung?«

Mrs. Colin mußte plötzlich lachen. Sie zog die linke untere Schublade am Schminktisch heraus und fischte nach einem kleinen braunen Umschlag, den sie Duffy weiterreichte. »Dieser Umschlag ist aus Manila-Papier«, sagte sie und wiederholte damit einen alten Witz von Mr. Colin, »darum schicke ich darin immer Geld auf die Philippinen.« Dann kehrte sie ihm den Rücken zu.

Duffy sah sich die in Rot gedruckte Adresse an; es war die einer Kirche, vermutlich in Mrs. Colins Heimatstadt. Er nahm seine Brieftasche heraus, schob einen Zehner in den Umschlag, zögerte, überlegte, ob er die Bestechung von Vics Personal bei Vic als Spesen geltend machen konnte, und schob noch einen Zehner hinein. Während er die Gummierung des Umschlags leckte, wurde ihm klar, daß Mrs. Colin mit einem verstohlenen Blick in den Seitenspiegel das Ausmaß von Duffys Impuls zur Nächstenliebe überwacht hatte. Sie schien einverstanden und lächelte schüchtern, während sie den Umschlag in die untere Schublade zurücklegte.

»Mrs. Colin, Sie sind bei Mr. und Mrs. Crowther seit...«

»... fünf Jahren. Zwei in London, drei auf dem Land.«

»Und die Arbeit bei ihnen macht Sie glücklich?«

»Sehr glücklich.«

»Keine Probleme?«

»Nein. Keine Probleme.« Das war ja wie beim Gespräch mit dem Polizisten. Vielleicht hätte sie auch den Kriminalinspektor auffordern sollen, die geistlichen Schwestern der Kirche Unserer lieben Frau von den reuigen Sündern zu unterstützen.

»Mr. Crowther läßt Ihnen bestellen, Sie sollten meine Fragen so wahrheitsgemäß wie möglich beantworten.« Mrs. Colin nickte. Für wen hielten die sie eigentlich, diese englischen Polizisten? Sie drückte die Hand zärtlich auf den Hubbel Unseres Heilands an ihrer Kehle. Im Unterschied zum Kriminalinspektor hatte der untersetzte Bursche mit dem weißen Lieferwagen kein Notizbuch. Vielleicht konnte er sich die Antworten alle merken. »Haben Sie, bevor es Feuer fing, irgend jemand in der Nähe von Miss Sallys Auto gesehen?«

»Nein.«

»Gab es irgendwelche Streitereien?«

»Streitereien?«

»Im Haus. War jemand auf einen anderen böse?«

»Miss Blessing, die ist böse.«

»Auf wen?«

»Nein, ich meine, sie ist böse. Sie ist eben so. Sie ist oft böse.« Mr. Crowther hatte ihr schließlich bestellen lassen, die Wahrheit zu sagen. »Und Mr. Damian, der ist oft frech. Sehr frech.«

»Aber keine Streitereien?«

»Keine Streitereien.«

»Und seit Sie hier draußen auf dem Land sind, haben Sie etwas... Unanständiges erlebt? Ich meine, etwas Unrechtes?«

»Mr. Hardcastle stiehlt den Wein von Mr. Crowther.« Sie sagte es, als handle es sich dabei um ein ganz gewöhnliches, regelmäßiges Vorkommnis, was es vielleicht auch war.

»Wie macht er das?« Duffy war ein wenig enttäuscht, weil er nicht der einzige war, der das entdeckt hatte.

»Oh, er wartet, bis alle ausgegangen sind, und dann geht er in den Keller und holt ihn.«

Subtiles Manöver, das, dachte Duffy. Der hat das Zeug zum Superkriminellen. »Sie meinen, jeweils eine ganze Kiste?«

»Manchmal. Manchmal auch nur ein paar Flaschen.

Kommt darauf an, wie lange bei Mr. und Mrs. Hardcastle der Vorrat noch reicht.«

»Sagen sie deshalb was zu Ihnen?«

»Ja, sie sagen, willst du eine Flasche? Aber ich trinke keinen Alkohol.«

»Haben sie sonst noch was gesagt?«

»Ja, sie sagen, das ist ein alter britischer Brauch in großen Häusern.«

»Und Sie haben sonst noch keinem davon erzählt?«

»Wie könnte ich alte britische Bräuche in Frage stellen?« sagte Mrs. Colin. Sie lächelte eines jener Lächeln, die sie für alle Gelegenheiten parat hatte.

»Und wie steht es mit einigen neueren britischen Bräuchen, Mrs. Colin?«

»Was meinen Sie?«

»Also zum Beispiel, Wer hat in meinem Bettchen geschlafen?«

»Wer hat in Ihrem Bett geschlafen?« Mrs. Colin sah beunruhigt aus, als sei mit den hausinternen Regelungen von Braunscombe Hall etwas schiefgegangen und sie dafür verantwortlich. Gleichzeitig überlegte sie, ob dieser doch recht nette ...

»Nein, ich meine, Sie bringen doch zum Beispiel das Frühstück ins Zimmer oder Sie gehen hinein, um das Bett aufzudecken oder ein Fenster aufzumachen. Oder Sie... Sie sehen einfach dies und das.« Schlüpfer mit Monogrammen zum Beispiel; Dessous mit einem verräterischen Salamander oder Phönix drauf.

»Sie meinen das, was Mr. Damian Ficki-Ficki nennt?« Mrs. Colin konnte nicht wissen, daß Mr. Damian diesen Ausdruck nur gebrauchte, wenn er sie in Hörweite wußte. Für den täglichen Gebrauch benutzte er mehrere Dutzend anderer Ausdrücke.

»Was Mr. Damian Ficki-Ficki nennt, ja.«

Sally war allem Anschein nach die größte Ficki-Ficki-Artistin im Hause; was Duffy nicht weiter überraschte, nach allem, was er in der vorletzten Nacht im Billardzimmer mitbekommen hatte. Auch Damian mochte Ficki-Ficki, obwohl Mrs. Colin aufgefallen war, daß Damian es häufig vorzog, nachts lang aufzubleiben und über Ficki-Ficki zu reden, statt tatsächlich Ficki-Ficki zu machen. Lucretia schätzte ebenfalls ein gewisses Maß an Ficki-Ficki, aber nicht so viel wie Sally. Taffy hatte Mrs. Colin ein paarmal zum Ficki-Ficki aufgefordert; er war sehr höflich dabei vorgegangen und voller Verständnis gewesen, als sie abgelehnt hatte.

»Jimmy?«

Mrs. Colin kicherte. »Er mag Ficki-Ficki mit Mädchen in Heften«, sagte sie und erinnerte sich an eine Gelegenheit, als sie die Blumen in Jimmys Zimmer gewechselt hatte. Sie glaubte nicht, daß Duffy weitere Einzelheiten davon wissen müßte.

»Miss Angela?«

»Miss Angela heiratet bald. Wir gehen alle mit zur Hochzeit.«

»Also ... Miss Angela und Mr. Henry?«

Plötzlich mußte Mrs. Colin kichern. Duffy wiederholte seine Frage, und Mrs. Colin schüttelte stumm den Kopf, aber ob sie damit andeuten wollte, daß sie das Sexualverhalten der Verlobten nicht kannte oder ein solches bestreiten wollte, wußte Duffy nicht zu sagen.

»Also ... Miss Angela.«

Mrs. Colin schüttelte den Kopf, diesmal heftiger. Duffy merkte sich diese Reaktion. Dann überprüfte er pflichtschuldig die eheliche Treue von Vic und Belinda und kam zum nächsten Punkt.

»Wie steht es mit Drogen?«

»Drogen gibt es viele.« Das war so bei den Engländern: Ihre Bars sahen aus wie Apotheken, ihre Badezimmerschränke genauso. Sie machten sich große Sorgen wegen ihrer Gesundheit, die Engländer. Vielleicht weil sie nicht genug an Gott glaubten.

»Aber ... unanständige Drogen.«

»So wie Beecham's meinen Sie?«

Duffy schaffte es knapp, verwirrt dreinzuschauen. »Was ist ›Beecham's‹?«

»Beecham's. Das tut man sich gegen Heuschnupfen in die Nase.«

»Aha. Und wer hat Heuschnupfen?«

Damian hatte Heuschnupfen; er hatte auch ein kokettes Vokabular, mit dem er Mrs. Colin angesteckt hatte. Die andere Person, die Heuschnupfen hatte, war Sally. Ja, Sally hatte das ganze Jahr über Heuschnupfen, selbst wenn draußen Schnee lag; und sie brauchte große Mengen Beecham's, um sich zu kurieren. Damians Heuschnupfen war nicht halb so schlimm wie der von Sally. Mrs. Colin war sich nicht sicher, ob es noch weitere Patienten im Haus gab. Lucretia vielleicht, oder Taffy? Vielleicht, aber genau wußte sie es nicht. Sie hatte nichts gesehen. Angela? Nein, sie wußte es nicht.

Das andere, gegen das man vorgehen mußte, waren die Wespen. Damian hatte einen Spezialtabak, mit dem man sie fernhalten konnte. Er wirkte seiner Aussage nach auch gegen Stechmücken, Moskitos, Zuckmücken, Bienen, Tse-Tse-Fliegen und Marienkäfer. Es war keine große Überraschung, daß Sally die Wespen gern verscheuchte; auch Lucretia und Taffy hatten nichts dagegen, sie zu vertreiben. Bei einer Gelegenheit hatten sie sogar Jimmy überredet, es zu versuchen, wie Mrs. Colin enthüllte. Das war auf der Terrasse nach dem Abendessen, als Mr. und Mrs. Crowther ausgegangen waren. Jimmy hatte viel husten müssen, und die anderen hatten gelacht. Miss Angela hatte auch gelacht. Miss Angela schien ebenfalls Gefallen an dem Spezialtabak zu haben.

»Sonst noch was?«

»Was denn?«

»So was wie Beecham's oder der Wespentabak?« Mrs. Colin schaute zweifelnd drein. Duffy überlegte, wie Damians Euphemismus für einen Schuß lauten mochte. »Leidet jemand unter Diabetes oder dergleichen?«

»Was ist das?«

»Eine Krankheit. Wenn man die hat, muß man sich mit einer Spritze etwas in den Arm injizieren. Das muß man auch bei vielen anderen Krankheiten machen«, fügte Duffy hoffnungsvoll hinzu.

»Vielleicht sollten Sie mal in die verschiedenen Medizinschränkchen schauen«, sagte Mrs. Colin. Also wirklich, diese Engländer waren ein komisches Volk. Gaben sich Spritzen für alle möglichen Krankheiten. In Davao machte das nur der Arzt. Vielleicht waren die Ärzte hier gar nicht so gut, wie es immer hieß. Deshalb tranken auch alle so viel – »Schnaps ist die beste Medizin« – und mußten sich selber Spritzen geben.

Duffy glaubte sich die Medizinschränkchen sparen zu können; obwohl es sich vielleicht lohnen würde, ein paar untere Schubladen aufzuziehen. Genauer gesagt – nach der Regel, daß die Leute ihre Sachen nicht im nächstliegenden Versteck, sondern in dem daneben verbargen –, ein paar Schubladen darüber. Er fragte sich, ob Mrs. Colin wirklich so naiv war, wie sie sich gab. Vielleicht kapierte sie alles; vielleicht hatte sie damit eine Möglichkeit gefunden, Mr. Crowthers Anweisungen (die Duffy ohnehin erfunden hatte) zu folgen, ohne daß sie dabei die Gäste zu verraten schien.

»Wie steht es mit dem Hund?«

»Was soll damit sein?«

»Hat ihn ... hat ihn jemand nicht leiden mögen?«

»Alle mochten ihn. Nein, das stimmt nicht.« Mrs. Colin machte eine Pause. Sie war angewiesen, die Wahrheit zu sagen, und das würde sie auch tun. Duffy war erwartungsvoll. »Alle mochten ihn. Nur eine nicht. Ich mochte ihn nicht. Als ich noch ein kleines Mädchen in Davao war, hat mich ein Hund gebissen. Ein Hund, der aussah wie Ricky.«

Eine Überprüfung, ob es sich bei Rickys Tod um einen lange vorbereiteten Mord im Rahmen einer philippinischen Bluthundsrache handelte, schien sich zu erübrigen. Er bedankte sich bei ihr und ging. Er hatte ... was? Bestätigungen allenfalls. HWG, Drogenkonsum – das hatte Vic von Anfang an schon durchblicken lassen; Mrs. Colin hatte dieses Bild nur klarer gemacht, das Wer und Was eingefügt und Damians fröhliche Euphemismen weitergegeben. Bei Angela und Ficki-Ficki hatte es was gegeben – Mrs. Colin hatte gezögert –, dem man vielleicht nachgehen sollte. Und nicht zu vergessen, Ron Hardcastles Begeisterung für Vinho Verde und pinkfarbenen Champagner war ihm bestätigt worden. Ob Vic diese Erkenntnisse gefallen würden? Also, Vic, ich habe eine deiner Angestellten mit einem Zwanziger geschmiert, den ich gern wiederhätte, und sie hat mir erzählt, daß dich einer deiner anderen Angestellten beklaut. Wie würde Vic reagieren? Vielleicht würde er sagen, daß sich Duffy nicht so recht auf das Wesentliche konzentriere.

Zum Wesentlichen gehörte der Hund, selbst wenn Vic versucht hatte, das Beweismaterial beiseite zu schaffen. Duffy saß auf einer unbequemen Bauernbank und schaute über die Terrasse hin zurück auf die Balkontür, in der das Loch noch immer mit Papier zugeklebt war. Eine Hummel brummelte langsam vorbei, und Duffy preßte die

Lippen zusammen, damit ihm das Insekt nicht in den Mund flog und ihn in die Luftröhre stach, die daraufhin sofort anschwellen und ihn am Atmen hindern und ihn töten würde, wenn er nicht sofort einen Luftröhrenschnitt bekäme, den natürlich auch ein Laie mit einem Taschenmesser ausführen könnte, doch die einzige Person in Braunscombe Hall, die sich mit solchen Sachen auskannte, war wahrscheinlich Jimmy, weil der in der Armee gewesen war und dort vermutlich einen Kurs über erste Hilfsmaßnahmen bei Unfällen gemacht hatte, aber Jimmy saß hinter Gittern, weshalb Duffy auf dieser Bank einen gräßlichen Erstickungstod sterben würde. Uff. Die Hummel flog weiter, und Duffy, der auch die Zähne eingesetzt hatte, um die Lippen zusammenzuklemmen, entspannte sich kurz. Vielleicht brauchte er was von diesem Spezialtabak, der die Insekten fernhielt. Was aber, wenn man sich zwar den Mund zuhielt, die Hummel einem aber in die Nase flog?

Der Hund, Duffy, der Hund. Was hatte der Hund zu bedeuten? Wem galt der Hund? Er war Angelas Hund gewesen, deshalb lag der Schluß nahe, daß Rickys Tod Angela galt. Offenbar hatte es jemand auf Angela abgesehen, versuchte, sie verrückt zu machen oder so was, und daß er ihren Hund umbrachte, war nach dem Stein durch das Fenster ihres Cottages eine zweite Vorstufe zu der Entführung im Wald. War für all diese Vorgänge immer derselbe verantwortlich? Und handelte es sich dabei um Jimmy? Die Polizei, die sich benahm, als würde sie ihn in kürzester Zeit unter Anklage stellen, dachte vermutlich so. Duffy hatte seine Zweifel. So mißtraute er von vornherein und instinktiv der Spinner-Theorie – die Henry geäußert hatte und die sich bei Fernseh-Drehbuchautoren so großer Beliebtheit erfreute. Und was ihr den Todesstoß versetzte, war das, was ihm Jim Pringle am Telefon erzählt hatte. Seines Wissens war dergleichen noch nie mit einem Hund gemacht worden. Nicht, daß er durchs Fenster geschmissen worden war – auf die Idee hätte jeder kommen können –, sondern das, was sie vorher gemacht hatten, Rickys eigentliche Todesursache. Nach Duffys Ansicht kam Jimmy damit nicht mehr in Frage – der arme alte Jimmy, der nach Mrs. Colins Bericht selbst an bloßen komischen Tabak so wenig gewöhnt war, daß er eines Nachts auf der Terrasse gespuckt und gehustet hatte. Nein, Jimmy konnte vielleicht das mit Angela im Wald getan haben, aber keinesfalls das mit dem Hund.

Und galt der überhaupt Angela? Wieder so ein unsicherer Aspekt bei dem Fall. Vielleicht war das Ziel ja jemand anderer. Vic zum Beispiel: eine Warnung wegen eines Vertrages. Oder gar eine Warnung an alle im Haus? Alle im Haus – mit Ausnahme von Mrs. Colin – hatten Ricky gemocht; und alle im Haus – mit Ausnahme von Damian – hatten ihn Gassi geführt. Sally hat ihn häufig spazierengeführt, wie es hieß. Hmmm. Die Zeit war gekommen, beschloß er, ein wenig professionelle Hilfe beizuziehen.

»So was hab ich ja noch nie gehört«, sagte Kriminalinspektor Vine.

»Ich auch nicht. Übel.«

»Sehr übel. Krank sogar. London?«

»Kann sein.« Duffy hielt sich zurück.

»London, eindeutig.« Kriminalinspektor Vine hatte nicht den Hauch eines Beweises für seine Erklärung, er wollte nur irgendwie, daß sie wahr sei. Landpolizisten neigten dazu, die großen Städte als Ursprung allen Unheils zu sehen. Das war keineswegs Ausdruck von Sentimentalität gegenüber dem eigenen Revier – sie wußten sehr wohl, daß das Verbrechen zwischen den Glockenblumen ebenso gedeihen konnte wie zwischen den Sozialwohnungen –, sondern eine schlichte Beobachtung. Die krankhaftesten Erfindungen der kriminellen Psyche schienen immer in London oder in Glasgow oder so hervorgebracht zu werden. Kriminalinspektor Vine hatte Frau und Kinder – übrigens auch einen Hund; und wenn man von einem besonders üblen neuen Trick hörte, stellte man sich immer vor, der würde bald auch ins eigene Dorf vordringen. Automatisch wurde man damit ein wenig konservativ, das war nur normal.

»Sie sind sich darüber...« fing er an, doch bevor er weitermachen konnte, schnitt Duffy ihm mit einem Nikken und einem Grunzen das Wort ab. Er hatte gerade von Freiberuflern anfangen wollen, von Chaoten und dem gesetzwidrigen Entfernen von Beweismitteln in einem Kriminalfall. Andererseits war es dieser Ex-Bulle gewesen, der ihn zum Camp im Wald geführt hatte, und wenn dieser Ex-Bulle Beweismittel vom Schauplatz eines Verbrechens entfernt und sie nach London zur Untersuchung gebracht hatte, dann war er es auch gewesen, der diese Beweismitteln nach ihrem erstmaligen Verschwinden überhaupt gefunden hatte. Genauer gesagt, er hatte dafür gesorgt, daß sie gefunden wurden. Jimmy mit seinem Taucheranzug hatte tauchen müssen. Jimmy, der erst mal nur wegen Tätlichkeiten angeklagt worden war, damit man ihn weiter festhalten konnte. Sie ließen sich gerade juristisch beraten, ob es besser sei, ihm Erregung öffentlichen Ärgernisses oder versuchte Notzucht oder sogar noch was Saftigeres anzulasten; die Anklage wegen Entführung käme zu gegebener Zeit auch noch dazu.

Doch im Augenblick merkte Vine sehr wohl, daß in Braunscombe Hall zuviel vorging, als daß er nicht jede Hilfe, die ihm von innen angeboten wurde, annehmen müßte. Als es erst mal nur um eine verschwundene Frau gegangen war, waren ihm die Bewohner und die Hausgäste von Braunscombe Hall nicht durch übertriebene Hilfsbereitschaft aufgefallen. Einige waren teilnahmslos, andere regelrecht frech. Und als das Auto explodierte, schien sie das nicht viel mehr zu kümmern. Als er die Besitzerin um eine Beschreibung der Vorgänge gebeten hatte, hatte die gekichert und gesagt: »Ich fürchte, es liegt einfach daran, daß diese ausländischen Motoren so schrecklich unzuverlässig sind.« Und jetzt auch noch der Hund.

»Ich muß Sie ...«

»Klar. Ich fahre hin und hol ihn. Morgen wahrscheinlich, wenn Ihnen das recht ist.« Das hatte man als Ex-Bulle so an sich: man konnte erraten, was Bullen als nächstes fragen wollten.

Kriminalinspektor Vine war ein fairer Mann; und daß man sich bei einem Fall ein wenig unwohl fühlte, machte einen womöglich noch fairer. »Wissen Sie, ich bin dankbar ...«

»Klar«, sagte Duffy. »Aber hier handelt es sich um eine polizeiliche Untersuchung wegen schwerer Verstöße, und deshalb werden Sie gar nicht erst damit anfangen, Informationen mit einem Freiberufler auszutauschen, während es andererseits meine Pflicht ist, alles, was ich herausfinden sollte, sofort an Sie weiterzugeben.«

»Oder so ähnlich.« Vine grinste. »Weiß nicht, warum Sie da je weggegangen sind.« Duffy erwiderte das Lächeln nicht. »Was ich aber sagen kann, ist, daß ich Ihnen nicht sagen werde, Sie sollten die Finger von allem lassen. Das bleibt natürlich unter uns.«

»Natürlich«, sagte Duffy. »Und wenn ich Ihnen den Hund zurückbringe, möchte ich bloß nicht mitbekommen, wie Sie bei einem Selbstgespräch die Ursache der Explosion des Autos ausplaudern. Weil nämlich ein paar von den Einheimischen hier die Theorie haben, ein Eichhörnchen könnte ein Kabel durchgebissen haben oder so.«

»Erst recht unter uns gesagt«, sagte Vine, »kann ich Ihnen stecken, daß am Ort des Vorfalls ein Mangel an durch Stromschlag getöteten Eichhörnchen zu verzeichnen war. Und ich stehe in dem Ruf, gelegentlich mit mir selber zu reden. Aber nur, wenn ich unter Stress stehe.«

»Der Fall hier scheint mir sehr stressträchtig«, sagte Duffy.

»Könnte sein. Übrigens komm und komm ich nicht drauf, warum Vic Crowther nicht im Strafregister figuriert.«

Duffy grinste. »Wir auch nicht. Wir haben uns alle Mühe gegeben, als er zu unserem Distrikt gehört hat. Aber ich glaube, Taffy gleicht das mehr als aus.«

»Hat er mir erzählt. Als wenn ich es nicht schon gewußt hätte. Manchmal denke ich, ich rede lieber mit einem knallharten Verbrecher, der lügt wie gedruckt, als mit einem geläuterten Knacki mit einem Abschluß in Soziologie oder was immer das ist.«

»Hat er Ihnen den einen erzählt, daß Geschnapptwerden die symbolische Wiedereingliederung in die Gesellschaft bedeutet?«

»Klingt wie ›Jede Minute ein Lacher‹«, sagte Vine. »Vielleicht könnte ich ihm Geld dafür geben, daß er mir so was nicht erzählt.«

»Da müßten Sie sich erst anhören, wie er laut darüber nachdenkt, ob er das Geld nun annehmen kann oder nicht. Er hat diese Phobie davor, einen nicht zu langweilen.«

Kriminalinspektor Vine nickte Duffy zu. »Ich halte Sie auf dem laufenden.«

»Dito.«

Duffy fand die Vereinbarung vernünftig. Es war sogar die beste, die er sich überhaupt erhoffen konnte. Vine benutzte ihn als Spürhund. Das war in Ordnung, solange das Halsband nicht zu streng saß und nicht jedesmal an der Würgkette gezerrt wurde, wenn ihm was Unanständiges in die Nase stach. Hinzu kam, daß Duffy Vine keinerlei Versprechungen gemacht hatte. Der Kriminalinspektor hatte ihn für seine freiberufliche Behandlung von Rickys Leiche nicht allzusehr gerüffelt, und Duffy nahm das als Freibrief für den Fall, daß er bei ähnlicher Gelegenheit das kleingedruckte Gesetzesbuchstabengetreue vergessen wollte. Natürlich nur, wenn alles klappte. Wenn nicht ... nein, der war nur hier, um die Einbruchsicherung zu reparieren, Herr Oberinspektor, ehrlich.

Für Duffy war klar, daß der Fall ein wenig forciert werden mußte. Die Bullen konzentrierten sich derzeit auf Jimmy – und das mit Recht, war das doch der bisher gravierendste Vorfall –, warteten auf den Bericht über das Auto und dann die Überstellung von Ricky. Duffy bekam damit ein, zwei Tage, in denen er Druck machen konnte. Die naheliegendste Druckstelle war Angela. Mit ihr hatte alles angefangen.

Er hätte eigentlich auf sie aufpassen sollen, aber irgendwie war dieser Teil der Aufgabe etwas unters Eis geraten. Vielleicht sollte Duffy jetzt mal ein bißchen auf sie aufpassen gehen. Schließlich mußte er für sein Geld ja was tun. Er konnte Angela nicht sonderlich leiden, vielleicht war das ein Grund, warum er nicht so richtig auf sie aufgepaßt hatte. Ein weiterer Grund war die Größe von Braunscombe Hall: vielleicht hätte er, als er diesen Job bekam, einen Piepser an ihr befestigen sollen.

Ein dritter Grund war, daß sie offensichtlich nicht viel für Duffy übrighatte. Nicht, daß sie sich ihm gegenüber frostig verhalten hätte – damit hätte er umgehen und darauf hätte er entsprechend reagieren können; sondern er schien für sie einfach nicht zu existieren. Er war eine Art Laufbursche, der aus Versehen ins Haus geraten war und aus irgendwelchen Gründen immer beim Essen auftauchte, eine Folge von Vics verwirrender Großzügigkeit. Duffy erinnerte sich, daß sie ihm bisher mit keinem Wort dafür gedankt hatte, daß er sie in Jimmys Camp gefunden hatte.

Er versuchte sich »Armes Mädchen« vorzusagen, während er per Anhalter Braunscombe Hall durchquerte, konnte sich aber nicht so richtig überzeugen. »Armes Mädchen« wegen dem, was da draußen im Wald mit ihr passiert war, klar. »Armes Mädchen« wegen des Lebens, das sie führte, tut mir leid, nichts zu machen. Duffy wurde nicht weich angesichts der Leiden der Reichen. Er hatte oft genug davon gehört, er hatte sie andauernd in amerikanischen Schmonzetten im Fernsehen vorgeführt bekommen, aber er ließ sich das nicht andrehen. Leute mit Geld hatten kein Recht zum Jammern, wenn man Duffy fragte. Er hatte genug Leute ohne Geld gekannt, von denen sich die meisten die Lösung aller Probleme davon erhofften, Geld zu haben; es war also an den Reichen, die anderen nicht zu desillusionieren. Sie hatten das, was alle anderen wollten: Drum Schnauze zu und genießt es, war Duffys Haltung. Vic hätte wahrscheinlich mal wieder von Futterneid gesprochen, aber Duffy war das egal.

»Haben Sie was dagegen, wenn ich Ihnen etwas zeige?« Er hatte sie im Wohnzimmer gefunden, wo sie durch das Panoramafenster zum Wald hinüberschaute. Auf dem Boden lagen zwei umgedrehte Magazine; im Aschenbecher rauchte sich eine Zigarette heftig selber. Angela drehte sich um. Duffy bemerkte, daß sie, wenn sie einen ansah, wenn sie ihren lethargischen Ausdruck aufgab und einem die großen braunen Augen und das glänzende rote Haar zeigte, theoretisch attraktiv war; aber er hatte keinerlei Interesse an ihr. Natürlich war auch das futterneidisch; wahrscheinlich litt er außer an sozialem auch noch an körperlichem Futterneid. Trotzdem, wenn er je den Drang nach sexuellem Aufstieg spüren sollte, dann würde Lucretia den Zuschlag kriegen.

»Was?«

»Haben Sie was dagegen, wenn ich Ihnen etwas zeige? Ist nicht weit.«

»Können Sie mir nicht sagen, was es ist?«

»Ich würd's Ihnen lieber zeigen.«

Widerwillig begleitete sie ihn durch die Küche und über den Rasen zu dem hohen Gras am Seeufer.

»Wir haben Ricky gefunden.«

»Ah so.« Ihr Gesichtsausdruck änderte sich nicht; sie starrte über seine Schulter und zog wieder an der Zigarette. Wie hatte Vic gesagt? *In ihrem tiefsten Innern ist sie ein nettes Mädchen.* Fragte sich nur, wozu es das Zeug außenrum alles brauchte.

»Ja, wollen Sie denn gar nicht wissen, wo wir ihn gefunden haben?« Wollen Sie nicht einmal wissen, wen ich mit »wir« meine?

»Sie werden's mir ja doch gleich sagen, nicht wahr?«

»Ich dachte, es würde Sie freuen, daß wir ihn gefunden haben, weil Sie ihn jetzt ordentlich begraben können.«

»Haben Sie ihn etwa deshalb gefunden, weil Sie dachten, es würde mich freuen? Sie haben mich meines Wissens nie gefragt. Haben Sie mich je gefragt, ob es mich freuen würde?« Ihr Ton war neutral und so unbeeindruckt, als könnte sie es nicht einmal über sich bringen, Ärger zu heucheln.

»Jimmy hat ihn gefunden.«

»Für sinnlose Arbeiten war Jimmy immer schon gut.«

»Jimmy hat ihn im See gefunden.«

»Wollen Sie ihn jetzt beerdigen? Haben Sie mich deshalb hier hinausgebracht? Damit ich Blumen auf sein Grab lege?«

»Ricky hatte einen Strick um den Hals, als er gefunden wurde. Ein Ziegelstein oder so was war dran befestigt. Jimmy mußte ihn wegschneiden.«

»Ich glaube, es ist völlig wurscht, was mit den Leuten nach ihrem Tod passiert. Ich glaube, es kommt nur drauf an, was ihnen passiert, solange sie leben. Ich weiß nicht, warum Sie ihn nicht einfach im See gelassen haben.«

Na prima, Mädchen, dachte Duffy und packte sie am Ellbogen. Sie versuchte ihn abzuschütteln, doch waren ihre Bewegungen genauso lustlos wie ihre Sprechweise, und außerdem hatte Duffy sie schon mehrere Meter weit geführt, ehe sie bemerken konnte, wie ihr geschah. Er führte sie zu einer Bank und drückte sie darauf. Er selbst blieb stehen, sah sie an und beugte sich über sie.

»Na prima«, sagte er. »Sie glauben, es sei wurscht, was dem Hund nach seinem Tod passiert ist. Dann werd ich Ihnen mal was erzählen. Jimmy hat ihn aus dem See gefischt, ich habe ihn nach London gebracht, und ein Bekannter von mir hat ihn aufgeschnitten. Er hat ihn aufgeschnitten, weil ich ihn darum gebeten hatte, herauszufinden, wie der Hund gestorben ist. Haben Sie vielleicht mehr Interesse an dem, was Ihrem Hund *vor* seinem Tod passiert ist?« Duffys Ton war mit Absicht beleidigend, doch sie wich seinem Blick aus und ließ ihn weiterreden. »Ihr Hund starb an einer Überdosis Heroin. Eine riesige Überdosis. Hätte für eine Kuh gereicht.«

Duffy beobachtete ihr Gesicht, während sie wieder an ihrer Zigarette zog. Sie zeigte keine Spur von Zorn, weder über die Nachricht noch über ihren Überbringer.

Er stellte einen Fuß auf die Bank und beugte sich über sie. Er wurde sarkastisch und aggressiv. »Ich denke, wir können von der Möglichkeit absehen, daß Ricky süchtig war und sich in der Dosis vertan hat. Ich glaube nicht, daß er mit der Pfote zu stark auf den Kolben gedrückt hat. Ich glaube nicht, daß er aus Versehen plötzlich reinen Stoff genommen und vergessen hat, ihn mit etwas anderem zu verschneiden. Ich glaube nicht, daß das passiert ist. Irgend jemand hat Ihren Hund genommen«, er beugte sich noch näher über sie, »und hat ihm genug Heroin gespritzt, um damit eine Kuh umzubringen.«

»Ich hätte Ricky ohnehin loswerden müssen«, sagte sie schließlich. »Henrys Mutter wollte ihn auf keinen Fall haben. Vielleicht war es die Vorsehung.«

»Jesusmaria«, sagte Duffy und ließ sich neben ihr auf die Bank sinken. »Jesusmaria. Soll das heißen, daß Sie das Henrys Mama anhängen wollen? Sie kam also rüber mit ihren pinkfarbenen Turnschuhen und hat sich Ricky gekrallt? Und ihn dann zusammen mit einem anderen Rentner durchs Fenster geschmissen?«

»Es wird sowieso nichts draus«, sagte Angela. Ihre Stimme war jetzt nicht mehr lethargisch, sondern eindeutig traurig. »Es wird sowieso nichts draus.« Sie warf ihre halbgerauchte Zigarette ins Gras und steckte sich sofort eine neue an.

»Woraus soll nichts werden?« fragte Duffy, so sanft er nur konnte.

»Ich werde nie heiraten«, sagte sie. »Es wird böse mit mir enden, ich weiß es.«

»Natürlich werden Sie heiraten. Ich führe Sie persönlich bis zum Traualtar, wenn Sie wollen.«

»Ha.« Angela lachte, das erste Zeichen von Lebhaftigkeit, seit Duffy sie mit nach draußen genommen hatte. »Immer heißt es, zum *Traualtar* führen. Haben Sie schon mal gesehen, wo die Leute sich eigentlich hinknien?« Angela schrie geradezu und hatte sich Duffy zugewandt. »Von wegen *Traualtar*. Der Altar ist meilenweit entfernt.«

Duffy, der schon zu Anfang des Ausbruchs kapiert hatte, sagte: »Ich bin selber nicht verheiratet.«

»Es wird sowieso nichts draus«, wiederholte Angela. »Es wird böse enden mit mir.«

»Nein, wird es nicht«, sagte Duffy ruhig. Sie tat ihm plötzlich leid. Er konnte sie zwar nicht leiden, aber sie tat ihm leid. Er konnte spüren, was ihr in den Knochen saß.

»Außerdem hab ich schon seit Ewigkeiten nichts mehr genommen.«

»Aber Sie haben mal welches genommen?«

»Wer denn nicht?« sagte sie, und ihre Stimme hatte wieder die ursprüngliche Apathie gewonnen. »Sie haben mich zweimal auf Entziehung geschickt. Ich hab's aufgegeben, wirklich. Ich habe schon ungefähr fünf Jahre nichts mehr genommen. Manchmal denke ich, daß das die einzige Leistung in meinem Leben war, daß ich aufgehört habe, wissen Sie? Aber dann denke ich auch wieder, ich hätte genausogut weitermachen können, weil es ohnehin böse enden wird mit mir.«

»Aber Sie nehmen ... andere Sachen.«

»Kaum was eigentlich. Hauptsächlich Pillen. Damit ich auf den Beinen bleib.«

»Und was ist mit dem Tabak, der die Wespen vertreibt?«

»Sie haben mit Mrs. Colin gesprochen«, sagte sie plötzlich. Verdammt, dachte Duffy, verdammtnochmal. Doch schnell hatte sie wieder ihren neutralen Ton. »Wer raucht nicht? Ist doch reines Gepaffe. Aber ich habe seit Jahren nichts mehr genommen. Ich habe wirklich nichts mehr genommen.«

»Ich glaube Ihnen«, sagte Duffy. »Und ich werde Sie auch bis zum Traualtar bringen, meilenweit, wenn Sie wollen.« Selbst wenn Henrys Mama in pinkfarbenen Turnschuhen mit einer Spritze voller Heroin in der Handtasche hinter einer Säule lauern sollte.

»Nicht daß ich mich um Ricky nicht gekümmert hätte, als er noch am Leben war. Nur ist es jetzt, wo er tot ist, ziemlich sinnlos, seinetwegen bekümmert zu sein. Ich will nicht, daß jemand meinetwegen bekümmert ist, wenn ich mal tot bin. Das lohnte nicht.«

Jesusmaria, dachte Duffy, mit der ist es wirklich weit gekommen. Auf die muß man nicht nur wegen dem aufpassen, was ihr vielleicht ein anderer antut. Es herrschte Schweigen, während sie beide ein, zwei Minuten zum See hinübersahen. Schließlich sagte Duffy: »Haben Sie eine Ahnung, wer Sie da erpreßt?«

»Irgendein Ausländer«, erwiderte sie müde. Jetzt, wo sie sowieso nicht mehr heiraten würde, schien es darauf auch nicht mehr anzukommen.

»Kennen Sie ihn?«

»Nein.«

»Wieviel?«

»Zweitausend vor zwei Wochen. Zweitausend letzte Woche.«

Jesusmaria, dachte Duffy. Der muß wirklich was von ihr wissen.

»Wo zahlen Sie?«

»Oh, nicht weit von hier. Eigentlich sehr rücksichtsvoll. Bis zum Ende der Auffahrt, dann links und vielleicht einen knappen Kilometer.«

»Jedesmal dieselbe Stelle?«

»Ja.«

Amateure, dachte Duffy, Amateure. Geldgierige Amateure, allerdings. »Worum geht's?«

»Das Übliche.«

»Was ist das Übliche?«

»Sex«, sagte Angela. »Das meinen doch alle mit dem ›Üblichen‹, oder nicht?«

»Keine Ahnung. Ich hätte nicht gedacht, daß das jemandem noch was ausmacht. Ich meine, daß man deshalb noch Geld bezahlt.«

»Sie leben nicht auf dem Land«, sagte sie, drehte sich um und sah ihm in die Augen. »Sie heiraten keinen Mann, der sich für die Ehe aufspart. Sie müssen kein Jahr ohne Sex leben und haben Probleme damit. Von Ihnen erwartet keiner, daß Sie wissen, was sich gehört, weil Sie der alten Schrapnelle im House ein Enkelkind schenken müssen. Sie hatten keine Probleme damit, und Sie haben deshalb nicht knapp vier Monate vor der Hochzeit was ganz furchtbar Dämliches angestellt.«

Es war rasch erzählt. Henry hatte es richtig gefunden, sich ihr eine Zeitlang zu entziehen. Und da war dieser nette Junge auf eine Woche aus London zu Besuch, und sie war ein wenig betrunken gewesen, na, warum denn nicht, merkt ja eh keiner. Ja, in ihrem Haus und dann noch einmal, hier in Braunscombe Hall, hier war es ihr sicherer vorgekommen, und sie hatte geglaubt, daß niemand etwas gemerkt habe. Der Junge war wieder nach London zurückgekehrt, er hatte kapiert, hatte kein Theater veranstaltet, und dann, drei Monate später, aus heiterem Himmel, war dieser Anruf von einem Ausländer gekommen. Sie wolle doch bestimmt nicht, daß er die wunderbare Hochzeit ruiniere und so Zeug. Und daß er ein bißchen Geld brauche, um in seine Heimat zurückzukehren.

»Hatte er irgendwelche Beweise?«

»Was denn, Polaroids? Die brauchte er doch nicht.«

»Haben Sie jemand davon erzählt?«

»Nicht von dem Jungen. Ich habe Vic durch die Blume gesagt, daß ich zahlen müsse.«

»Hört sich denn der Ausländer an wie dieser Junge?«

»Nein. Außerdem wäre er nicht der Typ dazu.«

»Warum haben Sie gezahlt?«

»Weil ich's mir leisten konnte. Weil es nur mehr wenige Wochen bis zur Hochzeit waren. Es schien der leichtere Weg zu sein.«

Das schien es immer. Das war die falsche Liebenswürdigkeit des Erpressers gegenüber seinem Opfer. Duffy hatte einmal einen Zahnarzt gehabt, der jedesmal, wenn er ein Loch ausbohrte, sagte: »Nur noch dies eine Mal, und dann ist es vorbei.« Das war das Versprechen des Erpressers. Nur noch dies eine Mal, und dann ist es vorbei. Aber dann wurde wieder und wieder gebohrt, und nie war es vorbei.

»Es wird kühl«, sagte sie. Sie erhoben sich und kehrten zum Haus zurück. Auf halbem Weg über den Rasen sagte sie beiläufig: »Morgen will er eine weitere Zahlung. Aber ich habe mir überlegt, daß ich diesmal nicht mehr will. Wenn ich ohnehin nicht heirate. Wenn es ohnehin böse endet mit mir.«

»Haben Sie ihm schon beigebracht, daß Sie es sich anders überlegt haben?«

»Ich hab doch seine Telefonnummer nicht.«

»Schade«, sagte Duffy. Obwohl es andererseits natürlich wieder gut war.

•

Beim Abendessen wirkten alle etwas gedämpft. Selbst Sally kicherte nicht soviel; vielleicht hatte das Angebot für die verbrannten Reste ihres Datsun Cherry nicht ganz ihren Erwartungen entsprochen. Angela war still; vielleicht ging ihr das Schicksal Rickys nun doch nahe. Auch

Jimmys Abwesenheit machte sich bemerkbar. Nicht daß Jimmy ein guter Gesellschafter gewesen wäre; er war ziemlich langsam, und seine Witze hatten meterlange Bärte. Aber ihm gegenüber fühlten sich alle anderen als gute Gesellschafter, sie kamen sich klug, witzig, weltgewandt und erfolgreich vor. Viel leisteten sie nicht in dieser Bande, dachte Duffy, und sie brauchten wirklich die Gegenwart dieses hoffnungslosen Immobilienmaklers, der, soweit man wußte, keinen einzigen Bungalow verkauft hatte.

»Kopf hoch, ihr lachenden Buben und Mägdelein!« Es war natürlich Damian, der als erster auf die allgemeine Stimmung reagierte. »Wie wär's, wenn Sie die alten Fotoalben aus der Modell-Zeit rauskramten, Belinda?«

Doch Belinda hielt das für keine gute Idee. Sie reagierte, als hätte er gesagt »Belinda, wollen Sie uns nicht Ihre Titten zeigen?« – was er in gewisser Weise natürlich gesagt hatte. Damian unternahm einen weiteren Versuch.

»Mein lieber Taffy, ich glaube, heute läuft ein wirklich brutaler Gangsterfilm in der Glotze.«

»Ich mag das Zeug nicht«, sagte Taffy. »Es ist nicht ... realistisch genug.«

»Nicht genug Blut für Sie, Taff?«

»Nein, das nicht, es ist mir meist eher zuviel. Nur, so laufen die Dinge nicht. Es geht zu wenig schief. Oder es geht vielleicht für die eine Seite schief, aber nicht für die andere. Draußen im wirklichen Leben geht es für alle schief. Es kommt nur darauf an, daß man weniger Fehler macht als die andere Seite.« Duffy mußte bereits gähnen. Und was die Filme noch falsch bringen: Sie zeigen nie Schurken, die Phobien haben. Sehr zartbesaitet sind sie, einige unserer klügsten Kriminellen, nein, wirklich; sie haben Phobien vor Feuer oder vor Hunden oder dem Eingesperrtwerden oder was auch immer.

»War das etwa ein Gähnen, was ich da erblicken mußte?« Oh-oh. Damian entging aber auch gar nichts. »Wie wär's mit ein wenig Geklapper um das grüne Tuch, Duffy? Ein bißchen In-off und sechs verspielt?«

»Ich glaube nicht, daß ich schon bereit bin für Sie, wenn ich ehrlich sein soll. Geben Sie mir noch zwei Tage.«

»Also, daß ich Sie beim verbissenen Üben ertappt hätte, kann ich nicht gerade sagen. Wir schleichen uns doch nicht etwa wieder mitten in der Nacht in unserem knappen Bademantel herunter?«

»Nein«, sagte Duffy. Er rechnete halb damit, daß Sally kichern würde, aber sie blieb stumm.

»Wenn ihr nicht bald etwas munterer werdet«, sagte Damian, »muß ich euch ›Die Hunde‹ vorsingen.«

»Oh, nicht ›Die Hunde‹.« Selbst Sally, die sonst jeden Scheiß mitmachte, legte Protest ein.

»Doch, ›Die Hunde‹, ›Die Hunde‹.« In einem sahnigen Bariton, mit der protzenden Überbetonung eines Opernsängers im Fernsehen, hub er an:

Zu einem Hundetreffen
man kam von fern und nah,
manch einer mit dem Flugzeug,
der Rest per Autocar.

Damian machte eine Pause. Duffy glaubte die Melodie zu erkennen. Eins dieser Kirchenlieder. Er hatte ehrlich gesagt nicht allzu viele Kirchenlieder in seinem Repertoire, und er wußte auch nicht, ob er dieses eine je gesungen hatte. Die Melodie kam ihm dafür ein wenig zu fein vor. Vielleicht hatte er sie jemand anders singen hören. Er wartete auf die zweite Strophe, als Lucretia sagte: »Damian, manchmal sind Sie ein richtiger Blödel«, und auf Angela hindeutete.

»Gott, was für ein gutes Gedächtnis die Leute manchmal haben«, sagte Damian müde.

»Es ist mir eigentlich egal.« Das schien es Angela auch wirklich zu sein. »Ich bin jetzt über den Berg. Es ist mir wurscht.«

Lucretia sah zu Damian hinüber, als wollte sie ihm bedeuten, daß Angela das gar nicht so meine. Sally sagte: »Mach weiter, Dame, wie geht's weiter?« obwohl sie das Lied Dutzende von Malen schon gehört hatte.

»Will aber nicht«, erwiderte er. »Ihr seid so *langweilig* heute. Damian geht ins Snookerzimmer schmollen.« Er machte eine theatralische Schnute und ging aus dem Zimmer. Der Abend ging zur Neige. Duffy versuchte, Lucretia einen Blick zuzuwerfen, den sie aber nicht erhaschte. Statt dessen fand er sich in der Küche wieder mit Vic. Vielleicht war Vic beim Abendessen deshalb so still gewesen, weil er überlegte, wie lange er es sich noch gefallen lassen müsse, daß die Bullen sich nach Lust und Laune zum Rumstöbern ansagten.

»Zwei Dinge, Vic.«

»Bitte.«

»Die Geschichte mit dem Hund. Hat das vielleicht was mit dir zu tun?«

»Was soll das heißen?«

»Hast du irgendwie ... Schwierigkeiten gehabt in letzter Zeit? War das vielleicht gegen dich gerichtet?«

»Gegen mich?«

»Als Warnung oder so.«

Vic gab sein Ehrenhafter-Bürger-Kichern zum besten. »Du gibst wohl nie auf, Duffy, was? Naja, nur noch zwanzig Jahre, und dann hab ich vielleicht auch dich überzeugt, daß ich sauber bin.«

»Du und Taffy, ihr solltet euch bei der nächsten Parlamentswahl aufstellen lassen«, sagte Duffy.

»Und das andere?«

»Als Angela dir erzählt hat, daß sie erpreßt wird, hat sie da sonst noch was gesagt?«

»Nein, hab ich doch gesagt.«

»Aber ... wie seid ihr auf das Thema gekommen?«

»Bei Angela kommt man nicht eigentlich auf Themen. Sie folgt, wie du vielleicht bemerkt hast, nicht direkt den gewöhnlichen Konversationsregeln.« Duffy nickte. »Wir redeten also über irgendwas anderes, und aus heiterem Himmel sagte sie plötzlich, daß sie erpreßt wird. Kein wer, kein warum, kein gar nichts. War gleich wieder still. Sagte nur noch, daß ich niemand davon erzählen dürfe.«

»Hast du einen Verdacht?«

Vic schüttelte den Kopf. »Hast du versucht sie zu fragen?«

»Mmhm. Sie wollte mir überhaupt nichts sagen.«

Nachts im Bett konnte Duffy nicht umhin, erneut die Restaurantkolumne von Basil Blödel im *Tatler* zu lesen. Er würde seinen Tagessatz anheben müssen, wenn er sich je das ›Poison d'Or‹ leisten wollte. Im Dämmer gingen ihm zwei Dinge im Kopf herum: Wo genau die Übergabe stattfinden sollte und wo genau sich Lucretias Schlafzimmer befand.

Das eine war leichter festzustellen als das andere. Duffy war sich ziemlich sicher, daß sie es mit Amateuren zu tun hatten: Zeit, Ort und Höhe der Summe hatten sich in drei aufeinanderfolgenden Wochen nicht verändert. Die Übergabe war für drei Uhr am kommenden Nachmittag festgesetzt; deshalb wäre es wohl nicht weiter verdächtig, wenn Angela und er einander, rein zufällig natürlich, bei ihren Morgenspaziergängen am Ende der Auffahrt begegneten.

Beim Tor links und dann einen knappen Kilometer: damit gelangte man zu einer T-förmigen Kreuzung. Vielleicht doch nicht absolute Amateure: für den Notfall hatten sie so drei mögliche Fluchtrichtungen. Am gegenüberliegenden Straßenrand stand eine große grüngestrichene Kiste mit Rollsplitt von der Gemeindeverwaltung. Ein Gegenstand, den man elf Monate im Jahr nicht wahrnahm; erst im zwölften, wenn Schnee fiel und Panik die Autofahrer packte, nahm man ihn plötzlich wahr. Dann ging man vielleicht sogar aus Neugier hin, hob den schweren Deckel und wunderte sich, warum sie leer war.

»Da rein«, sagte Angela mit einem elaborierten Bühnennicken.

»Weitergehen.«

Kein schlechter Platz für eine Geldübergabe. Auch nicht schlecht, wenn man sich in den Bäumen verstecken und dem Geldbriefträger auflauern wollte. Auf ihrem Rückweg nach Braunscombe Hall hatten sie einen kleinen Streit darüber, ob Angela mit Duffy zusammen zusehen dürfe. Für Duffy war die Vorstellung fürchterlich, doch Angela, die der ganzen Erpressungsgeschichte gegenüber noch am Vortag völlig apathisch gewesen war, bestand nun darauf, daß es schließlich ihr Geld sei, daß sie also auch sehen dürfe, wo es hinkomme. Duffy gab nach.

Gegen halb zwei kauerte Duffy in ungefähr zwanzig Metern Entfernung von der Rollsplitt-Kiste im Farnkraut. Er hatte sich vom Mittagessen entschuldigt, war auf ein Sandwich zu einem Pub gefahren, hatte ein Versteck für seinen Lieferwagen gefunden und sich durch die Waldungen bis zu diesem unbequemen Platz vorgearbeitet. In der Stunde, die er noch totschlagen mußte, versuchte er eine Tarnmütze aus Farn zu flechten, so ähnlich wie jene, die Jimmy getragen hatte, als er Duffy dabei erwischte, wie der in Mr. Hardcastles Verschlag herumschnüffelte; er brachte es aber nicht fertig, daß es zusammenhielt ohne Tesafilm oder so was. Das war bestimmt eine Kunst für sich.

Gegen halb drei hörte er Schritte aus der Richtung der Auffahrt und sah dann Angela, wenig passend gekleidet für einen Spaziergang auf dem Land, in sein Blickfeld kommen. Sie ging geradewegs auf die Kiste zu, warf einen braunen Umschlag hinein, sah sich nicht um (wie er es ihr eingeschärft hatte) und ging nach rechts die Straße entlang. Fünf Minuten später, nach einem gewissen Maß an Unterholzgeknacke und »Ach-Scheiße«-Rufen war sie an seiner Seite.

»Ich mag das Land eigentlich nicht«, sagte sie und tastete dabei den Boden ab, ehe sie sich setzte. »Verdammt kratzig.«

Duffy grunzte und behielt weiter die Straße im Auge. Fünf Minuten später sagte sie: »Aufregend, nicht?« Sie sah ihn an und gab ein halbes Lächeln obendrein.

»Pssst.« Verschwiegen wie ein Muttergrab, hatte er zu Jimmy gesagt, und Jimmy hatte geantwortet: »Meine Mutter hat verdammtnochmal *den ganzen Tag geschwätzt*.« Angela wurde still.

Sechs Minuten vor drei, nachdem zwei Autos und ein Wohnwagen vorbeigefahren waren, kam ein Fahrrad in Sicht. Es war ein altertümliches Modell mit hohem, nach hinten gezogenem Lenker und einem Korb vorn dran. Auch der Fahrer wirkte altmodisch, denn er radelte mit abgespreizten Knien und Ellbogen. Auf dem Kopf trug er eine Sherlock-Holmes-Mütze. Wenn der etwas damit zu tun hat, dachte Duffy, wenn das der Geldbriefträger ist oder auch nur ein Kundschafter, dann sind es garantiert Amateure. Das Geld brauchen sie wahrscheinlich, um sich neue Fahrräder zu kaufen. Die Gestalt kam näher und war noch etwa fünfzehn Meter von der Rollsplitt-Kiste entfernt, als Angela plötzlich aufsprang, »Henry, Henry« zu schreien und zu winken anfing. Sie lief zur Straße hinunter, indem sie durch das Unterholz brach und mit zunehmend hysterischer Stimme immer wieder »Henry« schrie. Der Radler, der mittlerweile nur noch fünf Meter von der Kiste entfernt war, sah hoch, sah sie, radelte geradeaus weiter und hielt am Straßenrand. Angela begann ihn zu umarmen, was in Anbetracht des Lenkers nicht gerade einfach war.

Duffy fluchte, stand auf, gab seiner wenig gelungenen Farnkappe einen Tritt und trottete die Böschung hinunter zur Straße.

»Was haben Sie mit meiner Verlobten im Wald verloren?« brüllte Henry und lachte dann laut heraus, als sei er sich sicher, daß es eine vernünftige Erklärung gebe. Duffy lachte zurück und versuchte sich eine auszudenken. Er bemerkte, wie Angela eben den Mund öffnen wollte, und kam ihr rasch zuvor, ehe sie noch mehr Unheil anrichten konnte.

»Wir haben eigentlich nach Rickys Leiche gesucht. Was ist mit Ihrem Auto? Ist es kaputt?« Henry hatte zwei Autos, seine Mutter hatte eines, und für Notfälle stand der Land Rover bereit.

»Ich hatte Lust auf ein bißchen Bewegung. Schöner Tag. Dachte, ich komme schnell mal rüber mein Mädel besuchen.«

»Wie romantisch von dir, Henry«, sagte Angela. Sie nahm seinen Arm und begann ihn und das Fahrrad den Weg entlang nach Braunscombe Hall zu führen. Romantisch, brummte Duffy vor sich hin, während er ihnen im Abstand von ungefähr zehn Schritten folgte. Romantisch! Nur weil er nicht mit dir ins Bett geht und ein komisches altes Fahrrad fährt und einen dämlichen Hut aufhat. Wenn das romantisch war, dann ließ sich das leicht machen, vorausgesetzt man hatte nichts dagegen, sich wie ein Volltrottel aufzuführen.

Natürlich hatte sie die Übergabe absichtlich vermasselt. Sie hatte Henry kommen sehen und hätte es nicht ertragen, ihn in der Kiste herumwühlen zu sehen. Lieber heiratete sie jemand, von dem sie vermutete, daß er sie erpreßte, als daß sie jemanden nicht heiratete, weil sie mit Sicherheit wußte, daß er sie erpreßte. Sie muß wirklich hinüber sein, dachte Duffy, nur noch von Panik und Angst durchgurgelt. Er fragte sich, ob Henry Bescheid wußte über das, was wirklich vorging in diesem Mädchen, das so bilderbuchhaft losturtelte, sobald er auf der Bildfläche erschien.

Es mußte Henry sein, nicht wahr? Es sah nach einem Amateur aus, es mußte jemand sein, der Angela kannte oder Dinge über sie herausfinden konnte, es mußte jemand aus der Gegend sein; und Henry war um genau sechs Minuten vor drei am Übergabeort aufgetaucht. Wie sah denn das aus?

Duffy wußte nicht, warum er ihnen zum Haus zurück folgte. Er wußte nicht, warum er länger als eine Viertelstunde mit ihnen im Wohnzimmer saß und sich gelegentlich ein Stück Farnkraut von der Hose zupfte. Vielleicht erwartete er eine Entschuldigung von Angela; vielleicht erwartete er von Henry ein Geständnis. Die Atmosphäre während dieser halben Stunde war alles andere als entspannt. Angela ignorierte Duffy, als wollte sie damit sagen, Sie verdächtigen verdammtnochmal doch Henry, nicht wahr, Sie wagen es, Henry zu verdächtigen, wie wär's denn, wenn Sie sich verpissen würden? Duffy wiederum ignorierte Angela, als wollte er damit sagen, Sie wußten es doch, nicht wahr, Sie haben es vermutet, ich wette, Sie haben seine Stimme erkannt, vielleicht hat er sich nicht mal um einen besonderen ausländischen Akzent bemüht, deshalb mußten Sie unbedingt mit mir mitkommen, deshalb haben Sie die Übergabe vermasselt,

Sie haben es verdammtnochmal doch gleich erraten, nicht? Henry saß da und machte höfliche Bemerkungen nach beiden Seiten, aber sie waren von einem leichten Stirnrunzeln begleitet, als wollte er sagen, was hatten die beiden am hellichten Nachmittag im Farnkraut zu suchen, und wenn ihr wirklich nach einem toten Hund gesucht habt, warum habt ihr dann keinen Stock oder dergleichen dabeigehabt, um die Dornensträucher beiseitezuhauen?

»Muß nach dem Wagen sehen«, sagte Duffy und ging, ohne daß ihn jemand verabschiedet hätte. Er stampfte über den Kies und die Auffahrt entlang. Er marschierte an dem vorverwitterten Salamander vorbei, der sich an der vorverwitterten Kugel festgekrallt hatte. Zum erstenmal war er sogar zu verärgert, um den Landgeruch wahrzunehmen. Er erreichte die Rollsplitt-Kiste und riß den Deckel auf, um Angelas Umschlag zu bergen. In der Rollsplitt-Kiste war nichts außer Rollsplitt. »Scheißdreck«, sagte Duffy.

Duffy brauchte eine halbe Stunde zu Fuß, um zu seinem Wagen zu kommen, was seine Laune auch nicht gerade verbesserte. Wenig vorsichtig fuhr er nach Braunscombe Hall zurück, und als er beim Tor einbog, mußte er das Steuer heftig herumreißen und ins Gras schlittern, um Henry auszuweichen, der ihm mit steifem Rücken und abgespreizten Knien wie ein Frosch mitten auf der Auffahrt entgegengeradelt kam.

»Tschuldigung«, sagte Duffy, obwohl die Schuld ziemlich gleichmäßig verteilt war.

»Vielleicht sind Sie *doch* hinter meiner Verlobten her«, sagte Henry fröhlich, drehte sich dann im Sattel um, ohne zu wackeln und sagte: »Sie denken an Ihre Stunde?«

»Klar.«

Als Duffy zurück ins Wohnzimmer kam, wartete Angela nicht einmal, bis er sich gesetzt hatte. »Verdammtnochmal, Sie denken doch, daß er es war, nicht wahr, Sie ekliger, ordinärer kleiner Wicht? Nicht wahr, das denken Sie doch, verdammtnochmal?«

»Wenn Sie selber so sicher waren, daß er es nicht war, warum haben Sie ihn dann nicht an der Kiste vorbeifahren lassen? Nur zehn Meter weiter, und alles wäre klar gewesen.«

»Na also, Sie denken verdammtnochmal wirklich, daß er es war, Sie ordinärer kleiner Wicht.« Duffy antwortete nicht. »Ich habe mich jedenfalls gefreut, ihn zu sehen. Vorrecht der Verlobten«, fügte sie recht süffisant hinzu.

Duffy war froh, daß er diese Stimmungsumschwünge nur geschäftlich zu betreuen hatte. Einmal wollte es ein böses Ende nehmen mit ihr, sie würde die meilenweite Strecke bis zu dem verdammten Traualtar nie schaffen, und im nächsten Augenblick gab es nur mehr den süßen Henry mitsamt Hochzeitsmarsch. Lag das an den Tabletten, oder war sie ganz einfach so? Oder war sie ohne die Tabletten gar noch schlimmer?

»Henry ist nicht lange geblieben«, sagte er so neutral wie möglich.

»Verfickt nochmal, was geht das Sie an?« Feindselige Stille. »Wenn Sie es unbedingt wissen müssen, er hat kein Licht an seinem Rad.«

Es waren noch gut zwei Stunden bis zur Dämmerung, und Henry konnte für die Fahrt nicht länger als vierzig Minuten brauchen, aber Duffy beschloß, es durchgehen zu lassen. »Sie hätten ihn die restlichen zehn Meter ruhig weiterfahren lassen können«, sagte er. »Ich bin nämlich noch mal hin und habe in die Rollsplitt-Kiste geschaut. Der Umschlag ist verschwunden. Henry kann es also nicht gewesen sein.«

»Sie unfähiger kleiner Wicht«, schrie sie. »Warum sind

Sie nicht im Wald geblieben? Dann hätten Sie sehen können, wer ihn genommen hat.« Duffy sagte sich, daß das zu jenem Zeitpunkt wenig ergiebig ausgesehen hatte. »Aber macht nichts, was sind denn schon noch mal zweitausend?« fuhr sie plötzlich heiter fort.

»Moment«, sagte Duffy. »Sie haben doch nicht etwa echtes Geld in den Umschlag getan?«

»Natürlich, was denn sonst?«

»Jesusmaria, aber das sollten Sie doch nicht.«

»Was soll das heißen? Sie haben mir gesagt, wir machen die Übergabe. Und drum haben wir sie auch gemacht. Und Sie sollten zwischen den Bäumen lauern und sie schnappen. War es nicht so gedacht?«

»Sie hatten gesagt, Sie wollten nicht mehr zahlen. Sie hätten Zeitungspapier oder so was in den Umschlag tun sollen. Ich dachte, das sei so klar wie sonst was. Haben Sie denn noch nie einen Film gesehen oder so?«

»Sie haben es vermasselt, nicht wahr?« Aber ihr Ton war noch immer fröhlich, als hätte die Tatsache, daß Henry doch nicht der Erpresser war, alles wieder zurechtgerückt.

»*Sie* haben es vermasselt. Gut, wir beide haben es vermasselt. Die Sache ist hoffnungslos.« Und nicht nur das, sie stank nach Amateuren. Ein Amateur-Erpresser, eine Amateur-Erpreßte; und er hatte ja auch nicht besonders schnell geschaltet, nein, konnte man nicht sagen.

Vor dem Abendessen traf er am Fuß der Treppe auf Sally. Während sie dicht an ihm vorbeiging, sagte er: »Oh, äh, wie ich höre, sind Sie die Zeichnerin im Haus.«

Sie drehte sich um. Mit ihren großen schwarzen Augen und den üppigen Locken konnte sie, wenn sie wollte, ein hübsches Mädchen sein, dachte Duffy; sie brauchte nur etwas, worauf sie ihre Augen richten konnte, so wie jetzt. »Und?«

»Ja, also, ich wollte nur fragen, ob ich die Sachen mal ansehen darf?«

»Wer ist Ihr Lieblingsmaler?«

»Haben Sie welche zur Hand?«

»Wen mögen Sie lieber? Picasso oder Braque?«

»Soviel ich weiß, sind beide prima.«

»Matisse oder Renoir?«

»Man muß bestimmt 'ne Menge können, damit dann ein Hund wie ein Affe aussieht.«

»Jackson Pollock oder Pele?«

»Pele ist ein Fußballer.«

»Stimmt«, sagte Sally, als sie abzog. Halb ungläubig murmelte sie vor sich hin: »Und *der* will sich *meine* Radierungen ansehen.«

•

Das Abendessen war in nichts lebhafter als das am Tag zuvor. Duffy saß in gehöriger Entfernung von Angela und diagonal gegenüber von Lucretia. Sie sah so aus, als hätte sie sich die Haare gewaschen. Duffy redete sich ein, daß sie nicht wirklich wie eine feine Zicke aussah; nein »fein« war nicht das richtige Wort für sie, sie war eher ... nun ja ... klasse. Diese scharfgeschnittenen, wie gemeißelten Züge, dieses halbe Lächeln, ja, jetzt machte sie es wieder. Ein-, zweimal warf er ihr einen Blick zu, und sie erwiderte ihn. Was bedeutete dieser Blick? Hieß er, Junge, vergiß es, du hast nicht die leiseste Chance, oder hieß er, warum versuchst du's nicht mal? Mrs. Colin hatte gesagt, daß Lucretia weniger Ficki-Ficki machte als Sally; aber eine gesunde demokratische Menge Ficki-Ficki war damit immer noch drin.

Nachdem der Kaffee herumgereicht worden war und Mrs. Hardcastle sich zurückgezogen hatte, hörte man, wie ein Stuhl zurückgeschoben wurde. Damian war aufgestanden und hielt ein Glas vor sich, als wollte er auf jemand einen Toast ausbringen. »Gentlemen«, sagte er, »ich werde Ihnen jetzt ›Die Hunde‹ vortragen.« Sally applaudierte; Taffy sah verdutzt drein; Duffy sah zu Lucretia hinüber, deren Augen irgendwo anders waren. Er sah nun wieder zu Damian hin und blickte an ihm hoch, als dieser das Wort an ihn richtete. »Die Melodie, den Neulingen in diesem Haus und überhaupt den Angehörigen der unteren Schichten sei's gesagt, ist diejenige von ›O Haupt voll Blut und Wunden‹.« Damian räusperte sich und begann:

Zu einem Hundetreffen
man kam von fern und nah,
manch einer mit dem Flugzeug,
der Rest per Autocar.

Sein Arschloch hängte jeder,
vom Spitz zur Dogge rauf,
beim Eingang zum Kongreßsaal
am Kleiderrechen auf.

Damians sahniger Bariton wurde rasch mit einem Schluck Wein geölt. Sally blickte erwartungsvoll zum Sänger auf; Taffy schien mit seinem Besteck beschäftigt.

Bequem waren die Sitze,
die Stimmung gut wie nie,
als frech ein kleiner Köter
aufsprang und »Feuer!« schrie.

Kopflos und blind vor Panik
man durcheinanderlief,
und jeder sich ein Arschloch
vom nächsten Haken griff.

Die Melodie begann ihm zu gefallen, bemerkte Duffy. Beim Text war er sich nicht so sicher.

Die Hunde waren sauer,
es hat sie sehr gestört,
denn schlecht nur paßt ein Arschloch,
das einem nicht gehört.

Drum schnüffelt, wer ein Hund ist,
bis morgens früh um eins
am Arschloch jedes andern
und hofft, er finde seins.

Damian zog den letzten Vers in die Länge, mit heftigem Vibrato auf der letzten Silbe, schloß die Augen, als hätte ihn die Rührung überwältigt, leerte sein Glas und verbeugte sich. Sein Gesicht glühte, und die Nasenspitze zuckte leicht. Sally applaudierte wieder, und Taffy klopfte wie ein langjähriges Clubmitglied sacht mit ausgestreckten Fingern gegen den Tischrand und murmelte: »Ausgesprochen amüsant.«

»Freut mich, daß es Ihnen gefällt. Meine alte Schulhymne.«

»Wo sind Sie denn zur Schule gegangen?«

»Im Hundeasyl, o Taffy.«

Damians Darbietung schien alle in gute Laune zu versetzen. Wenn das so gut ankam, überlegte Duffy, dann sollten sie es vielleicht anstelle des Hochzeitsmarsches spielen, wenn Angela die meilenweite Strecke zum Traualtar marschierte. Doch keiner sprach von der Wahrscheinlichkeit dieses Ereignisses oder dem, was Angela im Wald passiert war, oder Rickys Tod oder der Selbstentzündung von Sallys Wagen. Mindestens eine Stunde lang hatten sie alle offenbar nichts anderes im Sinn, als sich einen weiteren lustigen Abend im Grenzgebiet Buckinghamshire/Bedfordshire vorzuspielen. Wie schafften sie das bloß? Diese ganze Fröhlichkeit machte Duffy langsam depressiv.

Eine Zeitlang wurde der Whisky noch ernst genommen, dann machten sich die Leute langsam auf ins Bett. Duffy, der keine Ahnung hatte, wieviel davon seiner Berechnung und wieviel ihrer Komplizenschaft zu verdanken war, endete mit Lucretia im Wohnzimmer. Sie waren allem Anschein nach allein.

»Wie hat Ihnen das Lied gefallen?« fragte sie.

»Ich glaube, es hätte ein bißchen mehr Safran vertragen können.«

»Sie sind komisch, wissen Sie das?«

»So, so.« War das etwa ein Kompliment? Er konnte sie schlecht danach fragen. Statt dessen erzählte er ihr völlig grundlos, oder nur, weil es ihm gerade in den Kopf kam, von seiner Fußballmannschaft, den Western Sunday Reliables. Er erzählte ihr von der Aufgabe des Torhüters, von den Gegnern, mit denen sie zu rechnen hatten, der Schnelligkeit ihres jungen Stürmers Karl French und von seinen Erwartungen für die kommende Saison. Er kam dabei ziemlich ins Feuer, doch plötzlich brach er peinlich berührt ab. »Ich hätte Sie wohl vorher fragen müssen, ob Sie sich überhaupt für Fußball interessieren.«

»Das hätten Sie wohl«, sagte sie mit einem halben Lächeln. »Ich fürchte, das ist nicht der Fall.«

»Warum nicht?«

»Weil es mich langweilt, nehme ich an, wie die einander immer nur auf die Hacken treten. Das ist doch einfach nicht besonders interessant.«

»Aha. Gut, dann erzählen Sie mir doch was von ein paar Restaurants.«

»Sie wollen doch nichts von Restaurants hören.«

»Und warum nicht? Ich könnte Sie ja vielleicht mal ausführen in London. Ins West End.«

Sie antwortete nicht. Er erhob sich aus seinem Sessel und begann langsam auf sie zuzugehen. Junge, die sah vielleicht klasse aus, ganz cool und blond und wie verschleiert vom Zigarettenrauch. »Haben Sie sich heute die Haare gewaschen?« fragte er.

Lucretia mußte heftig lachen. »Ich kann es mir leisten, sie mir legen zu lassen, wissen Sie.« Ihre Antwort ließ Duffy, auf halbem Weg über den Teppich mit erhobenem Fuß erstarren, als könnte er sonst auf eine Fußmatte treten und die gesamte Alarmanlage auslösen. Sie betrachtete ihn mehr oder weniger freundlich, jedenfalls verglichen mit ihrem Modeseiten-»Leck-mich-am-Arsch«-Blick.

»Hören Sie, ich sag's Ihnen am besten gleich, damit es nicht zu irgendwelchen Mißverständnissen kommt: Ich finde Sie ja ganz komisch, aber sexy finde ich Sie beim besten Willen nicht.«

Duffys Fuß wollte sich immer noch nicht senken. Stattdessen drehte sich Duffy um 180 Grad herum und setzte ihn erst dann wieder auf dem Teppich auf. Anschließend ging er langsam auf die Tür zu. Mit der Hand am Türgriff drehte er sich noch einmal um und sagte: »Meinen Sie damit komisch-lustig oder komisch-seltsam?«

»Ich geb Ihnen noch Bescheid, Duffy. Ich geb Ihnen noch Bescheid.«

Als er die Halle durchquerte, glaubte er ein Kichern zu hören, ein sahniges Bariton-Gekicher. Er lag im Bett und überschlug, daß innerhalb eines einzigen Tages Angela ihn als ordinär und unfähig, Damian ihn als Unterschichts-Angehörigen und Lucretia ihn als nicht sexy bezeichnet hatte. Er schlief schlecht und zockelte sechs Stunden später, noch ehe sonst einer aufgestanden war, südwärts auf der M1 durch den morgendlichen Nebel.

Als er in seiner Wohnung ankam, verspürte er das dringende Bedürfnis nach einem Bad. Nein, er brauchte mehr als ein Bad: Er hätte nichts dagegen gehabt, sich oben auf seinem Sherpa festzuschnallen und durch die Autowaschanlage zu befördern. Diese ganzen wunderbaren großen Bürsten, die den Dreck wegkratzten, den er an sich kleben fühlte, das viele Wasser, das auf ihn niederspritzte, und dann die großen schlaffen Mops, die ihn zur Normalität zurückpolierten. Er aß Frühstück und Mittagessen auf einem einzigen Teller bei Sam Widges, holte dann die Überreste von Ricky bei Jim Pringle ab (der enttäuscht war, daß Duffy ihn nicht ausgestopft und präpariert haben wollte). Um drei Uhr fand ihn Carol über die hinteren Seiten des *Standard* gebeugt. Er richtete sich auf, küßte sie, tätschelte ihren Hintern, lächelte und trottete zurück zu seinem Stuhl.

»War es so schlimm?« Nach all den Jahren verfiel Carol schon gar nicht mehr auf den Gedanken, daß Duffys Verhalten eine Reaktion auf ihre neue Rocklänge oder diese Ahnung von Parfum hinter ihrem Ohr sein könnte.

»Romford, Walthamstow oder Wimbledon?«

»Waswie?«

»Ich will dich ausführen.«

»Ist es wirklich so schlimm? Geht's dir denn?«

»Hat man dich je mit Wörtern verprügelt? Scheint irgendwie sehr viel länger zu wirken.«

Ein paar Stunden später im Wagen fragte Carol schließlich: »Wo fahren wir hin?«

»Walthamstow. Wir gehen vor die Hunde.«

»Vor die *Hunde*?«

»Zum Hunderennen. Wir leisten uns ein prima Essen mit einer Flasche Wein.«

»Warum gehen wir zu einem Hunderennen?« Carol war völlig verblüfft.

»Weil *die* da nie hingehen würden.« Duffy packte das Lenkrad. »Weil *die* nie da hingehen würden.«

»Klar«, sagte Carol und fragte nicht weiter, wollte

nichts Weiteres wissen. »Aber Duffy, du magst Hunderennen doch gar nicht?« Sie sah zu seinem Profil hinüber, der vorgeschobenen Unterlippe und dem Stirnrunzeln, das nicht durch den Verkehr verursacht war.

»Ich werde sie schon noch mögen lernen«, sagte Duffy. »Ich glaube, Hunde haben sehr viel für sich.«

Sie parkten in einer Straße vor dem Stadion und reihten sich ein in die friedliche und erwartungsvolle Menge. Zwei Bullen standen vor dem Eingang auf dem Bürgersteig, aber sie dienten allenfalls der Dekoration; der Dienst beim Stadion war leichte Arbeit. Hier gab es keine Fußballrowdys; hier gab es sogar noch Familienausflügler aus dem East End, komplett mit Dauerwellen-Oma und zwei Kindern. Duffy entspannte sich allmählich. Hier bestand keinerlei Gefahr, daß er auf Damian oder Lucretia treffen könnte; hier war kein Henry, der auf seinem altertümlichen Fahrrad rumgondelte, kein Jimmy, der armymäßig ums Stadion robbte, kein Taffy, der Hasen wilderte.

Drinnen mußten sie einen dämmrigen Korridor entlang, von dem in Abständen massive Glastüren wegführten. Sie stiegen zu einem steil gestuften Restaurant hinauf und sahen dann durch riesige Fenster auf eine Rennbahn hinab, die halb von der Abendsonne und halb vom Flutlicht erhellt war. Fröhliche Tafeln, die da und dort angebracht waren, verkündeten: WILLKOMMEN IM STOW. Unter ihnen führte ein Mann mit Reithosen und Bowler die Parade für das erste Rennen an, gefolgt von sechs Männern in weißen Mänteln, wie Drogisten während ihrer Arbeitspause, die stolz sechs Hunde von verschiedener Farbe und Eleganz vorführten. Weit weg zu ihrer Linken blinkte der Totalisator mit seinen sich ändernden Quoten. Duffy erwischte den Arm einer mütterlichen Kellnerin in engem schwarzem Rock und einer weißen

Rüschenbluse. Als die Klappen aufgingen und die sechs Hunde ins grelle Scheinwerferlicht sprangen, um vergeblich einem Hasen hinterherzujagen, den sie nie erwischen würden und der sowieso kein Hase war, ließ Duffy den Korken des Veuve de Vernay knallen, schenkte ihre Gläser voll, legte den Arm besitzanzeigend um Carol und murmelte: »Willkommen im Stow.«

»Du bist zum Schreien, Duffy.« Immerhin, er führte sie aus, das war nicht zu verachten; und Carol wußte, daß sie nach den Gründen dafür nicht näher fragen sollte. Sie bestellten den Krabbencocktail – Duffy verlangte noch extra Soße, als wäre er ein Feinschmecker, der wußte, daß die Flaschenwürze, die sie hier verwendeten, besonders delikat war –, dann Rumpsteak mit Fritten. Sie warfen einen Blick auf das Programm, ein vervielfältigtes einzelnes Blatt Papier, das auf der Rückseite die Angaben für den kommenden Donnerstag hatte. Weitere neun Rennen sollten noch stattfinden, drei große über 640 Meter, die anderen sechs über 475 Meter. »Billys Rakete«, las Duffy vor, »Philomenas Arche, Rockfield Rover, Bernie Flottmann, Ding Along Dell und Wüstenwolf. Gefällt dir einer?«

Carol konnte sich nicht entscheiden. Duffy blinzelte in die Leistungstabelle und verkündete kennerisch: »Es wird zwischen Bernie Flottmann und Ding Along Dell abgemacht.«

»Dann nehme ich den Wüstenwolf.«

Er grinste und knipste den Schalter für Wettenannahme an, der rasch eine Kellnerin mit großem Tablett an ihren Tisch brachte.

»Fünf für die Dame auf Nummer zwei.«

»Duffy, das ist ein Haufen Geld. Und außerdem klingst du geradezu fein. *Fünf für die Dame auf Nummer zwei*«, äffte sie ihn nach.

Er grinste. Er grinste immer noch, als Wüstenwolf an der Ziellinie knapp von Ding Along Dell geschlagen wurde. Sie aßen ihren Krabbencocktail, tranken ihren Veuve de Vernay und setzten auf einen weiteren Verlierer.

»Weißt du«, sagte Carol, »daß du es ganz lustig haben könntest, wenn du es dir nur gönnen wolltest?«

Duffy grunzte. Er war sich nicht so sicher, ob es darauf ankam. Diese Leute draußen im Grenzgebiet Buckinghamshire/Bedfordshire – die wollten es doch alle lustig haben, oder etwa nicht? Und schau sie dir an. Duffy schüttelte das Bild aus dem Kopf, schlang ein paar Fritten hinunter und versuchte, sich auf wichtigere Dinge zu konzentrieren. Hätte er diesmal auf Heimo Glutz oder auf Tönendes Tal setzen sollen? Er hatte sich nicht entscheiden können, und jetzt war es zu spät, denn das Licht im Stadion wurde dunkler, und mehrere tausend Gesichter richteten sich auf die kleine Reihe von Boxen, wo sechs Hunde voller Erwartung leise jaulten. Dreißig Sekunden später war der elektrische Hase wieder mit einem Stück Tuch bedeckt, die sechs Hunde waren eingefangen, und Duffy war ein wenig erleichtert, da es weder Heimo Glutz noch Tönendes Tal gelungen war, die Nase in die Nähe der Rückseite von Almdudler zu bringen. Am Tisch hinter ihnen feierte eine Dauerwellen-Oma geräuschvoll.

Sie gingen durch einen bunten Haufen von zerrissenen Wettscheinen nach draußen in die warme Nachtluft. Die beiden Bullen wippten auf den Hacken und wünschten einigen Kunden gute Nacht. Es hatte den ganzen Abend lang auch nicht eine Spur von Ärger gegeben. Die Gewinner waren glücklich; die Verlierer waren sich ziemlich sicher, daß sie beim nächsten Mal gewinnen würden. Während sie in den Sherpa stiegen, sagte Duffy: »Hier ist es wirklich prima. Könnte ich wieder herkommen.«

»Ziemlich langer Weg.« Und sie mußte zur Frühschicht aufstehen.

»Aber es ist wirklich prima. Prima Leute, prima Hunde, kein Ärger. Prima Essen.«

»Duffy«, sagte Carol mit neckender Schärfe in der Stimme, »bist du plötzlich weich in der Birne oder was?«

»Was?«

»Duffy, wie kannst du bloß glauben, daß unter diesen Leuten weniger Ganoven sind als unter irgendwelchen anderen Leuten?«

»Immerhin waren ganze Familien da und so.«

»Klar, Ganoven, die ihre Familie ausführen. Beim Krabbencocktail werden vermutlich ein paar hübsche Deals abgeschlossen. Ist ja schließlich ein günstiger Platz für ein Treffen, nicht wahr?«

Doch Duffy war davon nicht abzubringen. »Nein. Es ist wirklich prima. Und man merkt richtig, daß sie diese Hunde mögen. Immer tätscheln sie die Hunde, streicheln sie. Wahrscheinlich geben sie ihnen auch ein paar Zuckerstücke, wenn sie sie in den Zwinger zurückbringen.«

»Ich glaube, du mußt zu einem Spezialisten«, sagte Carol. »Glaubst du denn im Ernst, dieser Sport sei sauberer als irgendein anderer?«

»Muß er sein«, sagte Duffy mit einem Lächeln angesichts des Verkehrs auf der Seven Sisters Road.

»Ich kannte mal einen Wachtmeister, der einen Fall mit Hunden hatte. Ich glaube, es war draußen in Romford. Der hat erzählt, was für grauenvolle Dinge sie festgestellt haben, die man den Hunden antut, bloß damit sie schneller laufen. Manche Sachen wollte er mir gar nicht erst erzählen. Aber es ist doch einleuchtend: Denk doch nur mal an das, was diese Leichtathleten so alles anstellen – und die tun sich das *selber* an. Wenn es nur ein Hund ist, dann braucht man doch keinen weiteren Gedanken dran zu verschwenden.«

»Man merkt richtig, daß sie diese Hunde mögen«, sagte Duffy voll Wärme.

»Aber es geht doch um Geld, nicht wahr? Heute nacht ging doch viel Geld von Hand zu Hand; ich weiß ja nicht, ob dir das aufgefallen ist. Sollte es allerdings, denn ein großer Teil davon war deins.«

»Weißt du, wie hoch der höchste Preis war heute abend? Fünfundsiebzig Pfund und eine Trophäe, fünfundzwanzig für den zweiten Platz. Das ist doch Pipikram.«

»Die Wetten machen's. Genau wie bei den Pferden. Es geht nur um die Wetten. Und wenn es nur sechs Hunde pro Rennen sind, dann kann man auch leichter tippen als bei Pferden.«

»Nein. Wenn einer seinem Hund was gäbe, von dem er schneller läuft, dann würden die es merken. Die Sieger müssen doch zum Test.«

»Man braucht es ja nicht so rum zu machen, Duffy. Angenommen, es sind zwei Klassehunde im Rennen, und einer davon ist deiner. Du kannst deinen nicht schneller machen, ohne erwischt zu werden, was machst du also? Du machst deinen langsamer.«

»Wie macht man das denn?«

»Keine Ahnung. Du fütterst ihn am Abend vorher mit Krabbencocktail und Steak und Fritten. Schneidest ihm die Zehennägel, damit es wehtut oder so. Und dann setzt du auf den anderen Hund.«

»Man wettet also gegen sich selber?«

»Klar.«

Duffy sah weiterhin etwas ungläubig drein, als wollte er nicht zulassen, daß ihm die Freude an diesem Abend von sauer aufstoßendem Skeptizismus verdorben werde. Sie fuhren eine Zeitlang schweigend weiter, dann nickte Duffy, machte einen Schlenker zum Bordstein, bremste scharf, was lautes Protesthupen hinter ihm hervorrief, zog die Handbremse und wandte sich Carol zu. »Hat dir schon mal jemand gesagt, daß du vielleicht ein Genie bist?« fragte er.

Sie langte herüber und tätschelte ihm den Schenkel. »Du bist wirklich ziemlich weich in der Birne heute abend.«

7. Umgebung

Hatte er einen Siegeskandidaten? Hatte ihm Carol einen heißen Tip gegeben, und hatte er dank ihr einen Siegeskandidaten? Mit dieser Frage im Kopf und begleitet nur von einem Plastiksack mit Hunderagout, fuhr Duffy wieder die M1 entlang. Und falls er einen Siegeskandidaten hatte: In welchem Rennen lief der denn? Das Problem bei diesem Fall lag darin, daß die Kandidaten immer wieder bei ganz anderen Rennen mitzulaufen schienen, als wo man sie zuerst erwartet hatte. Da wurde beispielsweise Angelas Hund umgelegt, aber hatte das überhaupt etwas mit Angela zu tun? Müßte es eigentlich, und es müßte auch eine Verbindung zu der Erpressungsgeschichte geben, bloß schien das nicht der Fall zu sein: bei der Erpressung handelte es sich um eine freundlich geregelte allwöchentliche Transaktion. Was mit Ricky passiert war, hatte also nicht den Zweck gehabt, die Einsätze zu erhöhen.

Dann die Erpressung selber. Als Henry auf seinem Fahrrad angewackelt kam, schien alles auf ihn hinzudeuten, aber dann war er's nicht. Oder Jimmy und die ganze Sache oben in seinem Camp: das alles hatte nach einem sicheren Kandidaten ausgesehen, aber auch der hatte plötzlich gelahmt. Die Bullen hatten Jimmy gekascht, doch selbst sie wußten, daß es ein wenig mehr brauchte, um einem so etwas anzuhängen. Das einzige an diesem Fall, wofür es keine offensichtlichen Kandidaten gab, war das Auto. Na, vielleicht war es am Ende doch einem kriminellen Eichhörnchen anzulasten.

Bei seinem Treffen mit Kriminalinspektor Vine tauschte er seinen Plastiksack gegen die Information, daß es noch immer keine Informationen über den Datsun Cherry gab: Sie hatten weder Anzeichen für einen Zeitzünder noch Spuren herkömmlichen Sprengstoffs gefunden. Vielleicht würde es auf etwas ganz Simples hinauslaufen wie etwa ein in Teer getauchtes Stück Seil; eine dieser guten alten, ländlichen Methoden, um etwas anzuzünden, nicht so neumodisches Städter-Zeug. Kriminalinspektor Vine hatte die Besitzerin des Datsun vernommen, aber nicht viel aus ihr herausgebracht, was, wie er vermutete, daran liegen mochte, daß sowieso nicht viel in ihr steckte. Duffy vergaß, Vine von der Begegnung an der Rollsplitt-Kiste zu erzählen – war ja auch nicht viel passiert, oder? –, brachte aber die Bemerkung an, daß ihm ein Teil der Bewohner von Braunscombe Hall ordentlich auf die Eier gingen. Vine mußte kichern.

»Gibt's übrigens was Neues bei Jimmy?«

»Eine Woche Untersuchungshaft. Sitzt in der Zelle und behauptet, er sei's nicht gewesen. Ich glaube, der spinnt ein bißchen. Sollte ihn vielleicht mal beim Psycho anmelden, damit der ihn sich ansieht.«

»Wenn er eh schon dabei ist, könnte er sich ja gleich die übrige Besetzung von Braunscombe Hall vornehmen«, sagte Duffy. »Übrigens, weil wir grade nicht davon sprechen: Haben Sie hier eigentlich viel Ärger mit Drogen?«

»Nein, eigentlich nicht. Und wenn, dann sind sie aus London importiert. Wir haben natürlich eine Drogeneinheit, aber das auch nur, weil das Lokalblättchen drauf besteht. Die sind meist mit anderen Aufgaben beschäftigt.«

»Also keine großen Lieferanten am Ort?«

»Ich weiß von keinem. Und ich denke, wir würden

auch dann davon wissen, wenn sich noch kein Fall damit aufziehen ließe. Wollen Sie etwa darauf hinaus, daß ich in Braunscombe Hall eine Razzia veranstalte?«

»Das wäre ein bißchen verfrüht. Bisher setze ich nur so ein paar Steinchen zusammen.«

»Die Drogenleute hätten sicher ihre Freude dran. Die meiste Zeit müssen sie als Hippies verkleidet im Pub herumhängen und darauf warten, daß jemand sie anspricht. Aber das Äußerste, was da passiert, ist, daß der Wirt sie hinausschmeißt, weil er in seiner Bar keine stinkenden Hippies haben will.«

»Aber halten Sie sie bereit.«

»Wird gemacht.«

Als Duffy nach Braunscombe Hall zurückkam, schenkte er dem Salamander keinen Blick und nahm beim Bremsen keine Rücksicht auf Vics Kies. Er hatte es satt, sich von oben herab behandeln zu lassen. Er hatte am Anfang was gegen die Leute gehabt, das war nur normal, aber dann hatte ihn einer nach dem anderen – Belinda, Lucretia, Angela, Damian – so halb dazu gebracht, sie viertel zu mögen. Viel hatte sich damit nicht geändert, aber immerhin war er sich nicht mehr so sicher gewesen, wie er die Dinge sah. Das war schlecht. Und unprofessionell.

Als erstes rief er Henry an und fragte, ob er am Nachmittag auf eine Snooker-Stunde an seinem 1866er Thurston herüberkommen könne. Gut, und klar werde er anschließend Tee mit Henrys Mama trinken. Dann schnappte er sich Damian und Sally, die noch bei einem späten Frühstück in der Küche herumtrödelten. Er trieb sie ins Billardzimmer. Die Vorhänge waren zurückgezogen, und im Morgenlicht wirkte das Tuch bleicher als unter den Spotlampen; das ganze Zimmer wirkte fremd, irgendwie kälter. Duffy hieß sie auf dem Chintzsofa Platz nehmen. Den Hintern halb auf der Tischkante stand er ihnen gegenüber.

»Ich habe immer wieder die Erfahrung gemacht«, bemerkte Damian zu Sally, »daß Anfälle von herrischem Gebaren in unmittelbarer Beziehung zu Enttäuschungen in Liebesdingen stehen.«

Er hatte also gelauscht. Oder es vielleicht auch nur erzählt bekommen. Duffy war das egal. Das war schon eineinhalb Tage her. Seitdem war er beim Windhund-Rennen gewesen. Er war sich nicht mehr so sicher, ob er diesen Sport wirklich mochte, aber er dachte, er könnte ihn sich in Reserve halten, für den Fall, daß er mal wieder in Versuchung käme, die falschen Leute zu mögen. Komm und setz dich auf meinen Schoß, Duffy? Nein, ich muß runter zum Stow. Willst du meine alte Schulhymne hören? Tut mir leid, ich gehe vor die Hunde.

»Das könnte Sie das Leben kosten«, sagte er.

»O Gott, nicht schon wieder!« Sallys Ton war sarkastisch gelangweilt. »Der alte Spielverderber muß wieder seine Nase reinstecken. Du darfst nicht mit hohen Absätzen auf den Tisch, sonst zerreißt du noch das Tuch. Du darfst dies nicht, du darfst das nicht. Du darfst nicht ein bißchen Spaß haben, denn sonst bringst du dich noch um dabei. Ein Glas führt zum nächsten, eine gerollt, und am nächsten Tag gibst du dir schon den ersten Schuß. Warnung Nr. 23 des Gesundheitsministers.«

»Das hab ich nicht gesagt«, erwiderte Duffy. Er fühlte Damians Augen auf sich ruhen, während Sally zornig woandershin schaute. »Ich habe nicht gesagt, daß Sie sich selber umbringen. Mir ist es wurscht bis dorthinaus, was Sie sich in die Nase schieben oder in den Arm drücken. Ich habe nicht gesagt, daß Sie sich selber umbringen könnten. Ich habe gesagt, daß das Sie das Leben kosten könnte.«

»Sprich weiter, o Weiser aus dem East-End-Lande«, sagte Damian.

»Ich glaube, Sie sehen die Zusammenhänge nicht. Ich weiß nicht, ob mir alle klar sind, aber Ihnen sollten sie sehr wohl klar sein.« Damian ließ ein theatralisches Seufzen hören – der Schuljunge, dem sein pedantischer Lehrer auf die Nerven geht.

»Hat Ihnen Angela erzählt, wie Ricky gestorben ist?« Sie schüttelten die Köpfe. »Ricky ist nicht daran gestorben, daß er durch die Terrassentür geflogen ist.« Er machte eine Pause, und von Damian kam ein »Mach weiter«-Nicken. »Ricky starb, weil ihm genügend Heroin injiziert wurde, um eine Kuh umzubringen.« Eigentlich wußte Duffy gar nicht, wieviel mehr Heroin es dazu brauchte als zur Beseitigung eines Hundes, aber irgendwie klang die Formulierung recht griffig.

»Armer alter Ricky«, klagte Sally und vergrub ihren Kopf zwischen Damians Schulter und dem Sofa.

»Sie haben also die Leiche gefunden?« Damian schien wenigstens etwas mehr damit anzufangen als Sally. Duffy nickte. »Aber warum haben sie sie denn überhaupt weggeschafft?«

»Das war wer anders. Ein ordnungsliebender Mensch, der zufällig vorbeikam.«

»Einer, dessen Namen Sie uns nicht verraten wollen.«

»Ganz genau.«

»Und warum sollte jemand Angelas Hund so was antun?«

»Sie sehen den Zusammenhang also noch nicht?«

»Welchen Zusammenhang?«

»Der Hund und das Auto. Der Hund und das Auto.«

»Von was sprechen Sie eigentlich?« Sally hob den Kopf von Damians Schulter. »Ricky war Angelas Hund. Und mit diesen ausländischen Motoren« – Sally begann hysterisch zu grinsen – »ist es doch so, daß sie so schrecklich ...«

»Klappe, Sal. Hör zu.«

»Sie sind doch viel mit dem Hund spazierengegangen, nicht wahr Sally? Sie sind doch ebenso oft mit ihm spazierengegangen wie Angela?« Sie nickte stumm. »Die dachten, der Hund gehört Ihnen. Gut, da haben sie sich vertan. Aber sie wußten, daß das Auto Ihnen gehört, und das haben sie richtig gesehen. Doch Sie hätten den Zusammenhang sehen müssen. Beim dritten Mal werden sie sich nicht an Hunde und Autos halten. Sie werden sich an Sie halten, an Teile von Ihnen, die zerbrechlich sind. Und das übernächste Mal könnte Sie beide dann das Leben kosten. Hab ich schon erlebt. Ziemlich oft schon, und ich kann Ihnen versichern, daß es bei weitem weniger nett zugeht, als wenn Sie mit den Ratenzahlungen für die Waschmaschine im Verzug sind.«

Damian schien Duffys Vergleich mit einem süffisanten Grinsen kommentieren zu wollen, aber der rechte Gesichtsausdruck wollte ihm nicht gelingen. Er wandte sich Sally zu und sagte: »Vielleicht müssen wir noch auf den Knien zu deinem Herrn Vater rutschen.« Als sie nicht antwortete, wandte er sich Duffy zu und sagte: »Und was schlagen Sie vor?«

»Wieviel sind Sie schuldig?«

»Ungefähr acht.«

»Jesusmaria. Wo haben Sie angefangen?«

»Bei fünfzehn.«

»Jesusmaria. Also haben Sie«, fuhr Duffy pedantisch fort, »bisher sieben abbezahlt.«

»Ungefähr.«

Sieben. Sechs und einen. Dreimal zwei sind sechs, rechnete Duffy. Hat ihn schon. »Und wer nimmt es?« Damian und Sally sahen einander an. »O.k., beide also. Halbe-halbe?«

»Nein«, sagte Sally. »Fast alles ich.«

»Ich nehme es eigentlich nur für Snooker«, sagte Damian ranschmeißerisch. »Beruhigt die Nerven so angenehm. Beseitigt dieses lästige Queue-Zucken, mit dem Sie offenbar immer noch zu kämpfen haben, mein lieber Duffy. Man sieht damit Stöße, die man gar nicht für möglich gehalten hätte. Der eine über drei Banden in die mittlere Tasche – ohne ein bißchen nachzuhelfen, käme man gar nicht drauf.«

Das war Damians letzter Versuch aufzutrumpfen. Duffy machte unbarmherzig weiter. »Sie nimmt also fast alles und gibt Ihnen ein paar Krümel ab, um beim Snooker etwas nachzuhelfen. Aber Sie sind der Einkäufer?«

»Mhm.«

»Also wenn ich die wäre, dann würde ich mich zuerst mit Ihnen beschäftigen, würde Sie ziemlich übel zurichten; und sollten die zur Ansicht gelangen, daß aus Ihnen nichts mehr herauszuholen ist, dann werden sie wohl bei ihr weitermachen.«

»Ich hatte schon überlegt, ob ich den Datsun verkaufen sollte«, sagte Sally. »Aber dann haben sie ihn hochgehen lassen. Womit sie sich ins eigene Fleisch geschnitten haben.«

»Die schneiden eher mal Ihnen ins Fleisch«, sagte Duffy brutal.

»O Gott«, sagte Damian. »O Gott, o Gott, o Gott.«

»Worum geht es denn eigentlich?« sagte Duffy. »Gleich ’ne ganze Reihe von Stoffen oder nur einen?«

»Nur Koks, verdammtnochmal.« Damian klang zornig. »Was anderes würde ich nie anfassen. Und außerdem«, fügte er in überflüssiger Illoyalität hinzu, »außerdem nimmt *sie* es, nicht ich.«

Klar doch, dachte Duffy. Sie nimmt es, du kaufst es nur ein. Sie klettert auf den Snooker-Tisch und zieht den Schlüpfer aus, während du nur der unschuldige Knabe mit dem Queue bist. Sie läßt die Luft aus den Reifen an meinem Wagen, und du hast die Idee gehabt und machst dich in letzter Minute dünne, für den Fall, daß jemand kommt. Sie wird auf der Strecke bleiben, du wirst überleben; aber ohne Leute wie dich wäre es mit ihr gar nie so weit gekommen. Probier doch mal, los; nein, ich selber habe keinen Hunger. Bett? Du nimmst die Pille nicht? Ach komm, wir riskieren's einfach, sei doch kein Spielverderber. Komm, trink noch einen, oder nimm doch gleich einen Doppelten; nein, nicht für mich, ich muß noch fahren. Und dann zischten die Damians dieser Erde ab und ließen die Sallys süchtig, schwanger, versoffen und kaputt zurück. Wenn irgendwas für die grobe Gerechtigkeit sprach, die von den Dealern geübt wurde, dann, daß die Damians und die Sallys gleich behandelt wurden.

»Sie haben also mit einer Rechnung von fünfzehn angefangen. Wie haben Sie bloß so viel auflaufen lassen können?«

»Die haben so ein wunderbares Kreditsystem«, sagte Damian enthusiastisch und bremste sich dann. Offensichtlich war das ein Ausdruck aus der Zeit, bevor die Probleme begonnen hatten.

»Und Sie hatten ungefähr tausend, aber damit blieben immer noch vierzehn, daher dann also die Idee, es aus Angela herauszuholen.« Er sagte das, als wäre es die klarste Sache der Welt. Als sie nicht antworteten, machte er weiter. »Ich bin kein Bulle. Andererseits bin ich auch nicht ganz blöd. Ich kann einfach nicht verstehen, warum Sie sie nicht gebeten haben, Ihnen was zu leihen.«

»Die Leute sind so komisch, wenn's ums Geld geht«, sagte Sally, als müßte er Bescheid wissen. »Und sie hat Geld, sie weiß gar nicht, wohin damit, und sie wird noch mehr haben, wenn sie Henry heiratet. Außerdem hat es auf die Art viel mehr Spaß gemacht.«

Ja, natürlich, dachte Duffy, den vergesse ich immer, den Spaß-Faktor: es macht eben mehr Spaß, eine Freundin zu erpressen, als sie einfach um Geld zu bitten, das man später vielleicht gar zurückzahlen müßte. Das ist der große Unterschied zwischen den beiden Möglichkeiten: der Spaß an der Sache.

»Es war eigentlich nur so ein Witz«, sagte Damian beinahe entschuldigend. »Am Anfang jedenfalls. Wir überlegten, wem ein fetter Batzen Geld nicht groß abgehen würde, und wir dachten an Angela und ob wir über sie vielleicht was wußten. Und dann fiel uns ein, daß wir sie hier mal gesehen hatten, wie sie mit einem Jungen nach oben schlich. Ich meine, wir haben sie nicht dabei erwischt oder so, kann gut sein, daß sie ihm nur die Aussicht vom Dach aus zeigen wollte, aber wir dachten, es käme auf den Versuch an.«

»Und dann gingen Sie in die Telefonzelle und probierten es mit Ihrem komischen ausländischen Akzent.«

»Ausländisch? Ich habe es einfach mit meinem irischen Akzent probiert. Sieht man mal wieder, was Angela alles mitkriegt.«

»Und sie hat bezahlt?«

»Wir konnten es gar nicht glauben. Ich hielt die anderen mit Geschwätz bei Laune, und Sally tat so, als müßte sie sich wegen Frauenbeschwerden hinlegen und schlich sich die Auffahrt runter. Es war so lächerlich einfach. Wir konnten es gar nicht glauben, und deshalb haben wir es immer wieder dort gemacht.«

»Ich kann nicht verstehen, warum Sie sie nicht gebeten haben, Ihnen was zu leihen«, wiederholte Duffy.

»Die Leute sind so komisch, wenn's ums Geld geht«, sagte Sally wieder, als würde sie damit eine kostbare Wahrheit aussprechen.

»Wo kaufen Sie denn ein, in London?«

»Nein, nein, nein. Die kommen zu uns. Es ist alles bestens organisiert.«

»Was, hier?« Duffy stellte sich einen Lieferwagen mit einem hochgestochenen Namen an der Seite und einem Wappen »Königlicher Hoflieferant« auf der Haube vor. »Horse, Koks & Shit: Narcotica-Lieferanten für den Landadel. Zustellung jeden Donnerstag und Samstag. Auch auf Kredit.«

»Natürlich nicht. Sondern draußen in der Raststätte an der Autobahn.«

Warum nicht. Einer der üblichen Orte. Duffy fragte sich manchmal, was wohl passieren würde, wenn all den Ungehörigkeiten – vom ehebrecherischen Händchenhalten bis zu Gangstertreffen –, die sich in Autobahnraststätten abspielten, ein Ende gemacht würde. Ob die Restaurants das überleben könnten?

Sie blickten einander alle ungefähr eine Minute lang an. »Und was passiert jetzt?« fragte Damian.

»Keine Ahnung.« Duffy hatte keinen Grund – auch keine Lust –, besonders sanft mit ihnen umzugehen. »Ab jetzt ist es die Sache von Kriminalinspektor Vine. Selbstverständlich werde ich an ihn weitergeben, was Sie mir erzählt haben. Er wird sich wahrscheinlich alles noch einmal erzählen lassen. Das ist dann seine Sache. Vielleicht hält er es für eine gute Idee, daß Sie unter Laboratoriumsbedingungen eine weitere Zahlung leisten. Es kann natürlich auch sein, daß er Sie einfach in den Knast steckt. Hängt ganz davon ab, wie locker sein Verhältnis zu Erpressung und harten Drogen ist.«

»O Gott«, sagte Damian, »bei Ihnen klingt das so *ernst*.«

»Es war doch nur Spaß«, wiederholte Sally. »Haben Sie denn nie Spaß?« Duffy gab keine Antwort darauf. Beim Spaß kannte er sich nicht so recht aus. Zum Beispiel die Hunde in Walthamstow: Das war ihm ziemlich spaßig vorgekommen, aber vielleicht hatte es nur deshalb Spaß gemacht, weil es ihm im Grenzgebiet Buckinghamshire/Bedfordshire so beschissen gegangen war. Sally hatte noch eine Frage. »Werden Sie es Ange erzählen?«

»Vielleicht sollten das besser Sie selber machen.« Sally war offenbar eins von diesen Mädchen, für die immer andere die Arbeit machten. Aber diese Sache konnte sie selber erledigen.

Duffy erhob sich. Als er sich zum Gehen wandte, sagte Damian: »Mal angenommen, ich lande nicht sofort im Knast, dann werden Sie unser kleines Revanchespiel am grünen Tuch doch nicht vergessen?«

»Mal angenommen«, sagte Duffy. Die meisten Menschen hatten einfach keinen Sinn für Prioritäten, dachte er.

»Und ich werde mir alle Mühe geben, schon vorher auf dieses schlimme Marschierpulver zu verzichten.«

»Ich kann nicht begreifen, warum Sie es überhaupt nehmen«, sagte Duffy.

»Ich kann nicht begreifen, warum Sie es *nicht* nehmen, wenn ich an das erbärmliche Schubs-und-Stocher-Spiel denke, mit dem Sie sich derzeit abrackern. Sie spielen viel flüssiger, dafür ist es gut, daß Sie flüssiger spielen.«

Duffy sah selber, daß sein Spiel etwas flüssiger sein dürfte und daß es ihm auch noch an einigem anderem mangelte – zum Beispiel Können, Präzision, Verläßlichkeit, Nerven –, doch war er der festen Absicht, es sich mit herkömmlichen Methoden anzueignen. Als er für seine Stunde beim Winterton House vorfuhr, hörte der Kies sich noch immer so fein an: wie das Flüstern von Getreideflocken, wenn er beim Frühstück Milch über sie goß. Henry, angetan mit der gewohnten Kombination von großkariertem Jackett, schlaff hängendem Taschentuch, Foulard und Köperreithosen, haute ihm zur Begrüßung auf die Schulter. »Wer war im Wald mit meinem Mädel?«

»Hab ich doch gesagt...« Duffy hoffte, daß Angela sich bei Henry nicht verquatscht hatte, nachdem Duffy sich aufgemacht hatte, um nach dem Geld zu sehen.

»Haben Sie.« Henry näherte sein großes, eckiges, rotes Gesicht dem von Duffy. »Komm mit mir ins Kämmerlein, dann zeig ich dir mein Hündchen klein, was?«

»Klar.«

»Mutter erwartet uns für vier Uhr dreißig zum Tee; wir sollten uns also ranhalten.«

Wieder gingen sie durch das Haus zu den Herrenräumen, zum verdunkelten Billardzimmer mit seinem Geruch von altem Leder und dem Zigarrenrauch von gestern. Auf dem Sideboard bemerkte Duffy eine dieser viktorianischen Karaffen mit einem Verschluß, der die Diener daran hindern sollte, sich einen Drink zu genehmigen; wobei die Bediensteten, wenn man Braunscombe Hall als Maßstab nehmen durfte, sich mit halbvollen Whisky-Karaffen gar nicht erst abgeben würden. Die schafften doch gleich eine ganze Kiste von dem Zeug frisch von der Ladefläche des Weinhändlers in die eigene Speisekammer. »Ein alter britischer Brauch in großen Häusern«, wie Mrs. Colin es formuliert hatte.

»Sie plazieren die Kugeln«, sagte Henry, der sich ein Queue aussuchte. Duffy sammelte die roten Kugeln und begann sie in dem schweren Mahagoni-Dreieck zusammenzutreiben. War das nur Einbildung oder klangen sie wirklich ein wenig solider, wenn sie zusammenklackten? Und hatten sie nicht leicht andere Farbschattierungen als die in Braunscombe Hall? Die blaue Kugel schien ein wenig dunkler, die braune etwas röter zu sein. Ja natürlich: Henry hatte die authentischen Elfenbeinkugeln, Vic die neuen Super-Crystal-Dinger. Während der letzten Jahre hatten sie an den Farben herumgedoktert, damit sie im Fernsehen besser wirkten. Duffy wußte nicht so recht, ob er das gutheißen konnte. Er war kein Traditionalist, aber mit dem alten Set war ihm einfach wohler. Ihm war auch Henrys makelloser 1866er Thurston lieber als Vics Tisch, der mehr Falten warf als ein ungemachtes Bett.

In der klösterlichen Stille des Billardzimmers mit seinen alten Gerüchen, seinem leise klackenden Elfenbein und den grellen Farbklecksen inmitten der Dunkelheit ging eine feine Veränderung in Henry vor. Duffy hatte erlebt, wie dicke Männer sich Schlittschuhe anschnallten und urplötzlich Eleganz entwickelten, kaum daß die Kufen sich ins Eis schnitten; so was Ähnliches passierte auch bei Henry. Ein klotziger, steifer Kerl, der mit abgespreizten Knien und Ellbogen radelte, wurde gewandter und ansehnlicher; sogar kleiner, falls so was möglich war. Sein Spiel war, wie Damian das genannt hätte, flüssig. Er machte keine Mätzchen – er führte den nächsten Stoß nicht eher aus, als bis seine Kugel auch wirklich versenkt war –, aber er schien ganz genau zu wissen, was er wollte. Er wirkte frei und ungezwungen.

Duffy war weit weniger entspannt. Henrys Selbstvertrauen machte ihn nervös, und Henrys Spiel machte ihn noch nervöser. Er ertappte sich dabei, daß er die Kugeln mit riskanten langen Stößen zu versenken versuchte, fand sich dann gnadenlos ins Kopffeld zurückgetrieben und wurde schließlich aufs schmählichste gesnookert. Am Ende machte er ein paar Punkte mit den Farben gut, hatte aber immer noch an der falschen Seite des Ergebnisses von 72:28 zu kauen.

Dann kam die Übungsstunde. Henry war besonders scharf darauf, Duffys Haltung zu korrigieren. Er ließ ihn seine Stellung einnehmen und begann sofort, sie zu verändern, wie ein Fotograf bei seinem Modell. Er machte an den gespreizten Fingern von Duffys Führungshand herum. Er drückte ihm den Kopf weiter zum Queue hinunter. Er kniete sich hin und schob so lange an Duffys Beinen herum, bis seine Füße etwas paralleler standen. Er schob die rechte Hand ein paar Zentimeter das Queue entlang und versuchte, den Unterarm im rechten Winkel aus dem Ellbogen kommen zu lassen. Endlich hieß er Duffy das Blockieren des Beckens üben. Zu diesem Zweck faßte ihn Henry an der Taille, ließ die Hände mehrere Zentimeter nach unten gleiten und zog sanft im Uhrzeigersinn am Becken.

Nun da sein Becken blockiert war, war Duffys Stoßhaltung an sich perfekt; doch irgendwas schien ihn daran zu hindern, den Stoß auszuführen. Zum einen lag Henry halb auf Duffys Rücken, doch entscheidender war, daß es Henrys Schaufelhänden, die bisher an Duffys Hüftknochen geklebt hatten, gelungen war, in seine Hosentaschen zu schlüpfen. Duffy bewegte sich nicht. Er ließ Henry eine Weile stöbern, hustete dann vorsichtig und visierte eine braune Kugel an.

Henry zog seine Hände zurück. »Nur mal nachsehen, ob die Kugeln in den richtigen Taschen stecken«, sagte er fröhlich.

Die Stunde wurde fortgesetzt. Henry legte noch gelegentlich Hand an Duffy, der ihn nicht abschüttelte, aber seine Bemühungen auch nicht eigentlich erwiderte. Sie begannen dann ein weiteres Spiel, das Henry weniger leicht gewann. Doch ob das daran lag, daß sich Duffys Spiel verbessert hatte, oder daran, daß Henry anderes im Kopf rumging, war nicht zu entscheiden. Nachdem noch zwanzig Minuten vor ihnen lagen, bevor sie von Henrys Mutter zum Tee erwartet wurden, schlug Henry eine weitere Lektion vor. Duffy sagte, er habe genug, und so ließen sie sich auf der knarrenden Lederbank nieder, von der aus einst Männer mit Koteletten und dicken Zigarren und Portweingläsern nach dem Abendessen so manches Billardspiel überwacht hatten.

»Wie geht's Angela?«

»Oberprima. Hat alles wie ein Soldat überstanden.«

»Ich nehme an, Sie können die Hochzeit kaum erwarten?« Duffy konnte dieser Frage nicht widerstehen, selbst wenn sie ein wenig gemein war, wenn man Henrys kürzlich geäußerte Schwäche für Taschenbillard bedachte.

»Allerdings.«

»Furchtbar, was ihr da passiert ist, und das so kurz vor der Hochzeit.«

»Man stelle sich vor, der alte Jimmy entpuppt sich als Spinner.« Henry schüttelte traurig den Kopf.

»Sie hätten es ihm also nicht zugetraut?«

»Na, das ist es doch eben, bei Spinnern weiß man nie.«

»Egal«, sagte Duffy, »sie werden ja bald feststellen, ob er's nun war oder nicht.«

»Wie meinen Sie das?«

»Na, Tests und die Sachen.«

»Fingerabdrücke?«

»Ja, so was Ähnliches ...« Duffy zögerte es absichtlich hinaus. »Aber schon ein bißchen anders ...«

»Nur heraus damit. Sie ist mein Mädel, ich glaube, ich habe ein Recht darauf.«

»Tut mir leid, Henry, es ist ein bißchen ... peinlich.« Duffy schien ein verzwicktes Thema nur zögernd anzugehen. »Ich habe deswegen mit Kriminalinspektor Vine gesprochen. Er hat ein Faible für die neueste Technologie, so 'n Kram halt. Na, Sie wissen ja, was Angela passiert ist ... nachdem man sie gefesselt hat.« Henry sah weg und nickte. »Wie Vine sagt, können sie es mittlerweile untersuchen. Irgendwie können sie das analysieren.

Unter dem Mikroskop. Sperma«, sagte er abrupt. »Das ist wie mit Fingerabdrücken. Sie können feststellen, von wem es stammt.«

»Hab ich noch nie gehört«, sagte Henry.

»Ich auch nicht«, sagte Duffy. »Es scheint ganz neu und außerdem ein recht teures Verfahren zu sein, deshalb verwenden sie es nur in besonderen Fällen. Ich meine, wenn in London eine vergewaltigt wird, können sie schlecht von jedem eine Probe nehmen. Aber in diesem Fall ... Jimmy jedenfalls leugnet noch immer. Es ist zwar droben in seinem Camp passiert, aber dort gesehen hat ihn keiner. Angela hat ihn nicht erkannt. Sie werden also wahrscheinlich eine Probe von ihm nehmen, und damit wird sich die Sache so oder so lösen.« Duffy machte eine Pause und wartete darauf, daß Henry die naheliegende Frage stellen würde. Tat er aber nicht. »Und wenn sie nicht übereinstimmt, dann ist Jimmy natürlich aus dem Schneider.« Wieder keine Frage. »Und nachdem es nicht so arg viele Männer sein können, die in Braunscombe Hall regelmäßig aus und ein gehen, wird man, denke ich, ein paar weitere Proben sammeln. Sozusagen alle offensichtlichen Kandidaten eliminieren. Ich weiß auch nichts Bestimmtes. Vine wird die Entscheidung treffen müssen.«

Henry nickte und sagte nichts. »Wie steht's mit dem Tee?« schlug Duffy vor.

Henrys Mutter saß im Wintergarten, umgeben vom Inventar von Kew Gardens. Sie hatte immer noch die pinkfarbenen Turnschuhe an, trug aber jetzt ein cremefarbenes Leinenkleid mit viel Klunker um den Hals. Nur daß es keine Glasklunker waren, ebensowenig wie Henrys Snooker-Kugeln Super-Crystal-Dinger waren.

»Sie tragen ja immer noch diese üble Krawatte, die Sie sich von dem Gauner ausgeliehen haben.«

»Er ist in keinem Strafregister aufgeführt, wenn Sie's genau wissen wollen.« Plötzlich meinte Duffy den alten Vic verteidigen zu müssen, selbst wenn der ein ziemliches Schlitzohr war.

»Das ist eine sehr enggefaßte Definition für einen Gauner. Man muß ja nicht immer vorbestraft sein... Nehmen Sie zum Beispiel Henry.«

»Mutter!«

»Nun, du bist doch ein Gauner, nicht wahr, Schatz?« Duffy fiel auf, daß Henrys Mutter das erste Kosewort für ihren Sohn in einem Atemzug mit der Anschuldigung gebraucht hatte, er sei ein Krimineller. Henry öffnete den Mund, doch seine Mutter machte weiter. »Das verseuchte Kalbfleisch, das du verkauft hast, erinnerst du dich?«

»Wir waren uns nicht sicher, ob es verseucht war.«

»Du meinst, sie waren gar nicht tot?«

»Man kann sich doch nicht an alle Vorschriften des Landwirtschaftsministeriums halten, sonst wird man ja verrückt. Ich habe doch nur gemacht, was jeder andere Farmer...«

»Genau. Auch die anderen Farmer sind alles Gauner. Sind Sie übrigens auch ein Gauner?«

»Ich?« sagte Duffy.

»Sie tragen jedenfalls eine Gauner-Krawatte. Es stört Sie doch nicht, wenn ich Sie so frage?«

»Nein, alles klar. Ich bin auch ein Gauner. Das sieht man doch gleich.« Dieses Mal war Duffy von seinem Besuch bei Henrys Mama weniger angetan. Er aß ein Stück Fruitcake. Auch der schmeckte nach feinen Leuten. Bei ihm daheim war er aus Kuchenteig mit ein paar Klümpchen kandierter Früchte; der hier war aus kandierten Früchten mit ein paar Bröckchen Kuchenteig. Bloß nicht zuviel Mehl, hörte man sie förmlich rufen.

Henry sagte nicht viel, und nach einer einzigen Tasse

Tee stand Duffy auf, um zu gehen. »Zu schade, daß Sie schon gehen müssen«, sagte Henrys Mutter fröhlich. »Kommen Sie doch wieder einmal. Ich möchte zu gern wissen, was wohin kommt.«

Als Duffy nach Braunscombe Hall zurückkam, hatte sich Kriminalinspektor Vine auf eine weitere Runde dort eingerichtet. Die Analyse des Datsun war gekommen, hatte aber wenig erbracht: keine Bombe, keine herkömmlichen Sprengstoffe, andererseits aber auch kein verkohltes Eichhörnchen mit scharfen Zähnen und keine Berichte über ein Sommergewitter, das wahllos über der Gegend niedergegangen wäre. Ein Stück Seil in den Benzintank gesteckt, das war nach wie vor das Wahrscheinlichste. Ein wirkungsvolles Mittel der Zerstörung, wenn auch alles andere als High-Tech.

Kriminalinspektor Vine hatte noch mal mit der Eigentümerin des Datsun gesprochen, und Sally hatte eine kleine Beichte abzulegen. Damian war dazugestoßen und hatte seinerseits eine kleine Beichte anzubieten. Doch die Vormittagsgeschichte hatte – wie Duffy feststellen konnte, als ihm Kriminalinspektor Vine die neue Version übermittelte – mit der Nachmittagsgeschichte etwa genauso viel zu tun wie ein Brutalo-Video mit einem Hochklapp-Bilderbuch für Kinder. In der Zeit, als Duffy weggewesen war, hatte man heftig nachgedacht, und es war unübersehbar, daß Damian die Denkarbeit geleistet hatte. Man hatte nachgedacht, und man hatte die Reihen dichter geschlossen. Als erstes hatte man sich mit Angela arrangiert.

Die neue Darstellung – die zu verteidigen wohl irgendwann einmal teure Anwälte beauftragt werden würden – lautete folgendermaßen: Damian und Sally waren, wie sie zugaben, in der Vergangenheit nicht immer ganz brav gewesen. Sie hatten, weil das zum Lebensstil ihrer

Generation gehörte, mit Drogen experimentiert; naja, wenn man heutzutage nach London fährt, bekommt man mit der Rückfahrkarte doch praktisch gleich ein Gratismuster mit dazu, Sie wissen doch, wie das ist, Mr. Vine, nicht wahr, Sir? Sie hatten auch ein bißchen mit Koks zu tun gehabt, und sie waren bereit, die Sühne auf sich zu nehmen, die die Gesellschaft dafür vorgesehen hatte. Aber sie hatten schon länger nichts mehr genommen, überhaupt fuhren sie ja schon längere Zeit nicht mehr nach London. Heute lebten sie beschaulich im Kreis ihrer Freunde auf dem Lande. Das Problem war, daß London zu ihnen gekommen war. Jemand, von dem sie einmal Drogen gekauft hatten, erpreßte sie jetzt. Dieser Jemand hatte sie aufgespürt und verlangte Geld. Sie hatten ihm bisher dreimal Geld gegeben, aber er war noch immer gierig. Das Furchtbare war, daß sie beide nicht über sehr viele Mittel verfügten, und als sie Angela von ihrer Notlage berichteten, hatte sie darauf bestanden, für die Rechnung aufzukommen. Sie war ja so unglaublich großzügig, diese Angela, und sagte, sie verfüge über einen Haufen Geld, aber es lief inzwischen aus dem Ruder. Die Erpresser mußten beobachtet haben, wie Sally mit Ricky Gassi ging, und hatten ihn dann umgebracht; sie hatten das Auto angesteckt; und sie hatten wahrscheinlich noch üblere Dinge in der Hinterhand. Ob ihnen Mr. Vine bitte helfen wollte? Vielleicht, wenn Damian ihre nächste Zahlung leistete, für die Angela freundlicherweise aufkam und die am nächsten Tag in der Autobahnraststätte fällig war?

Duffy pfiff sich eins, als er Vines Version hörte. Für zwei Stunden nicht schlecht. Die besten Verwandlungskünstler außerhalb der Music Hall: im Handumdrehen vom Erpresser zum Erpreßten. Kaum hatte man ihnen den Rücken zugedreht, verwandelte Angela sich vom Opfer in die Freundin, mit der man Pferde stehlen konnte. Herrreinspaziert, und seht zu, wie die feinen Leute ihre Reihen schließen! Duffy lieferte die frühere Darstellung der Ereignisse, und diesmal war es an Vine zu pfeifen. »Da möchte man sie alle am liebsten weitermachen lassen«, sagte er.

»Das werden Sie aber nicht.«

»Nicht, wenn sie Autos hochgehen lassen und so weiter.«

»Klar.«

»Schließlich sind wir noch immer hinter der gleichen Person oder den gleichen Personen her. Erst wenn wir die haben, entscheiden wir, ob wir sie wegen Erpressung oder wegen Drogenhandel anklagen.«

»Sie werden London verständigen müssen.«

»Ich weiß.«

»Zu schade, daß wir keine Razzia in Braunscombe Hall abhalten konnten.« Duffy hätte gern gesehen, wie Damian von einem muskulösen Wachtmeister kopfunter gehalten wurde und dabei alle möglichen Pillen und Pulver und komische Tabaksorten aus seinen Hosentaschen fielen. Doch was nicht vor dem ersten Besuch von Kriminalinspektor Vine vernichtet worden war, war inzwischen mit Sicherheit im Klo gelandet.

Vine brauchte Duffys Hilfe nicht, um die Vorbereitungen für den nächsten Tag zu treffen. Er würde London verständigen, die hiesige Drogeneinheit von der Verkehrskontrolle abberufen, die Beschattung organisieren, ein Ablösungsfahrzeug auf halbem Weg nach London bereitstellen und so weiter. Aber vielleicht hatte Duffy Lust, bei der Übergabe dabeizusein; nur für den Fall, daß es sich bei dem Boten um einen Ortsansässigen handelte. Wäre zu blöd, wenn der wegen eines bekannten Gesichtes die Mücke machte. Duffy war einverstanden.

•

An diesem Abend hielt er sich fern von Braunscombe Hall. Ihm war nicht danach, im Wohnzimmer Lucretia zu begegnen und von ihr zu hören, ob er nun komisch-lustig oder komisch-seltsam sei. Ihm war nicht danach, beim Essen Damian gegenüberzusitzen, der wieder vor Selbstvertrauen glänzte und sich damit blähte, wie schlau er Kriminalinspektor Vine gesnookert habe und daß Sally und er höchstens eine Bewährungsstrafe zu erwarten hätten, allerhöchstens. Ihm war nicht danach, Angela in die Arme zu laufen und Betrachtungen darüber anzustellen, was sie in ihrer Benommenheit denn nun eigentlich von ihren netten Freunden hielt; er hatte auch keine große Lust, sie anzusehen und dabei an Henrys große rote Hände zu denken, die in seine Hose glitten. »Nur mal nachsehen, ob die Kugeln in den richtigen Taschen stecken.« Duffy saß in der Autobahnraststätte, stupste einen lauwarmen Shepherd's Pie über den Teller und nippte an dem alkoholfreien Bier, für das er sich entschieden hatte, um den Folgen der Schaufel voller Fritten zu wehren, mit denen er den Pie gesalbt hatte. Nach einem Stück Obstkuchen und einem Joghurt ohne kehrte er nach Braunscombe Hall zurück und ging früh zu Bett, wobei er darauf achtete, daß er die anderen nicht störte.

»Irgendwelche Ratschläge?« sagte Damian am nächsten Morgen, als sie auf der Terrasse aufeinandertrafen. Duffy, der nichts wie aus dem Haus raus wollte, hatte sich zu einem ungewöhnlichen Spaziergang aufgemacht: eine Stunde mit gesenktem Kopf durch die Wälder trotten, dabei aufpassen, daß er nicht in Brennesseln und Bärenfallen geriet und keine Überdosis Landluft abkriegte.

»Meinen Sie ganz allgemein?« Duffy hätte sich richtig reinsteigern können in allgemeine Rat-Schläge für Damian.

»Wegen heute abend. Mein großer Auftritt. Polizist Plumpsack wird Ihnen davon erzählt haben.«

»Hat er. Kein Schäkern mit dem Publikum, das ist alles.«

»Welches Publikum denn?«

»Na, ich zum Beispiel.«

»Sie? Ich bin tief gerührt. Vielleicht sollten wir uns vorher auf ein Gourmet-Kentucky-Fried-Chicken treffen.«

»So witzig finde ich Sie gar nicht, fürchte ich.«

»Oh.« Damian mimte grenzenlose Enttäuschung. »Ach, kommen Sie schon. Sie haben mich doch mal gemocht. Jedenfalls ein bißchen. Oder etwa nicht? War das denn nicht mutig damals mit den Autos?«

»Übrigens, wenn es Ärger geben sollte...«

»Ärger?«

»Wenn es Ärger geben sollte, wenn die, sagen wir mal, auf die Idee kommen sollten, Sie ein wenig herzunehmen, keine Angst: Die Bullen, die genauestens darüber ins Bild gesetzt worden sind, was für eine hohe Meinung Sie von ihnen haben, werden Ihnen beinah so schnell wie möglich zu Hilfe kommen.« Es sah so aus, als habe sich Damians zuversichtliche Miene damit verflüchtigt.

Ein Lieferwagen mit der unübersehbaren Aufschrift DUFFY SECURITY würde auf dem Parkplatz der Raststätte vielleicht nicht den allerbesten Eindruck machen, deshalb fuhr Duffy zur Polizeiwache und ließ sich von einem der Beschatter mitnehmen. Er setzte sich lang im voraus an einem Tisch in Türnähe in Position. Gegen viertel vor sieben traf Damian ein, der von einem der Mädchen an der Selbstbedienungstheke wie ein alter Freund begrüßt wurde. Nach einigem ostentativen Flirten setzte er sich mit einer Tasse Kaffee an einen Tisch, von dem aus er auf den Parkplatz hinaussah.

Duffy spielte mit seinem Essen und versuchte am Rücken der Leute, die an ihm vorbeikamen, zu erraten, mit wem sich Damian treffen würde. Nach etwa acht Nieten hatte er einen Treffer: ein gedrungener Bursche Mitte Zwanzig, Jeansjacke, der etwas ungeduldig in der Schlange stand und mit dem Fuß auf den Boden klopfte, während er darauf wartete, eine Tasse Tee und Schweinepastete zu bezahlen. Die Raststätte war alles andere als voll, und Duffy beobachtete amüsiert, wie Damian und sein Geschäftsfreund die reinste Pantomime abzogen, ehe sie dann doch am selben Tisch zu sitzen kamen. Damian machte es gut: Duffy hätte fast nicht bemerkt, wie der Umschlag den Besitzer wechselte. Nach einiger Zeit stand der Laufbursche auf. Duffy erhob sich im selben Augenblick und brauchte einige Zeit, um in seinen Taschen nach Trinkgeld zu suchen. Er hatte dabei den Kopf gesenkt, nicht aber seinen Blick. Ungefähr einsfünfundsechzig, sagte er zu sich, dunkelbraune Haare bis über den Kragen, schwarze Augen, breites Gesicht, Höcker auf der Nase, schmale Lippen, Ring im linken Ohr, Jeansjacke, grünes T-Shirt, schwarze Hose, Turnschuhe, Marke unbestimmt, aber Grundfarbe braun. Sehen Sie den Mann, den Sie bei jener Gelegenheit beobachtet haben, heute hier im Gerichtssaal? Würden Sie bitte auf ihn zeigen? Danke.

Duffy sah nicht zu Damian hin, der angewiesen war, noch mindestens zehn Minuten zu warten, und folgte dem Mann nach draußen. Er brauchte nicht dicht dranzubleiben, weil nicht er ihn beschatten mußte: Genau so, wie man von Damians Tisch den Parkplatz im Auge hatte, konnte man vom Parkplatz aus Damians Tisch beobachten, und die Polizisten, die den ersten Abschnitt übernehmen sollten, hatten Damians Geschäftsfreund bereits im Visier. Duffy setzte sich zu Kriminalinspektor

Vine in dessen nicht gekennzeichneten Cortina und sah zu, wie die Verfolgung ihren Lauf nahm.

»Ich hasse diesen Teil.«

»Genau«, sagte Vine. »Da hat man alles geplant, und dann wird einem alles aus den Händen genommen. Entweder vermasseln es die Kerle in London, oder sie wollen gleich die ganzen Lorbeeren einheimsen. Wie war der Junge?«

»Ganz in Ordnung. Er hat jedenfalls nicht den Umschlag fallen lassen oder so was. Er sah ein wenig nervös aus, aber das sollte er ja auch. Ich glaube nicht, daß der Laufbursche einen Abschluß in Psychologie hatte.«

»Gut. Dann also zurück zur Wache.«

Sie hielten den Polizeifunk frei, ohne daß sie groß mit Durchsagen rechneten. Der Laufbursche war in einen braunen Fiesta gestiegen und fuhr auf der Autobahn südwärts. Die Bullen, die angewiesen waren, so wenig wie möglich zu sprechen, würden sich im Polizeifunk frühestens nach dem ersten Stafettenwechsel am Watford Gap, vielleicht noch später, melden. Vine und Duffy plauderten über den Fall. Vine bestätigte, daß Jimmys Zustand und Jimmys Geschichte beide unverändert waren. Duffy fragte Vine nach dem Spermatest, den er am Nachmittag Henry erläutert hatte.

»Nie gehört«, sagte Vine. »Bisher noch nicht zu uns in die Taiga vorgedrungen.« Er kicherte. »Kann mir nicht vorstellen, daß sich die Gerichtsmediziner so schnell damit anfreunden. Schlimm genug für sie, wenn sie all das Blut und die Pisse abnehmen müssen. Jetzt werden sie dann wohl Reagenzgläser mit großen breiten Enden ausgeben.«

»Und wenn einer keine Probe abliefern will?« Duffy kicherte. »Können Sie sich vorstellen, daß man ihm dann ...«

»Psst.« Vine spitzte die Ohren zum Radio. »Das ist aber komisch.«

Der braune Fiesta, der von der Ausfahrt 13 aus in südlicher Richtung gefahren war, fuhr jetzt an der Ausfahrt 11 ab. Aber er war nicht nach Osten und nicht nach Westen weitergefahren. Er war wieder auf die Autobahn zurückgekehrt und strebte nun wieder nach Norden. Vine fuhr an den Straßenrand, wo sie schweigend auf die nächste Durchsage warteten.

Sie sahen einander an, als sie hörten, daß der Fiesta an der Ausfahrt 13 abgefahren war und wieder zurück in Vines Revier kam. Zunächst schien er Talworth anzusteuern, dann Illingham, schließlich schien er sich nach einigem Hin und Her für Fen Burton als Ziel zu entscheiden. Vine fuhr so schnell, daß er nur fünf Minuten nach dem braunen Fiesta beim Wirtshaus ›Seven Bells‹ eintraf. Er stieg aus, besprach sich mit dem Polizisten im Verfolgungsfahrzeug und kehrte dann zu Duffy zurück.

»Einer von ihnen ist ihm nachgegangen. In ein paar Minuten wird ein zweiter Wagen eintreffen.«

»Da ich nicht im Dienst bin«, sagte Duffy, »spricht ja wohl nichts dagegen, daß ich als anständiger Bürger mir ein Glas genehmige.«

»Solange Sie nicht vorhaben, sich anschließend ans Steuer zu setzen, Sir.«

Duffy schlenderte über die Straße zum ›Seven Bells‹ hinüber. Es war ein ganz normales Dorf-Pub mit dem traditionell ländlichen Unterhaltungsangebot: Musicbox, Star-Wars-Videospiel und einarmiger Bandit. Vor dem Hintergrund dieses beschaulichen Knallens und Dudelns und Kreischens waren rund zwei Dutzend Einheimische damit beschäftigt, eine Auswahl aus acht verschiedenen Biersorten zu sich zu nehmen. Duffy bestellte ein kleines Bier einer Marke, von der er noch nie gehört hatte, fand einen Tisch etwas abseits, grüßte knapp die in der Nähe sitzenden Trinker und sah sich um. Der Zivilbulle, der vorne an der Bar saß, wäre ihm beinahe kein bißchen aufgefallen. Der Fahrer des braunen Fiesta saß im entgegengesetzten Eck, wobei er so tat, als würde er beim Darts-Spiel zusehen, aber jedesmal einen Blick zur Tür riskierte, wenn er ein Geräusch hörte. Nach einer Weile sah er erneut hoch, ohne den Blick sofort wieder zu senken. Jetzt kommt er, dachte Duffy und schielte, ohne den Kopf zu heben, nach der Seite, wo der Mann vorbeikam. Er war nicht groß, aber kräftig gebaut; oder dann trug er Schulterpolster unter seinem Regenmantel. Er kaufte sich ein Bier und setzte sich zu seinem Laufburschen. Jetzt sah ihn Duffy im Profil, und sofort schloß er die Möglichkeit von Schulterpolstern aus.

Es war immer wieder ein kleines Vergnügen, einen Verdächtigen beobachten zu können, der nicht ahnte, daß er beobachtet wurde. Und in diesem Fall war das Vergnügen alles andere als klein. Duffy beobachtete die beiden Gestalten, wie sie nickten und an ihren Gläsern nippten; er bemerkte, wie der Umschlag recht offen von einer Tasche in die andere überführt wurde; er lächelte, als der Laufbursche aufstand, die Schultern unter seiner Jeansjacke hochzog, den Kopf zum Abschied duckte und der Tür zustrebte.

Duffy lächelte noch immer, als er sich mit seinem fast geleerten kleinen Humpen in der Hand langsam erhob. Langsam ging er an der Bar vorbei und rempelte im Vorbeigehen absichtlich den Bullen an. Als er die Ecke bei den Darts-Spielern erreichte, sagte er ruhig: »Darf ich Ihnen das nächste spendieren, Taffy?«

Hier gerieten die Dinge etwas durcheinander. Taffy richtete sich halb auf, in seinem Jazzer-Bart glitzerte noch ein wenig Bierschaum, und indem er zurücklächelte, sagte er: »Lassen Sie mich das machen.«

Duffy trat ein wenig zurück, blieb aber stur: »Nein, ich bin dran.«

Taffy, der sich inzwischen ganz erhoben hatte, wies das höflich zurück. »Nein, ich bestehe darauf.«

Duffy ließ sich von soviel Großzügigkeit nicht beeindrucken. »Tut mir leid, aber das kann ich wirklich nicht zulassen.«

Da das Gespräch in einer Sackgasse zu enden schien, versuchte es Taffy mit nonverbaler Kommunikation. Eine Taktik, die er vielleicht aus den *Theorien der sozialen Revolte* übernommen hatte. Er ging Schulter voran auf Duffy los, was diesen wohl glatt umgehauen hätte, wäre er nicht mit einer halben seitlichen Drehung ausgewichen und hätte sein Bierglas in Richtung von Taffys Kopf bewegt. Der unerwartete Winkel, aus dem Duffys Ausfall kam, hatte zur Folge, daß das Glas dem Jazzer seitlich am Gesicht entlangschrammte, ohne dabei zu zerbrechen. Aus dem langen roten Striemen auf Taffys Backe begannen Blutstropfen hervorzutreten. Beide Männer waren halb aus dem Gleichgewicht geraten. Zu Duffys Kampfphilosophie gehörte es, daß, wenn man selber nur über eine bescheidene Waffe verfügte, während der Gegner, obwohl er unbewaffnet war, in dem Rufe stand, Leute mit Eisenstangen zu verprügeln, es sich empfahl, seinen Vergeltungsschlag am besten vorher schon anzubringen. Er zog seinen Arm zurück und war drauf und dran, Taffy diesmal einen wirkungsvolleren Schlag zu verpassen, als seine Faust mitten in der Luft hängenblieb und die ländliche Stimme eines Mannes, der der Ansicht war, Rowdys sollten sich in ihren eigenen Pubs und nicht in den Pubs von anderen Leuten prügeln, sagte: »Verreckter Radaubruder.« Der Besitzer der Stimme drehte

Duffy den Unterarm langsam auf den Rücken; Taffy, von solch unparteiischem Eingreifen überrascht, haute Duffy im Vorbeilaufen noch eine rein.

Der Mann in Zivil an der Bar war offenkundig der Ansicht, daß es nicht allzuviel bringen würde, Taffy seinen Dienstausweis zu zeigen; er streckte deshalb sein Bein aus und sah ungerührt zu, wie Taffy in einen Glastisch voller Gläser rauschte. Dann setzte er sich auf Taffys Kopf, schrie »Polizei«, befahl zwei der kräftigsten Einheimischen, Taffys Beine niederzuhalten, und schwenkte seinen Ausweis, als sie zögerten. Eine Zeitlang mußten alle heftig keuchen, dann wurde Duffy zur Bar hin abgeführt von seinem noch immer unsichtbaren Angreifer, der dem Mann in Zivil stolz erklärte: »Ich hab Ihnen den anderen geschnappt.«

»Tja, tja, tja«, sagte Vine, als sich ein immer noch heftig schnaufender Duffy ein paar Minuten später auf dem Beifahrersitz des Cortina niederließ. »So was nennt man ja wohl Mißbrauch von Gastfreundschaft.«

»Der arme alte Vic.« Nicht daß Duffy damit ernst gewesen wäre. Es war prima, einen wie Vic dabei zu erwischen, daß er ausnahmsweise mal naiv gewesen war.

»Was glauben Sie, wo Taffy seinen Nachschub her hatte?« fragte Duffy.

»London wahrscheinlich. Wir werden es versuchen, aber ich glaube nicht, daß wir weit kommen mit ihm. Scheint eine ziemlich harte Nuß zu sein.«

»Es kotzt mich an, daß man so was nie rauskriegt.«

»Na, wenn Sie unbedingt einen Schuldigen finden wollen«, sagte Vine, »dann läuft das so: Taffy hat es in London von jemand gekauft, der es vom Importeur gekauft hat, der es von irgendeinem Lotterbetrieb in Spanien bekommen hat, der es sich aus der Karibik hat einfliegen lassen, wohin es aus Kolumbien eingeflogen worden ist, wo es ein Bauer angebaut hat, dem man das aber nicht zum Vorwurf machen kann, weil er von dem, was sein Boden sonst hergibt, nicht leben kann, und daran ist natürlich die Regierung schuld, nein, auch nicht, weil die Regierung nur eine Marionettenregierung ist, und wer zahlt die, und damit sind wir in Washington, und schuld ist also der amerikanische Präsident, warum auch nicht?«

»Sie sind nicht zufällig Hobby-Politiker?«

»Nein, ich will damit nur sagen, daß man ganz blöd im Kopf wird, wenn man drüber nachdenkt. Heute abend haben wir zwei erwischt. Vielleicht keine großen Fische, aber wir haben immerhin zwei, und das ist für einen Abend ein ganz guter Schnitt.«

»Klar. Aber vielleicht kommen Sie wegen der Anklage noch in Schwierigkeiten.«

»Warum das denn?«

»Damians Geschichte, aufgrund der Sie jetzt zugeschlagen haben, ging dahin, daß er erpreßt wird. Es kommt also darauf an, wie Taffy darauf reagiert. Wenn er schon ins Loch muß, geht er dann lieber wegen Erpressung oder wegen Drogen? Er wird die Strafen gegeneinander abwägen. Und wenn es aussieht wie sechs im einen und ein halbes Dutzend Jahre im andern Fall, dann möchte er Damian vielleicht mit reinziehen.«

»Vielleicht.«

»Kriegt man hier mehr wegen Erpressung oder wegen Drogen?«

»Das ist auf der Kippe. Kommt auf die Drogen an. Kommt auf den Richter an. Kommt drauf an, was der zum Frühstück gegessen hat.«

»Klingt nach einem gefundenen Fressen für die Anwälte.«

Vine nickte. »Ich glaube nicht, daß ich die nächsten Monate in diesem Damian seiner Haut stecken möchte.«

»Ich geb's weiter.«

Vine ließ ihn an der Polizeiwache aussteigen, und Duffy wechselte in seinen Sherpa. Es war ein guter Abend gewesen. Es war etwas gelöst worden, und er war nur ein bißchen zusammengeschlagen worden. Er sagte sich, daß die hiesige Polizei vielleicht erwägen sollte, den Burschen, der ihm den Arm verdreht hatte, einzustellen. Aber wahrscheinlich verdiente der mehr damit, daß er bei Volksfesten Doppeldeckerbusse mit den Zähnen rumzog.

Duffy kehrte nach Braunscombe Hall zurück mit der Fröhlichkeit des Mannes, der interessante Neuigkeiten zu bringen hat. Er würde vielleicht auch Damian ein Stück weit durch die Mangel drehen können. Doch als er ankam, hatte er nicht die Gelegenheit dazu. Am Küchentisch hielten Vic, Belinda, Lucretia und eine geleerte Whiskyflasche eine parlamentarische Nachtsitzung ab. Sie sahen hoch, als Duffy hereinkam, aber sie grüßten ihn nicht. Schön, er war nicht beliebt, doch darauf war gepfiffen, dachte Duffy. Sie konnten sich aber verdammt noch mal die jüngsten Neuigkeiten über zwei ihrer geschätzten Hausgäste anhören.

Er hatte gerade seinen Stuhl in Position gebracht, als Vic sagte: »Henry hat sich erschossen.«

»Jesusmaria. Ist er tot?«

»O ja, tot. Aus der Entfernung konnte er nicht fehlgehen, doppelläufig.«

»Ich kann das nicht noch mal hören«, sagte Belinda. »Ich geh mal eben nachschauen, wie Ange schläft.«

»Ungefähr um sechs Uhr abends«, sagte Vic in Beantwortung der nichtgestellten Frage. »Im Snookerzimmer. Er hat keinen Abschiedsbrief und nichts hinterlassen.«

»Billardzimmer«, sagte Duffy. »Da drüben nennen sie es Billardzimmer.«

»Seine Mama hat ihn scheint's gefunden. Das ganze Tuch sei voller Blut gewesen.«

»Wie hat Angela drauf reagiert?«

»Sie wollte nur paar Pillen. Da haben wir den Arzt geholt, und der hat uns gesagt, was sie nehmen darf. Seitdem ist sie weg.«

»Jesusmaria«, sagte Duffy. »Daß er das tut, hätte ich nicht erwartet.« Er hustete, und statt seine heroische Rolle bei der Ergreifung eines kriminellen Hausgastes zu schildern, mußte er seine unheroische beim Selbstmord eines Nachbarn schildern. Er erzählte ihnen von der ersten Snooker-Stunde und von der zweiten Snooker-Stunde und von der Unterhaltung, die sich anschließend entsponnen hatte. Er erzählte ihnen alles, so genau er es in Erinnerung hatte, um sich für die Wiederholung bei Kriminalinspektor Vine vorzubereiten. Er ließ nur weg, daß Vine noch nie etwas vom Spermatest gehört hatte.

»Sie haben ihn umgebracht«, sagte Lucretia, als er fertig war.

»Nein, er hat sich selber umgebracht«, sagte Duffy. »Das ist mit Selbstmord gemeint. Man bringt sich selber um.« Um diesen Punkt mogelten sich die Leute immer gern herum.

»Sie haben ihn umgebracht.«

»Er hat Ihrer Freundin Angela das im Wald angetan«, sagte Duffy. »Es war ihm ganz recht, daß Ihr Freund Jimmy für zehn Jahre ins Loch sollte. Und als er merkte, daß man ihm womöglich draufkommen könnte, hat er es für keinen von beiden leichter gemacht, oder? Oder für seine Mama.«

»Seine Mutter ist eine alte Kuh«, sagte Lucretia.

»Dann hat er also auch all die anderen Sachen angestellt?« fragte Vic.

»Zuerst hat er diese ganzen Schikanen eingerichtet.

Vielleicht hat er gedacht, er könnte sie ein bißchen zum Durchdrehen bringen, damit er sie dann nicht zu heiraten braucht. Als sie bei euch Schutz gesucht hat, hat er beschlossen, den Einsatz zu erhöhen. Stärkere Mittel einzusetzen.«

»Warum hat er nicht einfach die Verlobung gelöst?« Lucretia stellte nach wie vor noch die naheliegendsten und damit die schwierigsten Fragen.

»Keine Ahnung. Vielleicht dachte er, daß ihn die Leute schief anschauen und sich fragen würden, ob er womöglich schwul sei oder so was. Vielleicht hat er sich gedacht, wenn Angela aufgibt oder durchdreht, dann muß er gar nie heiraten. Könnte dann den tragisch Liebenden mit der geplatzten Verlobung spielen, und das würde erst mal reichen, bis seine Mutter stirbt und damit der Druck weg ist. Ja, vielleicht ist es ein wenig wie bei den Hunderennen, wo die Leute gegen ihre eigenen Hunde wetten. Uns leuchtet das vielleicht nicht ein, aber ihnen selber um so mehr.«

»Ach, verschonen Sie uns doch mit Ihren proletarischen Vergleichen«, sagte Lucretia.

»Wo wir schon von Hunden sprechen«, sagte Vic. »Hat er Ricky auf dem Gewissen?«

»Nein, das war ein anderer. Das war nicht Henry.«

»Sind Sie auch schwul?« Die Frage kam nicht von Vic.

Duffy sah Lucretia an. »Kommt drauf an«, antwortete er. »Manchmal würden Sie, glaube ich, gar keinen Unterschied bemerken.«

»Sie sind schwul. Sie haben Henry umgebracht, und Sie sind schwul.« Das kam mit plötzlicher Heftigkeit, als sei sie die ganze Zeit im Grunde scharf auf Duffy gewesen und jetzt um so erleichterter, daß sie im nachhinein einen Grund dafür gefunden hatte, ihn abgewiesen zu haben. Duffy registrierte ihren Tonfall so, wie man etwa eins mit dem Gurt um die Ohren registriert; was damit gemeint gewesen sein könnte, ging ihm erst später auf.

»Kinder«, sagte Vic müde, »das reicht für heute abend.«

•

Duffy wachte auf und fühlte sich deprimiert. Es war ein wunderschöner Herbstmorgen, die Sonne schien frisch, der Himmel war super-crystal-blau; auf den Wäldern nach Süden lag eine Schicht Rotbraun. Er hatte einen Fall aufgeklärt, und Mrs. Colin hatte ihm das Frühstück ans Bett gebracht mit einem Lächeln, das über ihre Pflichten hinauszugehen schien. Und doch fühlte sich Duffy deprimiert. Er sehnte sich wieder nach London zurück, wo, jedenfalls im Großenganzen, die Typen ihre Verlobten nicht halb vergewaltigten und sich dann die Kugel gaben, weil es sie juckte beim Anblick von engbehosten Hintern, die sich über Snooker-Tische beugten. Ihm fiel Vics sentimentale Hommage an die soziale Mobilität ein, und beim Rasieren formulierte er sie neu. England ist ein Ort, wo die Rons die Vics beklauen, wo die Damians die Angelas erpressen, wo die Taffys die Sallys in den Würgegriff nehmen können und wo die Henrys die Jimmys an ihrer Stelle auf den Scheiterhaufen steigen lassen.

Der Morgen wurde zum größten Teil mit Kriminalinspektor Vine verbracht. Taffy hielt immer noch an der erwarteten Erklärung fest, daß es sich bei den zweitausend im braunen Umschlag um Spielschulden handelte; der Laufbursche war weniger gerissen, und Vine erwartete, daß sie bald einen Durchbruch schaffen würden. Ob sie den Hund und das Auto direkt Taffy anhängen konnten, war bisher das einzige Problem. Diese beiden Jobs konnte er genausogut in Lizenz vergeben haben.

»Er sagt, er hätte so 'ne Feuerphobie«, sagte Duffy, »deshalb hat er dafür vielleicht einen anderen angestellt. Andererseits kann auch sein, daß er einfach nur gelogen hat.«

»Komisch, daß sie nie die Wahrheit sagen können. Fast schon eine Sucht, könnte man sagen. Das Problem ist, daß es ansteckend ist. Ich meine, auch wir bei den Bullen sehen uns manchmal gezwungen, ein wenig zu flunkern, bloß um zu sehen, wie sie reagieren.«

»Könnte es sein, daß Sie bei dem Hund und dem Auto auch zu flunkern gezwungen sein werden?«

»Schon möglich. Daß man zum Beispiel Hundehaare in seinen Hosentaschen gefunden hat, so Sachen. Müßte ich natürlich nicht machen, wenn er die Wahrheit sagen würde. Was glauben Sie, warum er das mit dem Hund gemacht hat? Wo es doch gar nicht der von Sally war?«

»Darüber hab ich auch schon nachgedacht«, sagte Duffy. »Ich denke, der war halt gerade zur Hand. Es brauchte gar nicht der von Sally zu sein, und daß sie Ricky gern hatte, war bloß noch ein Bonus. Sie sollte offenbar erfahren, was mit ihm gemacht worden war, und dann einen entsprechend gemeinen Anruf bekommen. Als nächste bist du dran, Schätzchen, oder so. Nur daß Vic plötzlich einen Sauberkeitsfimmel kriegte, und der Hund Flügel bekam.«

Nach dem Mittagessen passierten zwei Sachen. Als sie vom Tisch aufstanden, erinnerte Damian Duffy an die Revanche beim Snooker.

»Ich hatte eigentlich vor, so schnell wie möglich zurückzufahren.«

»Sie können mich nicht hängenlassen. Jetzt doch nicht. Im Knast haben sie vielleicht keinen Tisch.«

Sie gingen hinunter zum Billardzimmer und zogen die Vorhänge gegen die strahlende Herbstsonne vor. Bevor er eröffnete, riß Damian mit zwei Fingern melodramatisch die Lider seines rechten Auges auseinander und hielt sein Gesicht ganz nah an das von Duffy. »Sehen Sie, kein Marschierpulver«, tat er kund. Ohne die Hilfe irgendwelcher illegaler Stoffe schlug er dann Duffy in zwei Spielen zu null. Duffy war nicht wirklich bei der Sache; außerdem fühlte sich nach Henrys Thurston Vics Tisch wie Wellblech an. Duffy überlegte, warum sich Henry genau dort umgebracht hatte, wo er es getan hatte. Lag es an den Unterrichtsstunden oder an dem Streit, den er mit seiner Mama wegen des neuen Tuchs gehabt hatte? Oder weil dieser Teil des Hauses ursprünglich ausschließlich für Männer gedacht war? Vielleicht war es auch reiner Zufall – er befand sich halt gerade dort, als sich ihm die furchtbare Entscheidung aufdrängte. Damian bot ein drittes Spiel an und sprengte die Roten auseinander. Für Duffy waren sie wie das Glitzern von Blut, das auf einen 1866er Thurston spritzte. Es war Zeit, daß er ging. Er stellte sein Queue in den Ständer und überließ Damian sich selber.

Die zweite Sache passierte, als Duffy eben das Haus verlassen wollte. Von oben kam ein Schrei; der Schrei einer Frau, und ziemlich laut. Dann hörte man Türen knallen. Duffy sagte sich entschlossen, daß das vermutlich nur Sally war, die sich gerade überlegte, mit wem sie Ficki-Ficki machen sollte. Das erinnerte ihn daran, daß er sich von Mrs. Colin verabschieden wollte. Er traf sie in der Küche. Ungefähr eine Minute lang nickten und lächelten sie einander zu, als wäre keiner von beiden des Englischen mächtig.

Er informierte Vic darüber, daß er als Zeuge ins Grenzgebiet Buckinghamshire/Bedfordshire werde zurückkehren müssen, zuerst zur Einvernahme – obwohl er das Gefühl hatte, daß sie ihn dafür vielleicht gar nicht brauchen würden – und später zur Verhandlung. Aber er habe sich gedacht, daß er dann nicht in Braunscombe Hall wohnen werde, wenn's recht sei. Andererseits würde Vic für seine Alarmanlage vielleicht einen Kundendienstvertrag abschließen wollen.

»Ach, nein, ich glaube, das braucht es nicht«, sagte Vic. »Sie funktioniert scheinbar ganz gut. Und ich bin sicher, daß du mir einen anständigen Preis machst, wenn doch mal was los ist. Schon wegen der alten Zeiten.«

Duffy nickte. »Ich denk drüber nach. Was war das übrigens für ein Geschrei?«

»Ich fürchte, das war Angela. Sie haben Jimmy freigelassen, und er ist pfeilgrad hierhergekommen. Nichts als normal, würde ich sagen. Er wollte Angela sehen, und das ist ja auch nichts als normal. Sie liegt noch immer im Bett, in dieser Art Kinderbett bei uns im Zimmer, haben wir dir doch erzählt.« Duffy stellte sich die Szene vor. »Kaum hat Jimmy sie gesehen, was macht er? Fällt auf die Knie und fragt, ob sie ihn heiratet.«

Duffy schüttelte traurig den Kopf und stieg in seinen weißen Sherpa. »Der wird wahrscheinlich nie was richtig machen.« Dann ließ er die Tür zurutschen und machte vor der Veranda eine Rennfahrerkehre, die Vics Kies gründlich versaute. Er fuhr schnell, bis er die Ziegelsteinsäulen am Eingang erreichte mit dem Wappen der Blessing-Crowther-Dynastie obendrauf: zwei aufsteigende Titten und ein verwittertes Frettchen, das darauf rumkroch. Vielleicht sollten sie, der Symmetrie zuliebe, auf der unbesetzten Steinkugel auch noch ein Tier plazieren. Zum Beispiel einen ertränkten Hund.

•

Ein paar Tage später trug Duffy seinen hellgelben Wäschesack die Goldsmith Avenue in Acton W3 entlang. Es war ein trüber Sonntagmorgen, ein leichter Regen sprühte, aber Duffy war zufrieden. Er hatte bei Sam Widges ein gutes Frühstück bekommen, und ausnahmsweise hatte er einen Glückstag gehabt: Der Waschautomat hatte die exakt gleiche Anzahl Socken ausgespuckt, die er reingestopft hatte. Er sog die bittere, staubige, verrauchte Luft ein, die noch immer mit den Gerüchen von Samstagabend geschwängert war, und sie schmeckte ihm. Er dachte an den jungen Karl French, der jetzt, dünn wie ein Whippet, zur Vorbereitung auf die Fußballsaison durch die Straßen trabte. Na, der war ja auch Stürmer. Der Weg zum Waschsalon mit einem schweren Wäschesack und der Weg zurück mit vollem Magen reichten aus, um einen Tormann in Form zu halten.

Drei Stunden später saßen er und Carol über dem Fisch mit der kalorienarmen Soße, der Duffys Abwesenheit ungegessen überlebt hatte. Er grübelte noch immer über seinen Aufenthalt in Braunscombe Hall nach.

»Ist dir auch schon mal aufgefallen, daß das Land vor die Hunde geht?«

»Ich glaube, es war schon immer so, Duffy.«

»Ich frage mich langsam, ob es wirklich eine so gute Idee ist, wenn die Vics mit den Damians verkehren und die Damians mit den Henrys zelten gehen.« Carol ließ diese unergründliche Äußerung klugerweise unkommentiert. »Ich meine, die da unten in dem Haus hatten alle einigen Dreck am Stecken. Die hätte man alle einlochen sollen, alle miteinander.«

»Sogar die eine, auf die du scharf warst?«

»Lucretia? Ich habe nie gesagt, daß ich auf sie scharf sei.«

»War auch nicht nötig.«

Hmmm. Carol kannte ihn wirklich in- und auswendig. Was ja kein Nachteil zu sein brauchte. »Lucretia«, sagte er nachdrücklich, »Lucretia hätte man allein dafür einlochen sollen, daß sie Lucretia war.«

»Duffy, du bist zum Schreien. Aber das ist schon in Ordnung so. Wie schmeckt dir denn überhaupt der Fisch?«

Duffy nahm eine winzige Gabelspitze wie ein Gourmet und kostete mit einem aufmerksamen Stirnrunzeln. »Ich denke, es könnte noch einen Hauch Safran vertragen«, verkündete er.

Carol kicherte. »Weißt du überhaupt, wie Safran schmeckt?«

»Tatsächlich«, erwiderte er mit der strengsten Miene, die er nur aufsetzen konnte, »habe ich nicht die leiseste Ahnung.«

DAN KAVANAGH, geboren am 19.1.1946 in County Sligo in Irland, widmete seine Reifezeit dem Schulschwänzen, der Fleischeslust und Bagatelldiebstählen, verließ das Elternhaus mit siebzehn oder neunzehn (hier sind die Biographen und Polizeireporter sich nicht einig), um als Matrose auf einem liberischen Tanker anzuheuern. Nachdem er in Montevideo heimlich von Bord gegangen war, schlug er sich mit den verschiedensten Jobs durch Nord- und Südamerika: Er war Ochsenringer, Rollschuhkellner in einem Drive-in-Restaurant in Tucson und Rausschmeißer in einer Schwulenbar in San Francisco. Es folgten ein paar Monate als Unterhaltungsoffizier auf einem japanischen Supertanker, doch danach verliert sich seine Spur im Ungewissen: Kavanagh behauptet, er habe auf der kolumbianischen Kokain-Route Leichtflugzeuge geflogen; fest steht freilich nur, daß er einmal im internationalen Flughafen von Toronto als Gepäckmann angestellt war. Zur Zeit lebt er in North Islington (London), verweigert aber – leicht paranoid – genauere Auskünfte über seine momentane Tätigkeit.
Im Haffmans Verlag erschienen: *Duffy* (Kriminalroman, deutsch von Willi Winkler, 1988) – *Vor die Hunde gehen* (Kriminalroman, deutsch von Willi Winkler, 1989). Gerüchten zufolge hat er in seiner Freizeit aber auch noch ein Werk über die Entjungferung eines Enländers im Mai 1968 in Paris, eine Monographie über die Relevanz von Papageien im Werk von Gustave Flaubert, die erste tiefgreifende Fallstudie über retrospektive Eifersucht und eine sehr persönliche Geschichte der Welt in $10^{1/2}$ Kapiteln verfaßt und unter einem seriös klingenden Pseudonym publiziert.